LOS OJOS DE MI PRINCESA

CARLOS CUAUHTÉMOC SÁNCHEZ

LOS OJOS DE
MI PRINCESA

ISBN 968-7277-63-7

Queda prohibida, la reproducción parcial o total por cualquier medio, incluyendo el fotocopiado, así como la elaboración de material basado en el argumento de esta obra sin la autorización expresa del editor.

Derechos reservados:

D.R.© Carlos Cuauhtémoc Sánchez, México, 2004.

ISBN 968-7277-63-7

Derechos reservados:

D.R. © Carlos Cuauhtémoc Sánchez. México, 2004.

D.R. © Ediciones Selectas Diamante, S.A. de C.V. México, 2004.

Libros que transforman vidas.

Convento de San Bernardo núm. 7, Jardines de Santa Mónica,

Tlalnepantla, Estado de México, C.P. 54050, Ciudad de

México. Tels. y fax: 53-97-79-67; 53-97-31-32; 53-97-60-20

Miembro núm. 2778 de la Cámara Nacional de la Industria Editorial Mexicana.

Correo electrónico: info@editorialdiamante.com ventas@editorialdiamante.com

Diseño de portada y formación: L.D.G. Leticia Domínguez C.

INTRODUCCIÓN

Nota preliminar

En algún momento todo autor que se precia de serlo, toma la decisión definitiva de escribir por el resto de su vida. Por lo común lo hace a solas, en secreto, durante el proceso creativo de un trabajo especial en el que vuelca lo mejor de sí mismo. En mi caso ocurrió mientras escribía la historia de Sheccid. Fue un instante en el que todas mis energías convergieron en el mismo anhelo, como cuando se logra de forma repentina el enfoque de un enorme telescopio.

Puse en este libro demasiado de mí. A la larga, me dio grandes satisfacciones: Juan Rulfo escribió de él con su puño y letra "es un honor para mí avalar la gran calidad de esta obra", y los jurados del *Premio nacional de la juventud en literatura*, y del *Premio nacional de las mentes creativas,* lo consideraron digno de ganar el primer lugar. Siempre vi, sin embargo, este libro como un trabajo muy íntimo. Por eso cuando tuve que hacerlo público preferí condensarlo, quitarle la esencia personal y darle un enfoque de superación.

La fuerza de Sheccid fue la versión resumida; vendió casi un millón de ejemplares y se convirtió en un libro de lectura sugerida en miles de escuelas secundarias y preparatorias. No obstante, opté por guardar para mi familia y amigos más cercanos el libro original.

Ahora las cosas han cambiado. Me he dado cuenta que haga lo que haga, se mantienen inamovibles tanto la mala actitud de mis colegas escritores cuanto la fidelidad y nobleza de muchos de mis lectores. Eso me permite el privilegio de mostrarme como soy.

Marco temporal

Los ojos de mi princesa, se desarrolla dentro de un tejido ideológico y social único:

Iniciaba el año 1978 en la ciudad de México. Gobernaba José López Portillo y era un tiempo de grandes controversias políticas en el mundo. La guerra fría estaba en su apogeo. El presidente de Estados Unidos, Jimmy Carter y su homólogo ruso Breznev, acababan de firmar el acuerdo para limitar el uso de armas nucleares. El muro de Berlín permanecía erguido y más vigente que nunca. La gimnasta rumana Nadia Comanecci de 14 años se había convertido en un ídolo de la juventud. Los éxitos del cine eran Rocky, La guerra de las Galaxias y Fiebre de sábado por la noche. John Travolta, causaba gran controversia por lo atrevido de sus movimientos en el baile. La música "disco" se estaba poniendo de moda con la misma velocidad vertiginosa con la que surgieron los pantalones acampanados y las camisas floreadas. Los jóvenes escuchábamos una estación de radio en A.M. llamada "La pantera". Los televisores tenían una perilla redonda con 13 canales y una «U». No existía ningún caso reconocido de sida en el mundo, el Internet era un tema descabellado de ciencia ficción, y aunque no se habían inventado computadoras, controles remotos, teléfonos celulares, compac discs, vhs, cámaras de video, calculadoras ni relojes digitales, la difusión ilegal de la pornografía y de la droga iniciaban su enorme expansión entre los estudiantes.

Promisión

Los valores e ideas que reflejan los personajes de esta historia, son atemporales —funcionaban antes y funcionarían ahora—; y tanto, quienes vivieron aquella época como los jóvenes de hoy podrán apreciar ideas y retomar principios que enriquecerán su presente de forma significativa.

Gracias, lector amigo por interesarte en leer este trabajo. Después de caminar tanto tiempo por los mismos senderos, me embarga una gran alegría al pensar que es buen momento para disfrutarlo juntos.

Carlos Cuauhtémoc Sánchez

1

Lloviznaba.

Las clases en la secundaria habían terminado, y José Carlos caminaba sobre el pavimento mojado con la vista al frente sin inmutarse por la posibilidad de que la lluvia se convirtiera en aguacero.

Sentía miedo, pero también alegría. Su corazón latía de forma diferente. Estaba enamorado por primera vez.

Se preguntaba cómo se acercaría a la joven recién llegada a su colegio, compitiendo con tantos galanes desenvueltos. Él era tímido, introvertido, relegado por sus condiscípulos. ¡Pero soñó varias veces con esa chica! La imaginó y dibujó en su mente con tan obstinada reiteración antes de conocerla que ahora, cuando al fin la había encontrado, no podía permanecer escondido detrás del pupitre viendo cómo los conquistadores naturales iban tras ella.

Sus pensamientos se pusieron en pausa cuando un Datsun rojo se detuvo junto a él.

—¡Hey, amigo! —el conductor abrió el vidrio moviendo la manivela—. ¿Sabes dónde se encuentra la Escuela tecnológica ciento veinticinco?

—Claro —contestó—, de allá vengo. Regrese por esa calle y después...

—Perdón que te interrumpa, pero necesito un guía. ¿Podrías acompañarme? Como un favor especial.

Percibió la alarma de alerta en su cerebro. Respondió casi de inmediato.

—No. Disculpe… lo siento… —echó a caminar tratando de alejarse.

—Hey, ven acá, José Carlos…

Se detuvo. ¿Cómo sabía su nombre?

Giró el cuerpo muy despacio.

Mario, uno de los compañeros más gallardos de su salón, había salido por la puerta trasera del vehículo. El conductor también había bajado del auto y encendía un cigarrillo con gesto de suficiencia.

—¡Ratón de biblioteca! —dijo Mario—, no tengas miedo, sube al coche... El señor es profesor de biología y vende algunos productos para jóvenes. Quiere que lo llevemos a la escuela. Anímate. Acompáñame.

Tragó saliva.

—¿Qué productos?

—Sube, no seas cobarde. Ya te explicaremos.

—Pe... pero tengo algo de prisa. ¿De qué se trata exactamente?

—Es largo de contar —intervino el hombre—; te interesará. Además, al terminar la demostración te daré un premio económico.

A José Carlos no le faltaba dinero, pero tampoco le sobraba. Para conquistar a una chica como la recién llegada a la escuela se necesitaban recursos; por otro lado, Mario era un donjuán, sabía desenvolverse con las mujeres y sería interesante convivir con él para aprender. ¿Qué riesgos había? El vendedor de productos no parecía tener malas intenciones. Cuando se percató de su error de apreciación ya era demasiado tarde.

Un viento helado silbaba en la ranura de la ventanilla haciendo revolotear su ropa. Quiso cerrar el vidrio por completo y movió la manivela, pero ésta dio vueltas sin funcionar.

—¿Cuántos años tienes?

—Quince.

—¿Cómo vas en la escuela?

—Pues… bien... muy bien.

—No me digas que te gusta estudiar.

Le miró a la cara. Conducía demasiado rápido, como si conociese la colonia a la perfección.

—Sí me gusta, ¿por qué lo pregunta?

—Eres hombre... supongo. Aunque te guste estudiar, piensa. Seguramente no te gusta tanto y el trabajo que te voy a proponer es mucho más satisfactorio. Algo que le agradaría a cualquiera.

—¿El trabajo? ¿Cuál trabajo? ¿No es usted profesor de biología? ¿No vende productos? Mire... la escuela es por allí.

—Ah, sí, sí, lo había olvidado, pero no te preocupes, conozco el camino.

Percibió un sudor frío. "¡Estúpido!", se repitió una y otra vez. Había sido engañado. Giró para ver a Mario, pero éste parecía encontrarse en otro mundo. Hojeaba unas revistas con la boca abierta.

—No te asustes, quiero ser tu amigo —el hombre sonrió y le dirigió una corta mirada; de lejos, su saco y corbata le ayudaban a aparentar seriedad, pero de cerca, había algo anormal y desagradable en su persona; era un poco bizco, tenía el cabello lacio y grasoso—. Confía en mí, no te obligaré a hacer nada que te desagrade.

—Regréseme a donde me recogió.

—Claro. Si no eres lo suficientemente maduro para el trabajo te regresaré, pero no creo que haya ningún problema; supongo que te gustan las mujeres, ¿o no?

Aceleró; parecía no importarle conducir como loco en plena zona habitacional; José Carlos estaba paralizado. Si sufrían un accidente tal vez podría huir, pero si no... ¿Adónde se dirigían con tanta prisa?

—¿Alguna vez has acariciado a una mujer desnuda? —José Carlos carraspeó y el hombre soltó una carcajada—. Mario, pásame una revista para que la vea tu amigo.

Su compañero escolar obedeció de inmediato.

—Deléitate un poco. Es una ocupación muy, muy agradable... —La portada lo decía todo—. Vamos. Hojéala. No te va a pasar nada por mirarla.

Abrió la publicación con mano temblorosa. Había visto en otras ocasiones algunos desnudos, incluso revistas para adultos que sus compañeros escondían como grandes tesoros, pero jamás algo así... La condición del hombre, degradada hasta el extremo, extendía sus límites en esas fotografías. Lo que estaba mirando iba más allá de la exhibición de desnudos, llegaba a la más grotesca perversidad. Las tocó con las yemas de los dedos; eran auténticas; las personas realmente fueron captadas por la cámara haciendo todo eso...

Había quedado, como su compañero del asiento trasero, hechizado y aletargado.

—Muy bien. Hablemos de negocios. Necesito fotografías de chavos y chavas de tu edad. Como puedes ver en mis materiales artísticos, el acto sexual puede hacerse con una o con varias personas al mismo tiempo. Es muy divertido. También realizamos filmaciones. ¿Nunca has pensado en ser actor? —el auto se internó por una hermosa unidad habitacional, rodeada de parques y juegos infantiles—. ¿Qué les parece esa muchacha?

Mario y José Carlos vieron al frente. Una jovencita vestida con el uniforme de su escuela caminaba por la acera. El auto llegó hasta ella y se detuvo al costado.

—Hola.

La chica se volvió mostrando su rostro afable y pecoso. José Carlos abrió la boca, guardando la respiración.

Durante dos semanas había espiado casi a diario a la hermosa joven de nuevo ingreso. Era elegante, dulce, de carácter firme y tenía una sola amiga. ¡Una sola! ¡La pecosa que estaba a punto de ser abordada por el pornógrafo!

—Qué tal, linda —dijo el tipo—. Necesitamos tu ayuda; nos perdimos; no conocemos estos rumbos y queremos encontrar una escuela secundaria.

—Pues mire, hay una muy cerca.

—No, no. Queremos que nos lleves. Vendemos productos y quizá tú conozcas a alguien que se interese. Si nos acompañas te daré una comisión.

"¿Si nos...?" La pecosa se percató de que había dos personas más en el automóvil.

—¿Por qué no lo llevan ellos?

José Carlos cerró el ejemplar de la revista y accionó la palanca para abrir la portezuela. Se escuchó un golpe seco. El tipo se volvió con la velocidad de una fiera y sonrió, sardónico.

—Sólo se abre por fuera... Tranquilízate o te irá mal.

Las manijas habían sido arregladas para que, quien subiera al coche, quedara atrapado.

—¿Cómo te llamas?

—Ariadne.

—Tú debes de conocer a varias muchachas y ellos no —comentó el tipo jadeando—. Si nos deleitas con tu compañía unos minutos te regresaré hasta aquí y te daré algo de dinero.

—¿Qué productos venden?

El hombre le mostró un ejemplar del material.

Mario había dejado su propio entretenimiento y se había inclinado hacia delante, atento a lo que estaba sucediendo, pero la vergüenza y la sospecha de saberse cerca de su primera experiencia sexual lo hacían esconderse detrás de la cabeza del conductor.

Ariadne se había quedado inmóvil con un gesto de asombro, sin tomar la revista. El hombre la hojeaba frente a ella.

—¿Cómo ves? Es atrayente, ¿verdad?

La joven permanecía callada; aunque estaba asustada, no dejaba de observar las fotografías. El hombre sacó una caja de abajo del asiento y la abrió para mostrar el contenido a la chica.

—Esto es para cuando estés sola... ¿Lo conocías? Funciona de maravilla. Como el verdadero. ¡Vamos, no te avergüences! Tócalo. Siente su textura...

La joven observó el instrumento y luego miró a José Carlos.

—Ya te sentirás con más confianza —aseguró el hombre—. Tenemos muchas otras cosas cautivantes que te relajarán. Ya lo verás.

La chica estaba pasmada. El hombre le hizo preguntas sobre su menstruación, sus sensaciones, sus problemas, y ella respondió con monosílabos y movimientos de cabeza.

—Está bien —asintió al fin denotando un viso de suspicacia—, los acompañaré a la escuela, siempre y cuando me regresen aquí después.

—¿Vives cerca?

—Sí. Por la esquina donde va cruzando aquella muchacha.

—¿Es tu compañera? ¿La conoces? ¡Trae el mismo uniforme que tú!

—Estudia en mi escuela.

—Llámala. ¿Crees que querrá acompañarnos?

José Carlos se quedó congelado. No podía ser verdad. Era demasiada desventura. Se trataba de la estudiante de recién ingreso.

El conductor tocó la bocina del automóvil y sacó el brazo para hacerle señales, invitándola a aproximarse.

—¡Ven! —la llamó y luego comentó en voz baja—: Así se completan las dos parejas.

2

Estoy furioso, desesperado, enojado, frenético. Me llevan los mil demonios. ¿Cómo pudo pasar lo que pasó? ¡Tengo tantas ganas de salir corriendo y llorar y gritar y reclamarle a Dios! ¿Por qué? ¿Por qué permite tanta suciedad? ¿Tanta degradación? ¿Tanta pestilencia?

Yo estaba enamorado. Creía en el amor… Consideraba que era posible ver a una mujer con ojos limpios.

Hoy ya no sé que pensar.

Cierro los ojos y veo mujeres desnudas. También veo a la chava de nuevo ingreso y a la pecosa. Me imagino que se quitan la ropa y se acercan a mí.

Tengo la mente llena de imágenes asquerosas. No puedo borrarlas. Trato de pensar en otra cosa y me persiguen como un enjambre de abejas enojadas.

Y lo peor de todo es que me gusta dejarme atrapar. Las picaduras son venenosas, pero placenteras.

Me agrada recordar lo que pasó y después de un rato me siento vil y sucio.

Todo ha cambiado en mi interior. Estoy muy confundido e incluso asustado porque descubrí que las cosas no son como creía. En mi mente se revuelve la porquería con la bondad, la suciedad con la pureza. Tengo ganas de gritar, llorar, salir corriendo y reclamarle a Dios… ¿Por qué permite que el mundo se caiga a pedazos?

15

José Carlos dejó de escribir y se puso de pie, ofuscado, desorientado. Cuando calculó que todos en la casa se habían dormido, salió de su cuarto y fue al pasillo de los libros. Encendió la luz y trató de encontrar algo que lo ayudara a razonar mejor. Alcanzó varios volúmenes, sin saber con exactitud lo que buscaba y se puso a hojearlos en el suelo. Había obras de sexología, medicina, psicología. Trató de leer, pero no logró concentrarse. Después de un rato, deambuló por la casa; al fin se detuvo en la ventana de la sala.

No podía apartar de su mente las imágenes impresas que vio. Regresaban una y otra vez. Pero iban más allá de un recuerdo grato.

Con la vista perdida a través del cristal abandonó la ingenuidad de una niñez que lo impulsaba a confiar en todos.

De pronto tuvo la sensación de estar siendo observado. Se giró para mirar sobre los hombros y dio un salto al descubrir a su madre sentada en el sillón de la sala.

—¿Pero qué haces aquí?

—Oí ruidos. Salí y te encontré meditando. No quise molestarte.

¿Su mamá lo había escuchado sollozar y reclamarle a Dios? ¿Había detectado cuan desesperado y triste estaba? ¿Por qué entró sin anunciarse?

—¿Cuánto tiempo llevas en este lugar?

—Como media hora.

—¿Sin hacer ruido? ¿Sin decir nada? ¿Con qué derecho?

—Quise acompañarte... eso es todo.

—¿Acompañarme o entrometerte?

—Yo soy tu madre. Nunca me voy a entrometer en tu vida, porque formo parte de ti.

—No estoy de acuerdo.

—José Carlos. Cuando se ama a alguien se está con él, sin estorbar, apoyándolo sin forzarlo, interesándose en su sufrimiento, sin regañarlo ni aconsejándolo todo el tiempo.

—Mamá, sigo sin entender. ¿Qué rayos quieres?

—Vi que sacaste varios libros sobre sexualidad. ¿Buscabas algo en especial?

Bajó la guardia.

—No. Mejor dicho, sí... No sé si contarte...

—Me interesa todo lo que te pasa. Estás viviendo una etapa difícil.

—¿Por qué supones eso?

—En la adolescencia se descubren muchas cosas. Se aprende a vivir. Los sentimientos son muy intensos.

José Carlos se animó a mirarla. La molestia de haber sido importunado en sus elucubraciones se fue tornando poco a poco en gratitud. Le agradaba sentirse amado y ser importante para alguien que estuviera dispuesto a desvelarse sólo por hacerle compañía.

—Está bien —concedió—, te voy a contar... Hay una muchacha que me gusta... ¿Por qué sonríes? Es más complicado de lo que crees. Soñé con ella desde antes de conocerla. Por eso cuando la vi por primera vez me quedé asombrado. Es una chava muy especial. Le he escrito cosas, imaginando que cuando me conozca también debe impresionarse. ¿Y sabes? Le atiné al blanco. Ahora me va a conocer como el ayudante de un promotor pornográfico. ¡Estará muy impresionada!

—¿Cómo?

—Lo que oíste, mamá. Fui convencido por un tipo que se hizo pasar por profesor de biología.

—¿Convencido de qué?

—Soy un estúpido.

—¿Qué fue lo que te pasó?

—Un hombre... me invitó a subir a su coche. No te enojes, por favor, sé que hice mal, pero parecía una persona decente... Es imposible confiar en la palabra de otros, ¿verdad?

—Sigue.

—Esas revistas... eran ilegales, supongo. No tenían el sello de ninguna editorial.

Ella se puso de pie, movida por una alarma interior. Trató de recuperar su compostura y volvió a tomar asiento.

—¿Qué revistas?

—Me da vergüenza describirte lo que vi.

—Háblame claro, hijo.

—Logré escapar a tiempo.

—¿A tiempo de qué?

—El hombre vendía revistas con… fotos… de… mujeres mostrando groseramente las partes más íntimas de su cuerpo y escenas sucias que… no puedo describirte.

La madre de José Carlos estaba pálida. Miró los libros de sexología que su hijo había dejado abiertos sobre el piso.

—¿El hombre de ese coche —aclaró la garganta para que su voz no flaqueara—, te hizo algo malo?

—No. Pero Mario, un compañero de mi salón, se fue con él. Parecía muy entusiasmado con el trabajo que le proponía.

—¿Qué trabajo?

—El de actor...

—Dios mío…

—Cuéntame más.

—El hombre quería formar dos parejas de jovencitos para llevarnos a un lugar y tomarnos fotografías… Primero nos invitó a Mario y a mí. Luego se detuvo junto a una pecosa de mi escuela. Ariadne. La convenció de acompañarnos y por último quiso hablarle a la muchacha nueva que pasaba cerca, la que me gusta, pero Ariadne lo impidió. Dijo: "Prefiero ir sola, no conozco bien a esa chava y tal vez lo arruine todo". Estaba mintiendo, ¡claro que la conocía! Es su mejor amiga. El hombre le dijo "entonces vamos; no nos tardaremos mucho, sube al asiento de atrás, por la otra puerta; sólo se abre desde fuera." La pecosa rodeó el coche. El hombre sonrió mirándonos a Mario y a mí en señal de triunfo.

—A ver, José Carlos. Explícame. ¿Las puertas del auto no podían abrirse por dentro? ¿O sea que ustedes estaban secuestrados?

—Sí, mamá, pero la pecosa se dio cuenta de eso, dio la vuelta al coche, abrió una por una las puertas, primero la de adelante y luego la de atrás, y comenzó a alejarse. Lo hizo como para ayudarnos a escapar. El hombre gritó: "¿Que haces, niña?, ¿adónde vas?, me lo prometiste, no tardaremos, vamos, ¡sube ya! ¡Los dos muchachos son buenas personas, verás como no te dolerá! Todo te gustará mucho. Vamos, ¡*sube ya*!", pero Ariadne echó a correr. El hombre, furioso, comenzó a tocar el claxon y ordenó: "¡Mario, ve por ella!" Mi compañero obedeció. La persiguió por la calle.

—¿Y tú, qué hiciste?

—Aproveché para saltar, pero apenas anduve unos pasos me di cuenta de que había olvidado mi portafolios.

—¿Y te regresaste por él?

—Sí. Pensé que sería fácil recuperarlo. Me agaché para alcanzarlo y el hombre me cogió de la muñeca. Dijo: "Vas muy aprisa, cretino; tú vienes con nosotros". Me sacudí, pero fue inútil. Llevé la mano libre hasta la del tipo y la traté de arrancar de mi antebrazo. "¡Suélteme..!", dije mientras le enterraba las uñas en la piel y le empujaba la mano. El sujeto era mucho más fuerte de lo que jamás hubiera pensado o yo soy mucho más débil. Vi su enorme cara morena llena de hoyuelos, su gesto duro y sus asquerosos ojos bizcos que me miraban sin mirarme.

—José Carlos, no estás inventando esto ¿verdad?

—No, mamá.

—¿Qué pasó después?

—El hombre me dijo: "Te voy a enseñar a que no seas un maldito cobarde, te voy a enseñar". Le dije: "¡Suélteme!" y él repitió: "Te voy a enseñar", mientras me jalaba para adentro del carro. Desesperado, traté de liberarme y casi lo logré, pero el tipo me detuvo con el otro brazo. Entonces le escupí a la cara y me soltó dando un grito. Tomé mis útiles, y eché a correr, pero el portafolios se me enredó entre las piernas y tropecé. Me fui al suelo de frente y metí las manos un instante antes de estrellar la cara contra el pavimento.

El Datsun rojo estaba a media calle. Vi cómo Mario regresaba, me gritó algo que no entendí, volvió a subirse al asiento trasero del coche, cerró su portezuela mientras el conductor cerraba la de adelante; vi cómo se encendían los pequeños focos blancos de las luces traseras y escuché al mismo tiempo el ruido de la reversa. Me puse de pie. Levanté mis útiles y, volví a correr. El automóvil venía directamente hacia mí. Pude sentirlo y escucharlo. Estaba a punto de alcanzarme cuando llegué a la banqueta y di vuelta hacia la izquierda.

La madre de José Carlos permanecía callada sin alcanzar a asimilar la historia que su hijo le estaba contando.

—¿Y la pecosa?

—Mario no la pudo atrapar.

—¿Sabes dónde vive?

—Más o menos. ¿Por qué?

—¡Quiero que tu padre y yo vayamos a hablar con los padres de ella para explicarles lo que pasó y levantar una denuncia!

—¿Ya ves por qué no quería platicarte nada, mamá? ¡Sólo complicarás las cosas!

La mujer observó largamente a su hijo. Se acercó a él y lo abrazó. José Carlos sintió un nudo en la garganta. Su mente estaba llena de ideas contradictorias. Tenía mucha vergüenza, pero a la vez le emocionaba pensar en lo que habría ocurrido si sus compañeras hubieran subido al coche.

Agachó la cara y sintió que su confusión se tornaba en ira.

—¿Por qué me pasa esto?

—¿Qué?

—No puedo apartar tanta porquería de mi mente... Sé que es algo sucio, pero me atrae. Me da asco pero me gustaría ver más. No entiendo lo que me pasa.

Ella era una mujer preparada. Aunque tenía estudios de pedagogía y psicología, en uno de los momentos más cruciales de la vida de su primogénito, no sabía qué decirle. Acarició la cabeza del adolescente y se separó de él para comentar en voz baja.

—Hace poco oí en el noticiero que algunas agencias de empleos solicitan muchachas jóvenes para contratarlas como edecanes o modelos, pero al final las embaucan en trabajos sexuales... también informaron que la pornografía juvenil se está convirtiendo en un gran negocio. Los que la producen y venden dicen que no es dañina, pero millones de personas son afectadas directa o indirectamente por esa basura. Cuando la policía registra las casas de los criminales, siempre se encuentra con que son aficionados a la más baja pornografía y a todo tipo de perversiones sexuales.

—Mamá yo no soy un pervertido, pero… lo que acabo de descubrir… No entiendo por qué me atrae tanto. Aunque sé que está mal, me gustaría ver más… ¿Es normal?

—Sí —se llevó una mano a la barbilla para acariciarse el mentón con gesto de profunda pena, luego agregó—. Alguna vez leí que los adolescentes son como náufragos con sed.

—¿Cómo?

—Imagina que los sobrevivientes de un naufragio quedan a la deriva. Después de muchas horas, el agua de mar les parece apetitosa. Quienes la beben, en vez de mitigar su sed, la aumentan, al grado de casi enloquecer, y mueren más rápido. La pornografía, el alcohol, la droga y el libertinaje sexual son como el agua de mar. Si quieres destruir tu vida, bébela…

—No quiero destruir mi vida. ¡Pero sigo teniendo sed!

—Encuentra agua pura.

—¿Dónde?

—¡Pide que llueva!

—¿Cómo?

—Busca el amor.

—No te entiendo.

—Me comentaste que hay una muchacha muy linda que te inspira cosas buenas. Piensa en ella. En sus ojos, en su dulzura. Borra de tu mente la pornografía.

—¡Se dice fácil!

—Hijo, sólo el amor cambia vidas; puede impulsar al peor de los hombres a ser más grande, más noble, más honesto… ¿Alguna vez te platiqué la historia que escribió mi padre sobre un joven encarcelado injustamente?

—Creo que sí. Ya no me acuerdo bien.

—Era un buen muchacho que fue metido a una cárcel subterránea oscura, sucia, llena de personas enfermas y desalentadas. Se llenó de amargura y deseos de venganza. Cuando el odio lo estaba corrompiendo, la hija del rey, llamada Sheccid, visitó la prisión. El joven quedó impresionado por la belleza de esa mujer. La princesa, por su parte, se conmovió tanto por las infrahumanas condiciones de la cárcel que suplicó a su padre que sacara a esos hombres de ahí y les diera una vida más digna. El rey lo hizo, y el prisionero se enamoró perdidamente de la princesa. Entonces, motivado por el deseo de conquistarla, escapó de la cárcel y puso en marcha un plan extraordinario para superarse y acercarse a ella. Con el tiempo llegó a ser uno de los hombres más ricos e importantes del reino.

—¿Y al final conquistó a la princesa?

—No. Sheccid fue sólo su inspiración. Un aliciente que lo hizo despertar.

—Qué lástima.

—El resultado fue bueno para él de todos modos. Haz lo mismo. Aférrate a tu Sheccid y olvida la porquería que conociste hoy.

Asintió y se quedó callado por unos segundos. Luego reflexionó:

—Mis amigos dicen que los jóvenes podemos tener un poco de sexo e incluso fumar o tomar sin que lleguemos a pervertirnos. Oí que todo es bueno si se hace moderadamente…

—No. Lo siento. Eso es una patraña. Entiende, hijo. Aunque existen serpientes, eso no significa que debes convivir con ellas. ¡Son traicioneras!

—¿Serpientes?

—Un domador de circo en Europa, que había pasado trece años entrenando a una anaconda, preparó un acto que funcionó bien, pero hace varios meses, frente al público en pleno espectáculo, la serpiente se enredó en el hombre y le hizo crujir todos los huesos hasta matarlo.

—¿De verdad?

—Sí. Miles de muchachos mueren asfixiados por una anaconda que creyeron domesticar. La cerveza, el cigarro, la pornografía… Lo que es malo es malo. Punto. No puedes jugar con ello, ni siquiera "con medida".

Hubo un largo silencio. José Carlos asintió. Luego abrazó a su madre. Por un rato no hablaron. Era innecesario. Esa mujer era no sólo una proveedora de alimentos o una supervisora de tareas, sino la persona que sabía leer su mirada, la que reconocía, antes que nadie sus problemas, la que aparecía en la madrugada y se sentaba frente a él, sólo para acompañarlo.

—En la maestría de pedagogía debes de haber leído muy buenos libros. ¿Podrías recomendarme alguno?

—Claro. Vamos.

El muchacho tomó como tesoro en sus manos los cuatro volúmenes que su madre le sugirió cuando llegaron al pasillo del librero. Luego se despidió de ella con un beso.

Regresó a su cama y hojeó los libros. No pudo leer. El alud de ideas contradictorias le impedía concentrarse lo suficiente. A las tres de la mañana apagó la luz y se quedó dormido sin desvestirse sobre la colcha de la cama.

3

Lunes 20 de febrero de 1978

Necesito escribir. Desde hace más de un año anoto algunos de mis "conflictos, creencias y sueños". Lo hago en papeles sueltos. Voy a reunirlos y a llevar un orden.

Mi princesa: He pensado tanto en ti durante estos días. He vuelto a soñar contigo de forma insistente y clara. Tengo miedo de que tu amiga, Ariadne, se me anticipe y lo eche todo a perder. Por eso, la próxima vez que te vea, me acercaré a decirte que, sin darte cuenta, me has motivado a superarme.

Quisiera ser escritor. Como mi abuelo. Escribir es una forma de desahogarse sanamente cuando la sed nos invita a beber agua de mar. Tengo muchas cosas que escribir. Quiero imaginar que este diario lo escribo para alguien muy especial. Para ti, mi Sheccid.

José Carlos se encontraba sentado en una banca del patio principal.

Cerró muy despacio su libreta y se irguió de repente sin poder creer lo que veían sus ojos.

La chica de recién ingreso estaba ahí.

Algunas veces su rostro perfecto se ocultaba detrás de los estudiantes y otras se descubría en medio del círculo de amigas.

Las manos comenzaron a sudarle y los dedos a temblarle. La boca se le secó casi por completo. Dio unos pasos al frente. Tenía que acercarse a ella. Se lo había prometido.

Estaba rodeada de personas. ¿Cómo la abordaría? Sin saber la respuesta, se aproximó poco a poco.

De pronto, el grupo de muchachas comenzó a despedirse y unos segundos después la dejaron totalmente so... ¿la? El corazón comenzó a tratar de salírsele del pecho. Caminó unos pasos más, dudando. Pronto terminaría el descanso y ella se esfumaría de nuevo. No disponía de mucho tiempo. Avanzó sin pensarlo más. Se detuvo a medio metro de la banca en la que estaba sentada la joven. Nunca la había visto tan de cerca. Era más hermosa aún de lo que parecía a lo lejos.

—Hola —dijo titubeante.

La chica levantó la cara. Tenía unos ojos de color increíble.

—Hola —respondió mirándolo con un gesto interrogativo.

—¿Son verdes o azules?

—¿Perdón?

—Es que… tus ojos… me llamaron mucho la atención…

—Son azules. Aunque a veces la luz los hace ver distintos.

—Oh —la voz del muchacho sonó insegura pero cargada de suplicante honestidad—. ¿Puedes ayudarme?

Ella frunció un poco las cejas.

—¿De qué se trata?

—Se trata de... bueno, hace tiempo que deseaba hablarte... En realidad hace mucho tiempo…—la postura de la chica traslucía el visaje de una primera buena impresión, pero, ¿cuánto tiempo duraría si él no encontraba algo cuerdo que decir? Debía pensar bien y rápido. Comenzó a construir y descartar parlamentos en la mente a toda velocidad: *"Es difícil abordar a una joven como tú..."* No. Movió la cabeza. Eso era vulgar; entonces: *"Si supieras de las horas en que he planeado cómo hablarte me creerías un tonto por estar haciéndolo tan torpemente..."* Sonrió y ella le devolvió la sonrisa. No podía decir eso, sonaría teatral, pero tenía que decir algo ya.

—Te he visto declamar dos veces y me gustó mucho.

—¿Dos?

26

—La segunda lo hiciste para toda la escuela después de abanderar la escolta.

—¿Cómo?

—La primera lo hiciste para mí... En sueños... —la frase no tenía intención de conquista, era verdadera; tal vez ella notó la seguridad del muchacho y por eso permaneció a la expectativa—. Declamas increíblemente —completó—. Estoy escribiendo un diario para ti. Quiero ser tu amigo.

—¿Por qué no te sientas?

Lo hizo. Las palabras siguientes salieron de su boca sin haber pasado el registro de razonamiento habitual.

—Eres una muchacha muy bella y me gustaría conocerte.

—Vaya que vienes agresivamente decidido.

Movió la cabeza, avergonzado. Eso fue un error. Tenía que ser más sutil y seguir un riguroso orden antes de hablar.

—¿Por qué no empezamos por presentarnos? —sugirió ella—. Mi nombre es...

—*Sheccid* —la interrumpió.

—Che... ¿qué?

—Mi abuelo es escritor. Lo admiro mucho. Él solía contar la historia de una princesa árabe extremadamente hermosa llamada Sheccid. Un prisionero se enamoró de la princesa y, motivado por la fuerza de ese amor, escapó de la cárcel y comenzó a superarse hasta que logró convertirse en un hombre muy importante. Por desgracia nunca le declaró su cariño y ella no supo que él existía. La princesa se casó con otro de sus pretendientes...

La joven lo miró unos segundos.

—Y esa princesa se llamaba... ¿cómo?

—Sheccid.

—¿Así que vas a cambiarme de nombre?

—Sí. Pero no quiero que te cases con otro sin saber que yo existo. Por eso vine.

Ella rio y movió la cabeza.

—¿Siempre eres tan imaginativo?

—Sólo cuando me enamoro.

Se dio cuenta de que había pasado otra vez por alto el control de calidad de sus palabras y se reprochó entre dientes: *"Que sea la última vez que dices una tontería"*, pero a ella no le había parecido tal, porque seguía riendo.

De pronto la joven levantó un brazo y agitó la mano para llamar a otra chica que caminaba despacio, cuidando de no derramar el contenido de dos vasos de refresco que llevaba en las manos.

—¡Ariadne, aquí estoy...! —bajó la voz para dirigirse a José Carlos—. Te presentaré a una amiga que fue a la cooperativa a traer algo de comer.

El muchacho sintió un agresivo choque de angustia y miedo. La pecosa llegó. Él bajó la cabeza pero fue reconocido de inmediato.

—¡Hey! ¿Qué haces con este sujeto...?

La joven se puso de pie, asustada.

—¿Qué te pasa, Ariadne? Vas a tirar los refrescos. ¡Estás temblando!

—¡Es que no comprendes! —observó al chico con ojos desorbitados—. ¡Dios mío! ¿No sabes quién es él?

—Acabo de conocerlo ¿pero por qué...?

—Es el tipo del Datsun rojo, de quien te hablé.

—¿El de...?

—¡Por favor! ¿Ya se te olvidó? ¡El de las revistas pornográficas! A él y a otro de esta escuela les abrí la puerta creyendo que estaban atrapados, pero me equivoqué. Corrieron detrás de mí para obligarme a subir con ellos.

—¿Él?

—Sí.

—¿Estás segura?

—Claro.

—No lo puedo creer.

—Eso —dijo José Carlos—, tiene una explicación...

28

—¿De verdad? ¿Vas a inventar otra historia como la de que me viste declamar en sueños y vas a ponerme el nombre de una princesa que inventó tu abuelo? —dio dos pasos hacia atrás y se dirigió a su amiga para concluir—: ¡Pero qué te parece el cinismo de este idiota!

José Carlos no pudo hablar. Las miró estupefacto. No volvieron la cabeza. Sólo se alejaron.

4

CCS (conflictos, creencias y sueños), lunes 8 de mayo de 1978
Durante varias semanas no he hablado con casi nadie. Sé que está mal, pero me he hecho amigo de cosas que trato como a personas: Me paso horas trabajando con Fred, el microscopio profesional usado que mi padre compró en la subasta de la escuela. También me he reconciliado con mi bicicleta Pogliagi y he comenzado a entrenar muy duro para las competencias. Por las noches leo poemas y los memorizo con la intención de declamar algún día frente a toda la escuela. De esa manera, llamaré la atención de Sheccid y, si es sensible, como supongo, detectará que no soy un pervertido sexual.

En la escuela me he vuelto más callado que de costumbre. Tengo temor de salir a los descansos para no encontrarme con Ariadne o Sheccid. Procuro hablar poco pero observo mucho a la gente, y en esa actitud he descubierto cosas interesantes; por ejemplo, mis compañeros hablan demasiado sobre sexo. Es el tema principal. Todos presumen de saber mucho y haber vivido mucho. Por otro lado, la mayoría critica a sus padres y chismorrea de los demás. En los pasillos van y vienen comentarios morbosos a cada momento.

Recuerdo que Mario también decía cosas feas de su mamá. ¡Cómo me gustaría que supiera la forma en que la ha hecho sufrir!

El otro día hablé por teléfono a su casa para preguntar por él y me contestó su madre viuda. Ella me dijo que su hijo se había ido de la casa. Entonces le platiqué del coche en el que lo vi por última vez. No quise entrar en detalles, pero la señora fue a mi casa para averiguar

31

más. Mamá me ayudó a explicarle todo. La pobre mujer se soltó a llorar de forma lastimosa. Nos confesó que Mario era un hijo rebelde, que no la obedecía. No sabía cómo orientarlo. Me partió el alma verla en ese estado. Mis padres y yo la acompañamos a la policía para levantar una denuncia contra el promotor de pornografía. Fue muy vergonzoso decirle a los agentes todo lo que vi, porque me hicieron demasiadas preguntas. Mis papás me respaldaron a cada momento. La mamá de Mario no dejaba de llorar.

Siento que el mundo se ha vuelto loco. Mis compañeros viven bebiendo agua de mar y hablando mal de todos. Sheccid me ha rechazado de manera tajante y yo estoy más sólo que nunca. No encajo en ningún lugar, pero sé que, al igual que el soldado de aquel cuento, tarde o temprano voy a escapar de mi prisión para demostrarle al mundo, y sobre todo a Sheccid, que soy mucho más grande de lo que ella jamás imaginó.

Se celebraba el festival de fin de curso. Padres, maestros y estudiantes se reunieron en la plaza cívica del colegio para presenciar la función.

Repasó el poema con verdadera zozobra. Estaba muy nervioso. Observó la magnitud del público y sintió deseos de huir. Respiró hondo, luchando contra el pánico de salir a escena.

Faltaban escasos diez minutos para que comenzara el espectáculo.

Vio a lo lejos a su princesa acompañada de un grupo de amigos. Bajó del estrado y se dirigió hacia ella. Caminó despacio, pero decidido.

—¡Sheccid!

Ella giró la cabeza al reconocer el nombre y miró al joven que se acercaba. Luego decidió ignorarlo. José Carlos dudó un segundo. Aunque supuso que sería rechazado de nuevo, insistió.

—Espérame por favor. Quiero decirte algo.

Ella se volvió sin ocultar su fastidio. Dijo:

—No me llamo Che-zhed y ¡déjame en paz!

—Necesito aclarar lo que te han dicho de mí. Te mintieron.

—¡Sólo desaparécete de mi vista! ¿Quieres?

Un tipo alto y robusto se adelantó dos pasos y se plantó al lado de la chica.

—¿Oíste? Déjala en paz.

—Dentro de unos minutos voy a... voy a recitar un poema para ti.

—No me interesa —y se dio la vuelta para alejarse.

—¡Un momento! —le gritó sintiendo que la ira producida por ser tratado injustamente lo sacaba de sí—. ¿Por qué me hablas de esa forma? Ni siquiera sabes lo que ocurrió de verdad aquel día.

La chica, ya de espaldas, se detuvo un instante al escuchar el reclamo, pero al fin decidió ignorar al pretendiente y continuó caminando. Sus acompañantes la siguieron. Sólo el tipo corpulento, de cabello rubio recortado como militar y una portentosa nariz aguileña, permaneció frente a José Carlos.

—Me han dicho que has estado molestándola y supongo que eres una persona inteligente.

—Supongo que tú también lo eres.

—Entonces podemos hablar como la gente. Yo no sé cuáles sean tus intenciones, pero no quiero que te acerques a esa muchacha, ¿de acuerdo? A pocos he tenido que repetirles eso más de una vez y créeme que esos pocos lo han lamentado mucho.

—¿Ah, sí? ¿Y piensas que no tengo manos para defenderme? —explotó—. ¿Quién te crees? ¿En qué época supones que vives? ¡Yo me acercaré a quien me dé la gana!

El guardaespaldas de la chica lo sujetó con fuerza del suéter para después empujarlo. José Carlos trastabilló y estuvo a punto de caer.

—Estás advertido —susurró.

—¡Púdrete!

El fortachón se retiró. José Carlos tembló de rabia. Repentinamente se percató de que había perdido todo el ánimo, toda la energía, todo el deseo de declamar en el festival. Aunque se había preparado durante meses para el combate, estaba noqueado de antemano.

Un alumno hizo la introducción al frente. Profesores e invitados tomaron su lugar entre los espectadores y el silencio comenzó a notarse poco a poco. José Carlos se dirigió a la parte trasera del escenario. No supo cómo ni cuándo fueron representados los primeros siete números del programa; era incapaz de concentrarse. El maestro de ceremonias anunció su nombre y el título del poema que declamaría. Tardó varios segundos en reaccionar. Se puso de pie con un insólito mareo. Caminó hacia el micrófono sintiendo la llama abrasadora de cientos de miradas sobre él. Cuando llegó al escenario echó un vistazo a su alrededor y se percató de lo enorme que era la escuela, de la gran cantidad de alumnos, padres y maestros que aguardaban. Al mencionar el título de la poesía oyó su voz trémula. El peso del público lo estaba dominando, venciendo, aniquilando. Eso no podía ocurrir; cuando su princesa declamó, fue ella quien dominó al público y los oyentes se conmovieron para irrumpir en aplausos al final. Tenía que controlarse porque, además de su madre y hermana, Sheccid debía estar observándolo en algún lugar de esa monstruosa multitud.

Comenzó a hablar sin un ápice de fuerza:

—*Con que entonces adiós. ¿No olvidas nada? Bueno, vete. Podemos despedirnos. Ya no tenemos nada que decirnos. Te dejo, puedes irte...* —el poema de Paul Geraldy saltaba de un lugar a otro en su mente, adelantándose, deteniéndose, volviendo a comenzar—. *Aunque no, espera. Espera todavía que pare de llover. Un abrigo de invierno es lo que habría que ponerte...*

De pronto se quedó callado, amedrentado frente al micrófono, sin saber cómo continuar, qué decir, cómo disculparse y atenuar el ridículo que inesperadamente se percató que estaba haciendo. La falta de concentración incrementó su terror, pero en realidad no fue eso lo que lo hizo olvidar el poema. Fue Sheccid; fue haberla descubierto sentada en la primera fila a tres metros de distancia, escuchando con gran atención; pero tampoco fue ella, sino su acompañante de nariz aguileña y casquete corto, quien le rodeaba la espalda con un cariñoso abrazo.

Alguien del público comenzó a aplaudir y el resto de los estudiantes imitaron el gesto para salvarlo de la penosa escena.

Caminó con rapidez directo a los sanitarios queriendo desaparecer. Se encerró en un inodoro y no pudo evitar que las lágrimas de rabia se le escaparan. Recordó lo que dijo: *"Dentro de unos minutos voy a recitar un poema... para ti..."* Imaginó cómo se estarían riendo Sheccid y su enamorado cara de ganso.

Era inútil. Él no servía para declamar, ni para conquistar a una chica. Tenía mucha sed... Y el agua pura estaba cada vez más lejos. Se sentía un fracasado, un don nadie indigno de buscar otra oportunidad... Salió del baño con gesto de amargura.

Su maestra de literatura estaba en el pasillo, esperándolo.

—¿Qué tienes, José Carlos?

—¡Nada! Gracias y adiós.

—Ven acá. ¡Quiero hablar contigo!

—¿Para qué, maestra Jennifer? ¿Va a consolarme? ¿A decirme que en realidad no lo hice tan mal? ¡Ahórrese la molestia!

—No, José Carlos. Voy a regañarte. ¡Te lo mereces! Así que ven conmigo y escúchame.

El muchacho se asombró por las palabras de su profesora. Era una mujer sabia a quien él admiraba. No era autoritaria, pero había enseñado a sus alumnos la importancia de respetar a la autoridad, y ella era su autoridad. Bajó la vista. Asintió y se dejó tomar del brazo por la joven maestra, quien lo condujo al edificio administrativo.

En la explanada principal se escuchaba la representación de un baile folklórico.

Llegaron a uno de los cubículos para asesorías.

—Toma asiento.

Se dejó caer en la silla.

—Nunca me dijiste que querías recitar.

—¿Por qué tenía que avisarle?

—Soy tu maestra de español. Quisiera trabajar contigo para que declames de nuevo en otra ocasión.

—Yo no declamaré nunca más. Lo hice pésimo. Lo eché todo a perder.

—¡Claro! ¡Sin duda lo hiciste pésimo! Sobre todo por que te diste por vencido públicamente. ¡Ni siquiera te esforzaste por recordar el poema y continuar!

—¡Ya déjeme en paz! No sirvo para hablar en público.

—¡De ninguna manera! No te dejaré en paz ahora. Escúchame bien. Tú puedes llegar a ser un gran orador.

—Por favor... No se burle de mí. Soy un tonto.

—¡Jamás digas eso! Cuando te vi fracasar, me levanté de inmediato para ir a buscarte. Escúchame, José Carlos, alza la cara. Los seres humanos somos lo que creemos ser y nuestro auto concepto se conforma con las *últimas experiencias* que nos quedamos.

—¿Qué?

—Cuando el chofer de un automóvil sufre un accidente, su primera reacción es el miedo y el rechazo a volver a manejar. Si se queda con esa *última experiencia*, jamás podrá conducir un coche de nuevo, pero si hace un esfuerzo y comienza poco a poco a superar el trauma, al cabo de un tiempo recuperará su seguridad y manejará mejor aún que antes del accidente. ¿Me comprendes? Quien se cae de la bicicleta y se lastima ya no querrá volver a pedalear y, si todos alrededor lo compadecen, quedará marcado con una fobia. Los "no puedo" tienen el mismo origen: un fracaso no superado, una caída tras la que no se realizó otro intento, un error que se fijó como la *última experiencia*. Tienes apenas quince años y si no vuelves a tomar el micrófono, cumplirás los treinta con pánico a hablar en público.

José Carlos había levantado la cara sin darse cuenta.

—Si vuelvo a intentarlo, todos se reirán de mí. Los mismos profesores me recomendarán que me dedique a otra cosa.

—¡Eso trato de decirte! Estoy cansada de ver cómo alumnos, maestros y padres menosprecian a los jóvenes que fallan en algo, diciéndoles que no vale la pena que vuelvan a intentarlo. Es absurdo. Es criminal. ¡Entiende! Los resultados que obtenemos en un deporte, en el estudio, en concursos y hasta en relaciones humanas y amorosas, están determinados por nuestras *últimas experiencias*. Sólo tienes que recordar cómo te fue la última vez que hiciste algo, para calificarte a ti mismo a ese respecto. Pero esa calificación es engañosa. Vuelve a hacer aquello en lo que fallaste. Si te va mejor, la nueva información sustituirá los datos de fracaso en tu cerebro.

El joven no alcanzaba a comprender toda la fuerza y profundidad de esas palabras, pero sin saber con exactitud el porqué, se sentía un poco menos desdichado. La maestra Jennifer le hizo prometer que seguiría preparándose para declamar en una futura oportunidad, y salió de su oficina con la extraña sensación de haber sido levantado del suelo por una mano amiga.

5

Los chicos comenzaron a desalojar el patio. José Carlos se mezcló en la multitud y recibió una fuerte y repentina palmada en la espalda.

—Te fue fatal declamando, ¿verdad, chaparro?

Sabino, uno de los dirigentes de desmanes, le sonreía con sorna.

—Sí —contestó—, pero la próxima vez me irá mejor.

—¿Piensas volver a hacerlo? ¡Estás loco!

Todos rieron y continuaron su camino. Siempre se habían burlado de él, le habían puesto apodos y le habían llamado "enano cobarde", por no querer participar en sus bromas, pero eso tenía que acabarse *ya*. Él debía ser tenaz para superar sus caídas en la declamación, así como en su vida social. ¡Necesitaba ser aceptado y querido por sus compañeros!

—¡Espérenme! —gritó llamando a sus colegas—. ¿A dónde van?

—Hoy traigo el coche de mi papá —comentó uno del grupo—, daremos una vuelta, no me digas que quieres venir con nosotros.

—¡Claro!

Los cinco jóvenes corrieron al estacionamiento. José Carlos dudó un instante, pero se unió a ellos y nadie lo rechazó.

Apenas se habían acomodado en el coche negro, el conductor aceleró al máximo. Las llantas rechinaron escandalosamente al patinar en una curva. Los tripulantes gritaron, unos de miedo y otros porque les parecía muy cómico que, a pesar de la forma en que acababan de tomar la curva, el cacharro no se hubiera volcado matándolos a todos. José Carlos estaba tenso y callado. Uno de sus compañeros hablaba sobre cómo había robado dinero a sus padres y todos comenzaron a arrebatarse la palabra para relatar aventuras de hurtos y engaños.

En ese instante Sabino distinguió a un grupo de jovencitas caminando en sentido contrario al auto. José Carlos se agachó de inmediato al reconocer entre ellas a Ariadne y a Sheccid. Al pasar frente a las chicas el chofer tocó el claxon, que emitió un sonido afónico, y les gritó:

—¡Que buenas están, mamacitas!

Todos rieron y lanzaron sus piropos más prosaicos. Sabino le pidió al conductor que regresara de inmediato.

—¿De veras?

—¡Claro! Y pasa cerca de ellas, por favor.

—¡Así se habla!

Los jóvenes estaban alterados, como si se hallasen a punto de realizar alguna de sus travesuras más audaces.

El cacharro humeante dio vuelta en U y aceleró para llegar hasta las chicas, quienes no se percataron de que el auto se acercaba por detrás. Como la banqueta era angosta, Ariadne y Sheccid caminaban sobre la calle, así que el conductor aproximó el coche lo suficiente y disminuyó la velocidad mientras Sabino sacaba medio cuerpo por la ventana. Cuando el auto alcanzó a las damas, Sabino lanzó un frenético alarido que hizo brincar a las chicas y con la mano bien abierta plantó una formidable nalgada a Sheccid, quien dio un grito, aterrada. El auto aceleró de inmediato y las carcajadas de los vándalos en el interior del coche se escucharon hasta el exterior. José Carlos estaba lleno de rabia e indignación, hundido en el asiento. No podía creerlo. La cólera le desbordaba por las pupilas.

—¡Fantástico!

Todos reían.

José Carlos se sentía como si alguien acabara de agredir a su hermana o a su madre.

40

—¿Qué le pasa al poeta frustrado?

—¿Te asustaste, ratón? No seas ridículo. Da la vuelta a la cuadra y repitamos la broma —propuso Sabino—. Esa tipa está buenísima.

—Es peligroso —comentó el chofer—, mejor busquemos otras.

—Te digo que quiero repetir con las mismas.

José Carlos no pudo soportarlo más. Se irguió encolerizado y levantó la voz.

—Déjenme bajar.

—¿Qué dices?

—Todos ustedes son unos imbéciles.

Se hizo un silencio cortante en el interior del auto. Al instante el conductor disminuyó la velocidad.

—¡Que se baje! —opinó uno.

—Que se tire por la ventana el idiota —sugirió otro.

El coche terminó de dar la vuelta a la cuadra y el grupo de chicas volvió a aparecer al fondo de la calle.

—¿Qué hago? —preguntó el conductor.

—Déjalo bajar —autorizó Sabino—. De "palomita".

El auto se detuvo por completo junto a un poste de luz. José Carlos abrió la portezuela trasera, pero apenas sacó una pierna, el chofer aceleró arrancando a toda velocidad. Como tenía la mitad del cuerpo afuera, el auto en movimiento lo golpeó con violencia y lo lanzó directo a la columna de concreto. Sintió con absoluta claridad que su frente se impactaba en el poste; las llantas del coche estuvieron a punto de pasar sobre sus piernas. Se desvaneció.

Las chicas escucharon el rechinar de las llantas y voltearon para alcanzar a ver buena parte de la escena.

CCS, sábado 29 de julio de 1978

Sheccid:

Cuando me aventaron de aquel auto y me desplomé junto al poste, tú y tus amigas se acercaron a mí. Las oí hablar entre nubes. Dijeron

41

que yo era un degenerado, que debían acusarme para prevenir a otras chavas de posibles ataques. Alguien mencionó que no se explicaba por qué me habían sacado del coche. Cuando volví en mí, ustedes ya no estaban. Dos paramédicos me atendían.

Mis padres preguntaron alarmados qué me había pasado. Lleno de vergüenza les confesé la verdad. Tuve que hacerlo, porque los llamaron del hospital de emergencias.

—¿Acaso no razonas? —dijo mi papá, furioso—. Si te juntas con muchachos así, puede ser que algún día no te recojamos en la Cruz Roja sino en la morgue.

Tal vez tiene razón.

He estado pensando en Sabino y sus amigos. En la forma como presumían sobre quién era el más deshonesto; en la nalgada que te dieron...

Todas las personas malas justifican lo que hacen. Por eso siguen haciéndolo.

Incluso encontré en un libro de refranes populares, consejos muy extraños:

"El que parte y reparte le toca la mejor parte". ¿Quiere decir que cuando te toque distribuir, debes aprovecharte y robarle a los demás?

"Tonto es el que presta un libro y más tonto el que lo regresa". ¿Significa que no es bueno confiar en nadie, pero que si alguien confía en ti, debes fastidiarlo?

"Ladrón que roba a ladrón tiene cien años de perdón". ¿Es equivalente a decir que si a quien le robaste es malo, entonces tú eres bueno por castigarlo?

"Transa y avanza". ¿Significa que debemos progresar siendo deshonestos?

"El fin justifica los medios". ¿Quiere decir que puedes matar, robar o traficar droga si, por ejemplo, distribuyes las ganancias entre tus pobres familiares?

"Este es el año de Hidalgo, cobarde es el que no se lleve algo".

¿Significa que cuando tengamos la oportunidad de robar, debemos aprovecharla?

Sheccid, me gustaría destacar y que te fijes en mí, pero no haciendo cosas malas. Quiero ser diferente a Sabino y a Mario.

¿Sabes? Durante el verano me aprendí más de diez poemas para declamar. Todos los días practico frente al espejo. Al principio me sentía ridículo pero creo que cada vez lo hago mejor.

Les he recitado a mis hermanos. Ellos son muy buena onda conmigo. Ponen sillas alrededor de mí y me escuchan con atención, luego me aplauden y me piden otra. Es padrísimo sentir que me estoy superando cada día y que dentro de mí estoy acabando con el miedo a hablar en público.

Faltan unas semanas para el inicio del nuevo ciclo escolar.

No voy a quedarme con una última experiencia de fracaso. Ni en la declamación ni en amor. Tal vez en el ciclismo sí, porque no me gusta ese deporte. Papá me ha obligado a entrenar más para las carreras de bicicletas y eso es super cansado y aburrido.

Estoy definiendo mi vida y mi personalidad.

Lo hago por ti, princesa.

6

Era domingo. José Carlos competiría en el velódromo de la ciudad. Se sentía estresado y temeroso. Había practicado el ciclismo desde los once años de edad y jamás había ganado. A veces llegaba al final del grupo, se bajaba furioso de la bicicleta y la aventaba al suelo. Luego le decía a su padre: "¿No entiendes que odio este deporte?" Su papá movía la cabeza y contestaba: "Tenemos que entrenar más esta semana".

En varias ocasiones acabó lastimado y avergonzado después de un accidente. Eso había empeorado su actitud. Pensaba: "No debo arriesgar mi vida disputándome codo con codo una simple medalla de oro."

Su padre lo obligaba a entrenar y él seguía compitiendo y perdiendo.

Pero ese día cambió para siempre su forma de pensar.

Iba en medio del pelotón cuando faltaban cinco vueltas al velódromo.

Tenía fuerzas para intentar una escapada y prefirió reservarse. En la vuelta final todos los ciclistas se lanzaron sobre los pedales y comenzaron a mover el cuerpo de manera peligrosa acelerando a toda velocidad. José Carlos fue empujado dos veces y se hizo a un lado, evadiendo el riesgo. Aunque tenía la capacidad y la fuerza para disputar las medallas, no quiso hacerlo. Dejó que la fila se alargara y se resignó como otras veces a cruzar la meta en último lugar.

Poco después, su padre lo alcanzó. Tenía lágrimas de rabia en los ojos.

—¿Por qué, José Carlos? ¿Por qué haces esto? ¡Mírate nada más! Estás fresco como lechuga. Me decepcionas. Te portas como un cobarde. ¿A qué le tienes miedo? ¡Para ganar medallas hay que partirse el alma! ¡Lo mismo para ganar dinero, lograr una profesión o un buen prestigio! No puedes ser perseverante en unas cosas y perezoso en otras. O eres un luchador incansable o acabarás fracasando en todo.

—Pero, papá ¿no me entiendes? Llevo practicando cuatro años este deporte y no me gusta. ¡Pelear tanto por una simple medalla de oro es demasiado peligroso y cansado!

El padre de José Carlos respondió con seguridad categórica:

—¡Si estás aquí, haz las cosas bien! No se trata de ganar una medalla, hijo. ¡Es la vida misma lo que está en juego en la pista!

El joven se retiró para cambiarse de ropa.

En el baño del velódromo se miró al espejo con detenimiento y luego susurró una palabra sin dejar de verse a los ojos.

—Imbécil...

Se cercioró de que no hubiera nadie en los retretes y cerró la puerta del sanitario. Regresó al espejo y se habló en voz alta:

—Tu padre tiene razón. ¡Te bajaste de la bicicleta con energías! ¿A qué se debe tanta flojera? Así nunca vas a lograr nada importante en la vida. Esto tiene que acabar. Como dijo tu papá, no puedes ser tenaz para algunas cosas y débil para otras. Es verdad. ¡Si compites en este deporte, hazlo bien! No se trata de una carrera nada más, sino de tu carácter. De la forma en que enfrentas los problemas. ¿Quieres lograr una buena profesión, éxito económico y el cariño de una mujer extraordinaria? ¡Entonces sé atrevido y valiente! Gana en la pista de ciclismo, vuelve a declamar frente a la escuela, logra que Sheccid te tenga confianza. ¡Da lo mejor de ti hasta quedar exhausto! ¿Me oíste? —levantó la voz y se gritó a la cara frente al espejo—. Nunca más... infeliz ¡Basta de apocamiento! De ahora en adelante siempre harás el mejor esfuerzo, ¡agresivo!, ¡decidido! Dejarás de ser el comodino, holgazán de porquería que has sido y demostrarás de lo que eres capaz.

Observó su rostro en el cristal por un segundo más. Los ojos estaban fijos y de su frente habían comenzado a escurrir gotas de sudor.

Alguien tocó a la puerta del baño.

Carraspeó y se arregló el cabello con torpeza antes de abrir.

CCS, lunes 4 de septiembre de 1978

Primer día de clases.

La maestra Jennifer, fue ascendida a coordinadora escolar y propuso la creación de un grupo con los mejores alumnos de la escuela.

—De los doscientos cincuenta muchachos que pasaron a tercer grado —explicó al darnos la bienvenida—, seleccioné a treinta. Hubo mucha oposición en el consejo directivo. Algunos dicen que juntar a los estudiantes más destacados en un salón es contraproducente, pero yo creo que ustedes tienen, no sólo un mejor nivel académico, sino también una mayor madurez, y pueden formar un equipo de trabajo con desempeños extraordinarios

Volteé alrededor. Todos mis nuevos compañeros hacían lo mismo. La mayoría de las caras eran desconocidas para mí.

—Ahora, escuchen bien —siguió la maestra—. A partir de hoy, tendrán que acostumbrarse a muchas presiones. Hay profesores en desacuerdo que tratarán de demostrar que nada bueno puede salir de este grupo.

Una joven alta y desenvuelta levantó la voz.

—No la defraudaremos.

—Sí, Carmen Beatriz, pero van a tener que demostrar su capacidad desde este momento. El subdirector es uno de los disconformes con el proyecto del grupo especial y me avisó hace diez minutos que el festival cívico de hoy deberá ser dirigido por ustedes. No tenemos

tiempo para ensayar nada; apenas media hora en la que debemos organizar una escolta y por lo menos cinco números artísticos.

En el silencio del lugar hubo vibraciones de nerviosismo y reto. Me di cuenta de que era una excelente oportunidad para volver a declamar. Durante el verano practiqué a solas cada día. También le recité a mis padres e incluso a mis tíos y primos. No podía fallar. Debía levantar la mano. ¡Era mi obligación!

Carmen Beatriz asumió de forma espontánea el papel de líder y comenzó a anotar a los voluntarios: Uno deseaba leer las efemérides, otro quería bailar tap, alguien podía hablar sobre la higiene, y un gracioso bromeó diciendo que podía brincar rascándose al mismo tiempo la nariz.

Tenía las manos heladas. Revisé mi ropa. Los pantalones me quedaban un poco largos y traía los zapatos sucios. Recordé que en la mañana no fui capaz de acomodar mi horrible cabello lacio y que para colmo me había salido un asqueroso grano en la nariz. Me lo toqué con la mano. ¡Estaba creciendo a cada minuto, y al declamar todos lo verían! Me estiré para disimular mi baja estatura; sentí terror al pensar que Sheccid era un poco más alta que yo. Cerré los ojos.

—¿Qué te pasa? —me regañé en voz baja—. ¡Tú puedes recitar! ¡Has pasado todo el verano practicando y soñando con esta oportunidad! No seas cobarde. Después de tu fracaso en el ciclismo te hiciste una promesa. ¡Ahora cúmplela! Debes sacarte la espina frente a la gente que te vio caer. ¡Caramba! ¿Qué importan tus zapatos sucios, el grano en la nariz, el cabello rebelde y tu talla pequeña? ¡Tienes que ser valiente!

Justo cuando habían seleccionado, entre todas las propuestas, cinco números para hacer la mejor ceremonia del año, la maestra comenzó a decir.

—Les agradezco su entusiasmo. Me doy cuenta que no me equivoqué. Este será un grupo excepcional.

Sin pensarlo más, me paré de la silla. Dije:

—¡Quiero declamar también!

Por un momento creí que la voz había salido de otra persona, pero era yo quien estaba de pie; mis nuevos compañeros me contemplaban en silencio. Se veían un poco molestos porque parecía que había esperado hasta ese momento para llamar la atención.

—De acuerdo, José Carlos —comentó mi profesora—, cerrarás con broche de oro—, y agregó como disculpándose ante los demás—: Esta participación es muy importante...

Algunos me observaron con desconfianza y preguntaron por lo bajo: "¿es muy importante?"

Todos esperaban que lo fuera y yo sabía que lo era.

Como si estuviese a punto de la salida en una competencia de ciclismo, respiró hondo e intentó relajarse mientras esperaba su turno al micrófono. Se sentía inquieto pero no angustiado como la vez anterior. Cuando escuchó su nombre, Carmen Beatriz le indicó el sitio tomándolo del brazo y diciéndole al oído:

—Las cosas no van bien. Están aburridos. Ahora todo depende de ti.

Era la hora de entrar en acción. Asintió abriendo y cerrando las manos, mirando la impresionante magnitud de su público. Caminó con fingida serenidad y se paró frente al micrófono.

—Dedico este poema de Rafael León —comenzó con voz firme y pausada, las cosas se hacen completas; y lo dijo—: a una persona a quien aprecio mucho. Sheccid.

No se despertó el más mínimo comentario; respiró hondo y comenzó.

—*Me lo contaron ayer, las lenguas de doble filo, que te casaste hace un mes y me quedé tan tranquilo...*

Su voz pasaba a través de un largo cable hasta los altavoces y las palabras se escuchaban un instante después de haberse pronunciado. Estaba consciente de dónde se hallaba y lo que hacía; descubría en cada palabra que no existe el orador inexperto, cuando una persona sabe lo que tiene que decir, sólo requiere concentrarse en ello; la clave está en no dudar, y él ya no dudaba; poco a poco se fue haciendo parte de su poema y concentrando en cada palabra para vivir en carne propia la agresividad de la dramatización. Ante el asombro de todos y de él mismo comenzó a salir a la luz una faceta escondida de su personalidad. Se emocionó tanto que manoteó y gritó con verdadero furor:

—*Tú cada noche en tus sueños, soñarás que me querías, y recordarás la tarde que tu boca me besó. Y te llamarás "cobarde", como te lo llamo yo. Pensarás: no es cierto nada, y sé que lo estoy soñando; pero allá en la madrugada te despertarás llorando, por el que no es tu marido ni tu novio ni tu amante, sino el que más te ha querido, ¡con eso tengo bastante!*

La poesía dejó en el aire el efecto de un sentimiento intenso, casi con vida propia. El silencio se alargó un poco más mientras los oyentes acababan de entender el fondo de la conmovedora historia.

Se retiró despacio. Entonces vino una ovación que duró largo tiempo. Sonrió; miró hacia abajo, sus zapatos estaban sucios y sus pantalones holgados; se frotó la nariz y sintió el doloroso barro de acné ¡nadie lo había notado! No podía creerlo. ¡Las cosas habían salido bien por primera vez! Se preguntó si no estaría soñando.

Caminó saludando a desconocidos que se aproximaban para felicitarlo. Buscó a su maestra Jennifer. Necesitaba verla, agradecerle, decirle que el mérito era de ella, que estaba impresionado por la forma en que funcionaban sus teorías. Cruzó el alborotado patio entre chicas que pasan a su lado deshaciéndose en sonrisas. Dos muchachas enormes se plantaron frente a él.

—Me llamo Frida —dijo una de ellas tendiéndole la mano—, ¡declamaste increíble!

—¿Lo harás en privado para nosotras? —dijo la otra abrazándolo por la espalda.

Se puso un poco tenso. Las chicas eran al menos treinta centímetros más altas que él.

—¿Te casarías conmigo? —preguntó Frida con seriedad.

José Carlos la miró abriendo mucho los ojos. Al verlo entre asombrado y asustado ambas soltaron una sonora carcajada.

—¡Pero qué descaro, Frida! —protestó la compañera—. Si yo lo vi primero.

—Pues que se case con las dos, entonces. Una noche te atiende a ti y la otra a mí. Recitándonos poemas, por supuesto.

Las bulliciosas risas ocasionaron que todos los caminantes voltearan a verlos. ¿Qué estaba pasando? No lo entendía.

La maestra Jennifer pasó caminando junto al grupo y sonrió al ver a su alumno, otrora tímido e inseguro, ahora rodeado de chicas.

Se disculpó con su improvisada audiencia y salió a toda prisa para alcanzar a la coordinadora. Ella lo recibió sonriendo y el joven la abrazó con cariño. Por un largo rato no pudo decir nada, pero al final articuló una sola palabra: "gracias".

A la hora de la salida, el Datsun rojo estaba parado frente a la escuela. Sabino hojeaba las revistas dentro del coche con la portezuela abierta. Un grupo de amigos lo rodeaban.

José Carlos recordó cómo después del fracaso en su primer intento por declamar, había sido burlado y lesionado por el grupo de Sabino. También recordó a Mario y, motivado por la energía de la última experiencia exitosa, se acercó al automóvil compacto.

Se sentía fuerte y seguro.

Los muchachos reían como enloquecidos pasándose de mano en mano el pene de plástico que el vendedor usaba como muestra.

—¡Miren quién llega!

—Acércate —lo invitaron—, y descubre lo bueno de la vida.

Uno de ellos puso el brazo en su espalda. La presencia del grupo lo animó a hablar con energía.

—¿Dónde está Mario?

El conductor del auto no le hizo caso.

—La mamá de Mario está muy preocupada y enferma. ¿A dónde llevó a mi compañero?

El tipo se dirigió a Sabino para urgirlo a que cerrara la puerta del coche de una vez.

José Carlos volvió a preguntarle:

—¿No me oyó, cretino? —tomó una de las revistas, la rompió y arrojó los pedazos al suelo—, ¿qué le hizo a nuestro amigo?

Todos dieron un paso atrás cuando el hombre salió del coche expulsando chispas por los ojos.

7

CCS, lunes 18 de septiembre de 1978
Los estudiantes se están acomodando en el patio para el homenaje a la bandera, mientras tanto he decidido sentarme en una banca de piedra y escribir.

El otro día encontré al chofer del Datsun rojo rodeado de compañeros, le rompí una de sus revistas y exigí que me dijera dónde estaba Mario. Todavía no entiendo cómo me atreví. El bizco salió del carro. Creí que iba a golpearme, pero sólo me maldijo con sus peores palabras, tomó los pedazos de su revista, subió al coche y arrancó. Sabino logró bajarse a tiempo. Todos se me quedaron viendo con asombro. Entonces les expliqué que Mario había sido secuestrado por ese vendedor de pornografía y que la policía estaba tratando de localizarlo.

Creo que me gané el respeto de Sabino y su grupo.

Algo está ocurriendo dentro de mí. Puedo sentirlo. Hay una transformación. Es el poder de la última experiencia.

¡Ah, se me olvidaba! Ayer gané tercer lugar en la carrera de ciclismo. Mi padre me levantó en hombros y me llevó a comer a un restaurante, como premio.

Se sobresaltó al percibir la presencia de alguien parado frente a él.
—Hola...
Esta vez la bella chica de ojos claros estaba sola.
—Sheccid...

53

—Me da mucha risa la forma en que me nombras. Algunos compañeros han comenzado a decirme así para burlarse.

—¿Burlarse?

—Sí… ¿Estás ocupado?

—Un poco.

—No quiero quitarte el tiempo. Sólo he venido a disculparme.

—¿De qué?

—He hablado mal de ti. Te he hecho quedar en ridículo con medio mundo. He difundido la idea de que eres un depravado. Tal vez lo seas, pero eso no me da derecho a publicarlo. Cuando me di cuenta de mi impertinencia supe que debía pedirte una disculpa.

Él la miró por varios segundos. Después dijo:

—¿Te disculpas sólo para quedar bien contigo misma? Eso suena raro. No me pareces muy sincera.

Ella se quedó de pie. De forma imprevista cambió el tema de la charla

—¿Qué escribías?

Cerró el cuaderno.

—Nada.

—Te escuché en la ceremonia hace dos semanas. Me impresionaste —la joven se sentó junto a él.

—Todo el verano estuve ensayando.

—¿Y cómo evolucionó la herida que te hiciste en la frente? La última vez que te vi, te habías descalabrado.

José Carlos sintió calor en las mejillas como cuando se ruborizaba. Quiso explicar que no fue él quien le dio la nalgada, que cuando protestó por cuanto sus compañeros hicieron lo arrojaron del coche, y que estaba muy avergonzado por el incidente.

—Evolucionó bien —contestó—, me dieron tres puntadas.

Levantó el pelo para mostrar la herida. Ella observó con aire maternal.

—Te ves del todo recuperado —llevó una mano a la cara del joven—. Estás ardiendo, ¿tienes fiebre? Tal vez debes ir al médico.

Se quedó paralizado al sentir el dorso de esa mano en su mejilla. No pudo comprender el significado de la caricia. Le agradó, pero a la vez le produjo la contradictoria sensación de estar siendo manipulado. A sus quince años, esa chica tenía en la mirada todo el candor de una niña y toda la sensualidad de una mujer.

—¿Y te inscribirás en el concurso de declamación? —preguntó ella apartando la mano.

—Sí.

—¡Pues necesitarás practicar muchos veranos más antes de poder ganarme a mí en un concurso! Estás a años luz de declamar como un profesional. Voy a darte unas clasecitas. Así que observa bien.

Se puso de pie como enfadada y se retiró.

La ceremonia cívica dio inicio.

José Carlos fue a su lugar y analizó cada detalle.

Después de cantar el himno nacional y contemplar a la escolta haciendo su recorrido, vio a la chica de ojos azules aparecer en el estrado. Se había disfrazado de indígena, con sombrero, chal, cinturón y machete de utilería. A pesar del extraño atuendo, seguía pareciendo hermosa. Anunció que declamaría un poema con un cierto grado de dificultad para demostrar que no sólo una persona en la escuela sabía recitar bien.

A los costados de José Carlos se hizo un murmullo. Nunca había imaginado que ella fuera capaz de llegar a esos extremos.

En efecto, *La nacencia* de Luis Chamiso era un poema complejo, porque describía la desesperación de un campesino que, viajando con su esposa embarazada en la noche, debía detenerse para ayudarla a dar a luz a un hijo en medio del páramo. Durante varios minutos la declamadora precisó imitar los gestos, las actitudes y el tono de voz de un hombre indígena, desesperado por salvar a su mujer. Sheccid terminó:

—*Dos salimos del chozo; tres volvimos al pueblo. Jizo Dios un milagro en el camino. ¡No podía por menos!*

Una escalofriante ovación lo hizo reaccionar. Esa chica era una verdadera artista. Los aplausos se hicieron rítmicos y organizados, como si el público pidiera otra representación. El profesor de literatura de la joven se paró al frente y dijo con la tonadita de un animador de circo:

—¿Qué les pareció, muchachos?

El escándalo aumentó.

—Pronto será el concurso de declamación. ¡Los reto para que todos participen! Hemos visto que en esta escuela hay una gran calidad, pero les advierto que va a ser difícil ganarle a mi alumna. Así que prepárense bien.

Hubo protestas, silbidos y más aplausos.

—¿No lo creen? ¿Acaso consideran que hay alguien capaz de superarla? ¡Que suba y lo demuestre!

José Carlos entendió el reto. Era para él. Después de tantas felicitaciones y aseveraciones de que nadie podría ganarle en un concurso, sus amigos no permitirían que se quedara cruzado de brazos. Por si fuera poco, algunos comenzaron a gritar su nombre.

—¿José Carlos? —escuchó la voz de Carmen Beatriz, que se había acercado a su oído.

—¿Eh?

—¿Puedes defenderte?

—Eso creo.

—Entonces te apoyamos.

Sintió que el suelo se movía cuando todo el grupo se organizó para llamarlo una y otra vez, al unísono. Muchos advenedizos, deseosos de ver pelea, se unieron al coreo.

No esperó más y caminó hacia el frente. Los gritos se convirtieron en aplausos.

Unos ojos azules se fijaron en él con altivez. Trató de ignorarlos, pero trastabilló y estuvo a punto de tropezar al subir las escaleras del estrado.

El profesor lo recibió con beneplácito.

—De modo que aquí tenemos un declamador que quiere superar a mi alumna. ¿Qué vas a recitar?

—*La sinjónica*, de Fernández Mendizábal.

El profesor se hizo a un lado. José Carlos se irguió inspirando con calma y aguardó mayor silencio; creía saber cómo ganarse a esa multitud alterada. El poema que diría no tenía el grado de dificultad necesario para impresionar a un jurado intelectual, pero era lo suficientemente cómico e interesante para hacer estallar la tensión en carcajadas.

—Representaré a un campesino —explicó—, que le cuenta a su esposa las barbaridades que vio en un concierto sinfónico.

Imitó la voz del protagonista con naturalidad y atrapó de inmediato a los oyentes. Hubo risas y aplausos en medio de su interpretación. Tuvo que hacer pausas frecuentes. Durante la comedia, el público se fue entregando más y más, reaccionando de forma explosiva ante la más mínima frase cómica. Detrás de él, sin embargo, su rival fue incapaz de esbozar la más mínima sonrisa.

—*"Ta güeno Atanasio, ¿pero y la sinjónica?" "Pues vieja, quien sabe, porque yo no la vide por ninguna parte, creo que se enfermó, porque, la verdad, no vinió"*.

Los setecientos alumnos irrumpieron en una ovación mayor a la precedente.

El maestro ya no intervino. Esta vez se trataba del honor de Sheccid y fue ella quien se adelantó hasta el micrófono para defenderse. José Carlos se movió hacia un lado, pero permaneció ahí, junto a ella. Sintió las vibraciones de tensión que emitía. La chica comenzó a hablar, siempre mirándolo de reojo.

—*Su cabeza de fealdad corriente, se ilumina con la luz divina de una ilusión cuando me ve* —tomó aire y prosiguió de improviso—, *¡sorpréndolo en tal momento, me asomo a su alma y descubro a su*

57

persona con el pecado en la mesa, que sola y pusilánime se esconde como un reptil se esconde en la maleza!

Se quedó absorto al escuchar ese verso de Luis G. Urbina monstruosamente deformado. Aguardó que la muchacha prosiguiera con el poema, pero no lo hizo. Había terminado. Las cosas tomaban un curso extraño y peligroso. No estaba seguro de poder sostener una lucha de ese tipo. Vio a la maestra Jennifer avanzar con rapidez entre el público, con intenciones de detener el espectáculo. Respiró hondo y se acercó al micrófono que la joven había dejado libre. Dijo:

—*Muchachita triste que uno y otro día, con la cesta al brazo, presuroso paso, vienes a exhibirte* —se detuvo; no había tenido tiempo de pensar si ese verso de Mezquiz podría ayudarlo; comenzó a sentir pánico, pero siguió con el poema de inmediato—; *¡qué negra de tu vida, qué recio el laúd que barre el tesoro de tu juventud! ¡Qué honda la herida, que en tu pobre carne, carne de dolor, te hiciera el amor!*

Hubo risas y comentarios del público. Ella empujó al muchacho, se apoderó del micrófono y continuó representando a Rafael Acevedo:

—*Yo no quisiera ver lo que he mirado a través del cristal de la experiencia; el mundo es un mercado en que se compran amistades, sonrisas y conciencias. ¿Amigos?* —se colocó cara a cara frente a él—, *¡es mentira! No hay amigos! La amistad verdadera es ilusión. Ella cambia, se aleja o desaparece con los giros de la situación.*

José Carlos la apartó con suavidad, exaltado ante el nerviosismo de todos y ante el suyo propio; había venido a su mente un conocido poema de Rubén Darío.

—*La princesa está triste ¿qué tendrá la princesa? Los suspiros escapan de su boca de fresa, que ha perdido la risa, que ha perdido el color. La princesa está pálida en su silla de oro...*

Se detuvo un instante al contemplarla tan cerca, mirándolo. Sus ojos se veían más claros y ligeramente tenues por una capa de... ¿lágrimas? No continuó.

La algarabía del público había ocasionado que la formación se deshiciera. Nunca antes se había visto en la escuela una ceremonia cívica tan especial. La muchacha, llena de enfado y excitación, pensaba en cómo responder a su contrincante cuando la maestra Jennifer la detuvo por el brazo.

—Muchas gracias —dijo la coordinadora de profesores tomando el micrófono—. Ha sido una exhibición interesante —agregó—, pero no estoy de acuerdo en que se fomente de esta manera la rivalidad entre los grupos. Démosle un fuerte aplauso a sus dos compañeros y nunca olviden que en esta escuela todos somos parte del mismo equipo.

Los chicos obedecieron. Sheccid bajó las escaleras del estrado y fue recibida por sus amigas. José Carlos hizo lo mismo y su grupo de compañeros lo rodeó. A pesar de las palabras de la maestra Jennifer, la escuela estaba dividida y la pugna entre ambos bandos iba a ser inevitable.

8

CCS martes 3 de octubre de 1978

Sheccid: Ahora declamo con frecuencia. A mis compañeros les fascina escucharme y algunas chicas mayores, dirigidas por Frida, han comenzado a jugar a que son mi club de admiradoras. Eso me da mucha risa y vergüenza a la vez. Yo no buscaba ser famoso. Sólo deseaba que tú te fijaras en mí.

Anoche no pude dormir. Abrí la ventana de mi cuarto y pasé horas extasiado mirando hacia fuera. Acababa de llover. Contemplé en la penumbra del jardín las plantas mojadas y sentí cómo el aroma se extendía alrededor de mí. En esos momentos te recordé más que nunca. Había pocas nubes y el cielo estaba salpicado de estrellas plateadas como tú.

Han sido unas semanas llenas de excitaciones. Sheccid, he pensado en el asunto de la declamación, y he pensado en que no tengo derecho a hacer lo que hago. No si te molesta; después de todo, ya he logrado llamar tu atención lo suficiente.

Ambos somos muy competitivos y eso es malo. He decidido no inscribirme al concurso. Te dejaré el camino libre, aunque desilusione a muchas personas.

Me gustaría que esa rivalidad tan ridícula que se ha levantado entre nosotros deje de separarnos. Me gustaría que fuéramos amigos. Nunca he querido hacer lo que tú crees que he querido, sólo he deseado todo lo contrario, pero no lo sabes; no quieres saberlo, eres ciega y te niegas a acabar con tu ceguera. Deseo que la idea que tienes de mí cambie, porque tal vez piensas que soy un déspota dispuesto a causarte problemas por mis propios problemas, por los problemas que crees que tengo y que en realidad no tengo. Te quiero Sheccid, ¿es ése un problema? Estoy seguro que sí, pero no es un problema sólo mío. Quieras o no te incluye a ti. Y tú tendrás que ayudarme a resolverlo. No dejo de preguntarme cómo haré para acortar la distancia entre nosotros. ¡Hoy me siento al mismo tiempo más cerca y más lejos de ti que nunca!

José Carlos dejó de escribir en su libreta y repasó los párrafos, satisfecho. Había días como ese en el que lograba redactar con más pulcritud. Levantó la vista. Su grupo estaba afuera del laboratorio de química esperando que el segundo A terminara sus prácticas.

—¿Qué escribes? —le preguntó Marcela aproximándose a él.

—Conflictos, creencias y sueños…

—A ti te han embrujado. ¿Cómo puedes estar tan enamorado de una muchacha que ni siquiera *te pela*?

—No sé.

—Ella va a salir en cualquier momento por esa puerta —aclaró Marcela acurrucándose junto a él y tomándolo de la mano—. ¡Vamos a ponerla celosa!

—No hagas eso.

—Te conviene. Así se dará cuenta de que te sobran las mujeres.

José Carlos sonrió.

—Gracias, Marcela, pero no es necesario.

—¿Por qué la quieres tanto? —él se encogió de hombros—. Estás enamorado de un ideal. Eso es muy peligroso…

Se quedó callado. Unos días atrás había charlado con su madre al respecto. Recordó la conversación. Estaba en su cuarto tratando de estudiar, cuando su mamá tocó la puerta y entró a verlo.

—¿Qué ocurre, José Carlos? ¿Por qué te pasas todas las tardes escribiendo?

—No es nada importante, mamá —recorrió el sillón hacia atrás y se enfrentó a ella indispuesto a dar muchas explicaciones—. Cuando escribo pienso mejor... Sí. Solamente pienso... No estoy seguro de que puedas entenderme.

—Inténtalo.

—Es que... en realidad no estoy seguro de que pueda darme a entender.

—¿Tus problemas tienen algo que ver con el vendedor de revistas? ¿Lo has vuelto a ver?

—No, mamá. Seguí tu consejo. La pornografía es como agua de mar y yo no la estoy tomando. Busco el agua pura, como me recomendaste pero, no sé... de todos modos me estoy muriendo de sed.

—¿Es por esa joven de la que me hablaste?

—Sí... No la puedo apartar de mi mente ni de día ni de noche.

La madre asintió sin poder ocultar una mirada de ternura.

—¿Cómo es?

—Muy hermosa. Alta, delgada, de ojos azules y cabello castaño. Genial. Artista... No la conozco bien, pero tengo la esperanza de que será alguien especial, capaz de comprenderme y valorarme...

—¿No la conoces bien y piensas todo eso de ella?

—Sí.

—Mmh...

—¿Qué pasa?

—¿Me permitirías darte un consejo?

—Por favor.

—¡Disfruta esta etapa! La recordarás como la más hermosa de tu vida, pero por más enamorado o triste que te sientas nunca te estanques.

—¿A qué te refieres?

—Si estás enamorado, supérate, estudia, practica deporte y aprende cosas nuevas con la fe de que algún día estarás a la altura necesaria para vivir el romance que anhelas. El sentimiento que hoy te embarga es muestra de que debes trabajar mucho...

—Eso estoy haciendo, sin embargo, no quisiera tener que esperar años para...

—¿Vivir el amor?

Asintió.

—Lo estás viviendo ya... Disfrútalo.

—No lo entiendo. ¿Se puede disfrutar lo que nos hace sufrir?

Ella sonrió con dulzura.

—Con frecuencia el amor es así.

¿Así que añorar a su princesa era señal de que necesitaba crecer más?, ¿sufrir sintiéndose incomprendido debía ser motivo de dicha?, ¿al desear ser adulto para tener control total de su vida debía recordar que la etapa más bella era ésa en la que tanto padecía? No había duda de que la adolescencia era una época de contradicciones y paradojas.

—¿José Carlos? ¿Me escuchas? —Marcela le pasaba la mano frente a los ojos para tratar de hacerlo volver a la realidad—. ¿Estás ahí?

—Perdón —regresó al presente—. ¿De qué hablábamos?

—Te dije que era muy peligroso enamorarse de un ideal y tú me aseguraste que no te importaba. Luego te quedaste como congelado.

—Ah, sí. Disculpa. Mira, Marcela, cada vez que le pregunto a alguien qué debo hacer me contesta que la olvide, y yo necesito amigos que no me den ese consejo...

—¡Vaya! A ti te picó una mosca muy extraña, pero ¿sabes? —se acurrucó junto a él—, quisiera tener la suerte de esa declamadora arrogante.

—Tú eres mujer, Marcela. ¿Qué hago para que me quiera?

—Bueno —se separó—. Mi hermano, Gabino, estudia en el mismo salón. Me platicó que no le agradas a la jefa de su grupo, y ella influye mucho en todos. Especialmente en la chava que te gusta.

—¿No le agrado a la jefa del grupo, de Sheccid? ¡Yo ni la conozco!

—Pero ella a ti, sí. Se llama Ariadne.

—¿Ariadne? ¿La pecosa? ¡No puede ser! Esa chava es super boba.

—Te equivocas. Gabino me ha platicado que es una líder muy inteligente. Deberías hablar con ella y ganarte su confianza. Eso te ayudaría con Sheccid.

—Oh.

Se abrió la puerta del laboratorio y comenzaron a salir todos los alumnos del segundo A.

Marcela volvió a acurrucarse con José Carlos, insistiendo en el plan de celar a su pretendida.

Susurró:

—A veces es bueno poner más pólvora en las bengalas.

Él sonrió y rodeó a su amiga con el brazo. A Marcela no le avergonzó que su hermano, Gabino, la viera abrazada a José Carlos; el desfile de muchachos continuó; al final de la procesión aparecieron Sheccid y Ariadne, pero pasaron de largo sin voltear a ver a la pareja que fingía quererse. Tenían un problema. Ariadne caminaba con la cabeza agachada, apretando los dientes, y Sheccid trataba de consolarla.

José Carlos las miró con ojos nuevos. ¿De modo que la pecosa era una dirigente madura y perspicaz? ¿Entonces por qué lo juzgaba como "degenerado sexual" sin conocer los elementos de verdad? Quizá porque él mismo jamás se había acercado a dárselos.

Los estudiantes del segundo A salieron y los del tercero E comenzaron a entrar al salón.

Percibieron las intensas vibraciones de un conflicto reciente.

José Carlos caminó hacia el ayudante del laboratorio que acomodaba el material en las repisas.

—¿Qué pasó? ¿Por qué tardaron tanto en salir? ¿Por qué la pecosa parecía tan enojada?

El asistente volteó para cerciorarse de que no era visto por un superior, e informó con rapidez:

—Un muchacho, jugando, le quitó la lente principal al microscopio del que Ariadne era responsable. El nuevo profesor de química se enfureció. Exigió que devolvieran la lente pero nadie lo hizo. Amenazó con suspender a Ariadne y cobrarle la reparación del microscopio si el gracioso que había quitado la pieza no la regresaba. Yo vi que estuvieron jugando con el cristal y lo dejaron ir por el desagüe. Es imposible recuperarlo. La única perjudicada será ella. Estaba muy molesta porque nadie la apoyó. Es una compañera muy noble que siempre ayuda a todos y, se puede decir que la traicionaron.

—¿La van a suspender?

—Si no se devuelve la lente a más tardar hoy, antes de la hora de salida, sí.

El nuevo profesor de química salió de su privado con cara de enfado y se paró al frente. Todos guardaron silencio y se acomodaron en sus lugares.

—De modo que ustedes son el grupo favorito de la maestra Jennifer —comenzó con sarcasmo—. Gusto en conocerlos. Me alegra tenerlos en mi clase —sonrió—, veremos si son tan buenos como asegura nuestra coordinadora.

La sesión empezó en una atmósfera de rigidez. Primero por el desagradable antecedente de cuanto ocurrió con el otro grupo y segundo por el agresivo recibimiento del maestro.

—Copien esto —ordenó señalando un prolijo diagrama.

Los estudiantes comenzaron a sacar cuadernos y lápices para obedecer sin hablar. Después de unos minutos el laboratorio se hallaba en silencio total. Cada joven se esmeraba por bosquejar de la mejor manera el complicado dibujo. José Carlos recordó de pronto a su buen amigo *Fred*, el microscopio profesional que su padre le había regalado... Dejó de dibujar y se quedó estático. Apreciaba mucho ese aparato. Representaba un bello vínculo entre su padre y él; lo había colocado en la repisa central de su librero, pues le daba a su habitación un ambiente más intelectual y científico. No pudo evitar que lo embargara la tristeza al comprender lo que debía hacer. Era quizá una oportunidad para demostrarle sus buenas intenciones a Ariadne y a Sheccid. Como bien sugirió Marcela, si se ganaba el cariño de la pecosa abriría el camino para acercarse también a su princesa.

Comenzó a copiar de nuevo, pero los últimos trazos resultaron descuidados y grotescos. Levantó la cara al frente para mirar, mas no para escuchar, al profesor que hablaba, hablaba y hablaba... Se estiró los dedos con nerviosismo, ideando un plan. En cuanto la clase terminara, escaparía de la escuela por la parte trasera, correría sin parar hasta su casa y en menos de una hora estaría de regreso con la lente principal del microscopio para dársela a Ariadne. Debía tener mucho cuidado de no ser visto saltando la reja pues si algún prefecto lo sorprendía, se exponía a una suspensión. Empezó a sentir el hormigueo del temor subiendo por sus extremidades. Tendría que recurrir a toda su astucia y agilidad para burlar la vigilancia.

—¿Eh? ¿Mande?

—Te he llamado tres veces... —el profesor le gritaba furioso—, y no has tenido la atención de responderme. ¿Se puede saber en qué piensas?

Los pocos murmullos cesaron y las miradas temerosas se clavaron en alumno y maestro; el aire se sintió denso.

—¿Y ahora qué esperas? ¿Estás sordo o pretendes burlarte de mí? ¡Te he dicho que pases al frente y expongas lo que acabo de explicar! ¿O acaso no piensas obedecer hoy?

José Carlos se puso de pie, sintiendo un calor ardiente en el rostro, como si las miradas mudas de sus compañeros le exigiesen que pasara y demostrara al profesor *a quién* le estaba pidiendo que expusiera la clase.

—¡Al frente!

Algunos se percataron de su expresión atemorizada y bajaron la vista conscientes de que estaba a punto de ocurrir algo malo. José Carlos razonó, demasiado tarde, que debió defenderse desde su trinchera, decir cualquier excusa, reconocer su distracción y pedir perdón incluso, pero nunca pasar al frente.

—Bien —dijo el profesor apartándose—, te escuchamos.

Tomó la tiza con un evidente temblor en la mano y ésta cayó al suelo rompiéndose en tres partes.

—No uses el gis; sólo habla.

Asintió y tragó saliva. Marcela lo miraba con tristeza.

¿Exponer lo que había explicado el maestro? ¿Y qué rayos era eso?

—No ponías atención ¿verdad?

—No.

—¿Por qué? —la voz del químico se hallaba cargada de un asombroso tono de rabia.

—Estaba distraído.

—¿Por qué?

—Problemas. Cosas personales.

—¡Magnífico! —estalló alzando los brazos y dirigiéndose a la puerta—. Entonces ve a resolverlos afuera —la abrió—, aquí sólo quiero gente interesada en mi clase.

Se quedó petrificado. Imposibilitado para creer lo que estaba sucediendo.

—¿No piensas salir? ¿Es que mereces estar aquí?

Había visto en otras ocasiones escenas similares, pero nunca se le ocurrió que algún día él mismo sería la víctima. Trató de decir algo. Cualquier cosa para atenuar la vergüenza que pasaba, y no pudo.

—Estamos esperando que hagas el favor de abandonar el salón.

Intentó articular alguna palabra pero la fonación se le ahogó en el nudo de la garganta. El profesor se exasperó al no ver en José Carlos ninguna reacción.

—Rafael, toma las cosas de este joven y sácalas.

Rafael se quedó frío.

—¿Sacar las cosas de...? ¿Yo?

No lo haría.

José Carlos dirigió una mirada a sus compañeros, que no sabían cómo ayudarlo. Todos veían de reojo a Carmen Beatriz, la joven que había sido nombrada jefa de grupo por votación unánime.

Hay algunos profesores en desacuerdo con el proyecto del grupo experimental que tratarán de demostrar que nada bueno puede salir de aquí.

—Yo abandonaré el salón solo —logró decir con voz trémula.

—Maestro, déle otra oportunidad —protestó Marcela.

—¡Fuera, he dicho!

—Profesor —intervino Salvador—, le aseguro que él no era el único distraído; además es un compañero que...

Carmen Beatriz se puso de pie.

—Tiene razón —afirmó con voz alta y segura—. No es justo lo que usted está haciendo.

—¡Un momento! —todos los jóvenes se habían puesto de pie, ¡todos!, como un grupo de leopardos listo para atacar—, ¡un momento! Se hará lo que yo mande y al que no tome asiento de inmediato lo expulsaré también del laboratorio —nadie tomó asiento y nadie parecía dispuesto a hacerlo—. Además —continuó al borde de la histeria—, les eliminaré el resto de las prácticas del año y tendrán anulada la materia.

—Trate de comprender —dijo Rafael.

—¡Silencio! Y tú, niño, sal si no quieres ocasionar a tus compañeros ese castigo.

"¿Y tú, *niño*?" No pudo soportar más la presión y la culpa de que a esos extraordinarios amigos se les castigara por su culpa. Se dirigió hasta su sitio y tomó las cosas para salir del recinto, pero Carmen Beatriz lo detuvo del brazo cuando pasó junto a ella.

—No te salgas.

El penetrante silencio pareció intensificarse en el laboratorio cargado de emociones negativas. El profesor se acercó a José Carlos con los ojos inyectados de furia, como si estuviese dispuesto a abofetearlo.

—¿Quieres "ponerte con Sansón a las patadas"?

—Usted es el quien se está amarrando la soga al cuello —aseguró Carmen Beatriz—. No vivimos en la edad media.

—¡Ésta es mi clase! —aulló—, y yo castigo la indisciplina.

—¡Está loco! —profirió Adriana Varela.

—Salgámonos todos de aquí —increpó Salvador.

—Usted no puede tratarnos así —gritó Rafael.

Carmen Beatriz tomó sus cosas y salió del aula. Entonces todos la imitaron. A pesar del enojo colectivo, ninguno volcó su silla, nadie rompió un matraz o hizo ningún estropicio. Los estudiantes salieron en silencio y el área de trabajo quedó intacta, pero sin alumnos.

9

Llegaron a las oficinas. Las secretarias se asustaron al ver entrar a tantos alumnos.

—Queremos hablar con el director.

—Está en una junta —dijo la recepcionista.

—Es algo muy importante.

—Tendrán que esperar; tal vez pueda recibirlos, pero no a todos. Nombren a un par de representantes.

Las protestas se suscitaron de inmediato. Los treinta muchachos hablaban al mismo tiempo. En medio de la algarabía, apareció la coordinadora Jennifer.

—¿Qué pasa aquí?

—¿Podemos hablar con usted? —preguntó Carmen Beatriz.

—Sí... En mi despacho. No sé si quepan todos.

Más de la mitad logró entrar a la oficina apretándose unos contra otros. De inmediato la jefa del grupo comenzó a explicar lo sucedido. Algunos compañeros aportaron frases cortas. El rostro de la maestra se fue tornando tenso, después indignado hasta terminar preocupado.

Al terminar el relato hubo un momento de tensión. Los jóvenes esperaban el veredicto de su maestra. Ella suspiró y dijo con tristeza.

—Quisiera apoyarlos esta vez, pero no lo haré.

—¿Por qué?

—Actuaron mal.

—¡Maestra!, el nuevo profesor es un prepotente y nosotros conocemos nuestros derechos.

—De acuerdo, pero él es su autoridad en el aula.

—¡Maestra!

—Deben regresar al laboratorio.

—¡Eso nunca!

—A ver. Entendámonos. Si desean exigir, usen las vías correctas; no pueden convertirse en manifestantes irracionales y altaneros sin haber agotado todos los procedimientos adecuados de protesta. Primero que nada vuelvan a su salón, muéstrense respetuosos, pidan una disculpa y hablen con el maestro. Si las cosas no cambian, díganmelo y yo, como su superiora, le llamaré la atención. Si el problema continúa, escriban una carta, fírmenla todos y vayan con el director. Antes de continuar, estoy segura que sus peticiones serán oídas.

Los estudiantes se sintieron decepcionados.

—¿Entonces tenemos que regresar?

—Sí —la profesora Jennifer levantó la voz con más firmeza—. Cada juego tiene sus reglas. Si compiten en futbol no pueden golpear el balón con la mano ni jalar la ropa de sus contrincantes. Mencionen cualquier actividad. Siempre hay normas y árbitros. Los rebeldes "protestadores" que hacen complots para cuestionar a las autoridades se convierten en un problema social. Con frecuencia acaban en la cárcel. ¡Quien no acepte reglas, que no juegue! Punto. Muchachos, jamás actúen ante un superior con marrullería y calumnias; traten a sus jefes con respeto. Así que por lo pronto, vuelvan al laboratorio de química. Si el profesor los castiga, acéptenlo. Ustedes se lo ganaron. Demuestren su educación y calidad humana.

Los chicos salieron de la oficina, desconcertados.

José Carlos echó a correr.

—¿A dónde vas? ¡Tú debes ser el primero en darle la cara al maestro!

—Sí —respondió—. Ahora los alcanzo.

Fue directo hacia la reja trasera. No se detuvo ni un segundo a averiguar si el camino estaba libre. Trepó con rapidez por la esquina más baja, arrojó su portafolios a la calle, y saltó sin mirar atrás. Corrió durante veinte minutos hasta llegar a la casa.

Por fortuna su madre no estaba. Con profunda pena destornilló de *Fred* el objetivo principal, dejándolo inservible y se lo echo a la bolsa para correr de regreso a la escuela. En su fuero interno había una confusión enorme. Sentía que traicionaba a su padre con esa acción, que perdía para siempre su posesión más valiosa, pero a la vez sentía gozo al poder darle algo tan apreciado a Ariadne.

De regreso le fue mucho más fácil entrar a la escuela. La puerta estaba entreabierta y no había ningún prefecto cerca.

Con pasos lentos fue hasta el laboratorio de química. Estaba vacío. Sólo había una persona encorvada, sentada en un banco de espaldas a la puerta. Era el nuevo profesor.

José Carlos entró muy despacio y se acercó. El maestro se hallaba leyendo una hoja.

—¿Profesor?

Giró la cabeza con brusquedad.

—Dime.

—Quisiera hablar con usted.

Asintió.

—Adelante.

—Estoy muy avergonzado por el problema que causé. Debí obedecer cuando…

—Está bien, hijo —lo interrumpió.

—Quiero pedirle una disculpa.

—La jefa de tu grupo ya lo hizo, en nombre de todos. Vinieron hace rato. Yo no los dejé entrar… Estaba muy enojado. Luego llegó Jennifer. Me trajo este escrito… Fue como un cubetazo de agua fría.

El muchacho no supo que decir. Se asomó con discreción a la hoja que la coordinadora le había dado al maestro. No pudo leerla.

—Yo… —comenzó titubeando—, debí salirme cuando usted me lo pidió. Mejor dicho, debí poner atención a la clase…

—No te preocupes. Vete tranquilo.

—¿Entonces, me perdona?

—Sí…

Dio la vuelta muy despacio y abandonó el laboratorio.

Se dirigió hacia la explanada principal, brincando de alegría a cada paso.

Cuando vio aquello, se inmovilizó:

A su costado izquierdo, en el fondo del prado que delimitaba la cancha de básquetbol, había una rosa roja. Pensó que podía dársela a la pecosa con el lente de su microscopio, pero consideró que la idea era arriesgada y cursi. Siguió caminando. Entonces recordó la frase de Marcela y la repitió en voz alta: "A veces es bueno poner más pólvora en las bengalas".

Regresó sobre sus pasos. Iba a ser difícil llegar hasta el rosal. Tendría que saltar la cerca de alambre y correr como diez metros antes de tenerlo al alcance, si un prefecto lo sorprendía, sería castigado. Ya había salido bien librado escapando de la escuela por casi una hora sin ser descubierto. ¿Para qué volverse a arriesgar?

Observó la rosa. Si lograba dársela a Ariadne, indirectamente se la estaría dando a Sheccid.

No lo pensó más; saltó la alambrada para atravesar el césped. Llegó a la planta y cogió el tallo. Una espina se insertó hasta el fondo de su dedo pulgar; retiró la mano con rapidez y se llevó el dedo a la boca. Giró la cabeza para cerciorarse de que nadie lo veía, pero una persona se aproximaba. ¡El prefecto Roberto! Con la respiración alterada hizo otro intento de arrancar la flor para echar a correr. Esta vez varias espinas se incrustaron en su palma; la exaltación lo hizo olvidar el dolor y jaló con fuerza. Aunque la plantita se deshojó, el tallo no cedió. Agachó la cabeza dándole la espalda al prefecto. Esperaba ser llamado en cualquier momento, pero lo que escuchó fue la voz de una mujer.

—Hey, Roberto, ven, ¡tengo que decirte algo!

José Carlos giró de inmediato; era Sheccid, lo había visto y estaba a punto de delatarlo. Supo que era su oportunidad de correr, pero se quedó quieto; ella comenzó a hablar con Roberto sin señalarlo, y él comprendió que la chica estaba distrayendo al prefecto. Lo captó por la fugaz indicación que ella hizo con la mirada, como instándolo a salir de allí pronto. Se volvió hacia la flor, dobló una y otra vez el tallo; la rosa comenzó a deshojarse pero no se desprendió. Chasqueó la boca. No podía ganar siempre. Dejó el rosal semidestruido sobre la tierra y volteó a ver a Roberto; estaba dando manotazos al aire como enojado por alguna tontería. Corrió al alambrado, lo saltó y, en vez de huir, permaneció ahí sin ninguna razón aparente, mirando a su princesa. No se iría hasta que... Al fin, lo vio de reojo y en ese momento él le mandó un beso con la mano. Ella escondió su mirada.

Las clases acaban de suspenderse porque una escuela técnica de Hermosillo, Sonora, ofrecería un festival de exhibición en el patio central. Muchas sillas, extraídas de las aulas, habían sido colocadas alrededor del solar.

Fue a la explanada principal donde estaba a punto de iniciar la muestra artística. En el camino, casi se topó con su profesora Jennifer.

—¡Maestra! Vengo del laboratorio. Vi al profesor muy avergonzado leyendo un escrito que usted le llevó.

—¿De verdad?

—Sí.

—¿Pudiste disculparte con él?

—Sí.

—¿Y qué aprendiste de todo esto?

—Que cuando el árbitro saca una tarjeta roja, el jugador no debe ponerse a pelear ni a convocar a sus compañeros a la huelga. A veces el árbitro se equivoca, pero la altanería no es la mejor forma de hacerle ver sus errores.

—¿No? ¿Entonces cuál es?

—La sumisión.

—¿De verdad? ¿Crees que las personas tratadas con injusticia deben agachar siempre la cabeza ante los jefes prepotentes?

José Carlos se dio cuenta que su profesora lo estaba probando.

—Bueno… —titubeó—, creo que todo se debe hacer por pasos. Lo primero es obedecer. Lo segundo, solicitar una audiencia a solas con ese jefe para explicarle nuestra inconformidad. Hablar y escucharlo. Con la mente abierta, tal vez nos daremos cuenta de que él tenía la razón…

—¿Y si no la tenía?

—Entonces debemos recurrir a un superior para quejarnos, y así sucesivamente ¡hasta armar una revolución si es necesario!

La profesora Jennifer asintió, pensativa.

—Ojalá que todos tus compañeros hayan entendido así las cosas.

—Maestra, ¿qué le escribió al profesor?

—Un texto muy fuerte.

—¿Lo regañó por escrito?

—No, sólo le di algo que redacté hace varios años para un curso de maestros.

—¿Podría enseñármelo?

—Pasa a mi oficina, antes de que empiece el festival. Te daré una copia. No se lo muestres a nadie.

—Claro.

Recibió la hoja de la maestra y la guardó como un tesoro para pegarla en su libreta de c.c.s después.

Muchas personas cambian cuando se les da autoridad. Humildes trabajadores se convierten en alzados mandamases, buenos servidores se vuelven arrogantes.

Las instituciones de prestigio atraen a personas inseguras que desean, a toda costa, cosechar donde no han sembrado.

Los fracasados allegados a las empresas de éxito se convierten en subjefes déspotas: Maestros autoritarios, hijos holgazanes del papá rico, representantes de artistas deslumbrados por la fama, funcionarios de gobierno, auxiliares de importantes personalidades...Todos ellos tienen con frecuencia el complejo de "mira lo grande que soy". Se envanecen de los triunfos de otros. Tratan con desprecio a la gente.

La pulga sobre el perro cree que es ella quien camina rápido.

Ni el propio líder de la empresa, que es casi siempre una persona muy ocupada, trata con prepotencia a los demás. Pero el subordinado lo hace. Es un "tirano con fusil". Amenaza a todos mostrando el arma que se le dio: su credencial. Fanfarronea, bloquea los asuntos, roba o impone condiciones de dinero.

La pulga, por sí misma, nunca logrará tener poder, pero en cuanto la colocan sobre el perro, ostenta su posición y se burla de las que van en el piso.

Los subjefes déspotas, tarde o temprano caen en desgracia, a menos que rectifiquen y aprendan a servir con respeto.

¿Qué tipo de subjefes están en tu organización?

¿Qué tipo de jefe eres tú?

10

José Carlos regresó a la explanada principal, donde se llevaría a cabo la exposición artística de los visitantes sonorenses. Se quitó el suéter para no ser reconocido por sus compañeros del grupo y se mezcló entre los muchachos de segundo grado.

Después de buscar por un rato, localizó a la pecosa. Estaba sentada en medio de las gradas principales.

Para acercarse a ella iba a tener que pasar entre muchos jóvenes. No podía mostrarse tímido a esas alturas. Caminó hacia un costado, subió por el pasillo y bajo después por los asientos, sorteando a los jóvenes que estaban acomodados.

—Con permiso, con permiso, con permiso...

—¡Ay! Me pisaste, tarado.

—Perdón.

Llegó hasta un espacio vacío que había detrás de la joven y tomó asiento con fingida naturalidad. Miró la cabeza de Ariadne frente a él. Estaba a escasos centímetros de su oreja derecha. Ella intercambiaba comentarios con una enorme flaca sentada a su izquierda. José Carlos era incapaz de interrumpirlas. Dominado por una inseguridad que no alcanzaba a comprender, observó al frente. Después de de un rato, la música del primer bailable comenzó a escucharse y un conjunto de chicos vestidos de veracruzanos aparecieron, brincando y azotando sin clemencia sus botas en el piso.

Las chicas dejaron de conversar para poner atención a la danza.

"Ahora o nunca".

Decidido, se acercó a la cabeza de la joven para hablar.

—Ariadne... —ella volteó y abrió mucho los ojos—. Por favor —le dijo —. No te asustes. No te enojes. Soy incapaz de hacerte daño.

La chica lo miró interrogante. Se dio cuenta de que, en efecto, estaba rodeada de compañeros y no tendría problema en gritar para llamar la atención si el sujeto la molestaba, así que preguntó:

—¿Qué quieres?

—Hablar contigo.

—Adelante.

Asintió con la cabeza varias veces pero no pudo decir nada. Se quedó mudo. Ella aguardaba y a él le era imposible hallar la forma de comenzar. Dejó pasar varios minutos tratando de organizar sus ideas.

—Me cuesta mucho trabajo —dijo al fin— dirigirme a las mujeres. Por lo regular escribo... me desenvuelvo mejor escribiendo. ¿Sabes? Mi abuelo era escritor y quiero ser como él.

Ella hizo la cabeza un poco hacia atrás como para oír. El gesto lo paralizó. Quiso externar muchas frases a la vez y las palabras se detuvieron en su boca. La chica giró un poco la cabeza para mirarlo.

—Eres muy extraño... ¿Qué es exactamente lo que quieres?

—No intento molestarte.

—De acuerdo, pero ¿qué deseas entonces?

—Estoy desesperado por tantos malos entendidos. Es injusto, Ariadne. Como también es injusto lo que te hicieron a ti en el laboratorio de química...

Ella se giró por completo para observarlo.

—¿Qué sabes tú?

—El ayudante del maestro me platicó todo. A mí también me fue mal. Por estar distraído, pensando en ti, me expulsaron de la clase. Tengo tanto temor de que puedas malinterpretar esto que voy a decirte...

—Adelante.

Se armó de valor. Sacó la lente de la bolsa y se la mostró.

—¿Pero qué es esto? —preguntó al reconocer la pieza.

—Mi padre me compró un microscopio profesional usado. Hace rato escapé de la escuela por la reja trasera y fui a casa para traerte la lente.

Se la entregó. Ella la recibió con verdadero asombro.

—No lo puedo creer... —estudió el objetivo de vidrio y encontró que, en efecto, estaba en perfecto estado.

—¿Tienes idea de lo que esto significa para mí?

—Sí... —sonrió ligeramente al detectar que el gesto de la chica cambiaba—, se lo puedes entregar al profesor del laboratorio antes de la hora de salida y te levantará el castigo.

—Pero... —la joven volvió a mirar el lente con la boca abierta— dejaste inservible el aparato que te regaló tu papá. Además ¿sabes a lo que te arriesgaste? Si te hubieran sorprendido saltando la reja, hubiésemos sido dos los castigados... No te entiendo. ¿Por qué lo hiciste?

—Es lo menos que puedo hacer por ti. Tú me salvaste la vida.

—¿Yo? ¿Cuándo? ¿Estás bromeando?

—No. Literalmente me habían secuestrado cuando me conociste, en aquel automóvil rojo...

La joven lo miró con semblante impresionado.

—Sigue.

—No te diste cuenta, pero pude escapar gracias a que abriste la puerta antes de echar a correr. El otro compañero, que estaba en el auto antes de que yo subiera, fue quien te persiguió. Cometió un grave error. Huyó con aquel tipo. Desde entonces nadie sabe dónde está.

Ariadne tardó varios segundos en organizar sus ideas. Después comentó con voz casi inaudible:

—Entonces fue como lo imaginé. Pero —entrecerró un poco los ojos en gesto de desconfianza—, me sentí muy confundida cuando, semanas después, ocurrió lo de aquel coche negro que se acercó por atrás de nosotras para... —sonrió y agachó la cara avergonzada por su sonrisa—, darnos una nalgada —terminó.

—Siempre he sido despreciado por mis compañeros. Pensé que para ser normal, debía participar en sus juegos. Cuando protesté por lo que habían hecho, me aventaron a la calle.

—Casi te matan.

José Carlos levantó el cabello de su frente y le mostró la cicatriz como lo haría un niño que presume su raspón.

—Me dieron varias puntadas.

Ella rio.

—Cuéntame más de ti. ¿Por qué eres tan tímido? ¿Por qué te metes en tantos líos?

—No lo sé. Los grupos sociales me incomodan. Puedo pararme frente a mil personas y decir un poema, pero me resulta difícil desenvolverme en una reunión de amigos. No me siento cómodo hablando trivialidades. Me gusta la intimidad, las conversaciones serias, y como no hay mucha gente con la cual se puede hablar así, opto por escribir.

—Conmigo puedes hablar como te gusta.

—Mi historia es larga.

—Y yo quiero escucharla.

José Carlos reconoció que había sido un acierto acercarse a Ariadne. Era más sensible y madura de lo que jamás imaginó.

—De acuerdo. En un sólo año cursé el primero y segundo grado de primaria —explicó—, de modo que crecí entre compañeros mayores. Por mi pequeñez física y mi carácter poco sociable, fui objeto de una gran discriminación Me encerré en los libros, en mi familia, en mi yo interior de una manera tan obcecada que me fue muy difícil salir de ese mundo cuando lo necesité. Tuve muchos problemas al entrar a esta escuela. Antes había logrado retraerme pero aquí no me era posible…—se detuvo pensativo.

—¿Qué problemas tuviste?

—Cosas sin importancia —siguió rememorando—. Por ejemplo, me sentí tan desubicado el primer día de clases al no saber siquiera cuál era mi grupo, que después de errar en los pasillos como intruso, tomé clases los primeros días en un grupo de tercero y casi me muero al sentirme el ignorante, después, estuvieron a punto de expulsarme sólo por haber arrojado a la cabeza del director un licuado de plátano desde el segundo piso —Ariadne empezó a reírse antes de que él terminara—, fue sólo por que estaba descuidado y alguien me empujó.

Dos chicos del escalón inferior se volvieron para decirles que guardaran silencio. No hicieron caso.

—Había empezado mal —continuó—, a veces así empiezo las cosas.

—Me consta.

—¡Pero aquel inicio de clases fue el colmö! Después de cuatro días me presenté en la oficina de orientación vocacional para preguntar en qué grupo me encontraba inscrito y, bueno, tú conoces a la pedagoga.

—¡Es un ogro!

—Pues entré a la oficina sin llamar a la puerta, ¡la encontré rascándose un muslo con la falda doblada casi por completo, frente a una tostada de pata a medio comer!

Ariadne soltó una carcajada. José Carlos nunca había visto de una manera tan graciosa los recuerdos ligados a tantos castigos. Siempre se había avergonzado de sus torpezas y ahora reía con su nueva amiga al recordarlas.

Les llamaron la atención por el micrófono y procuraron guardar compostura, aunque sin mucho éxito.

—Casi tiré el edificio cuando salí; di un portazo que debió hacer saltar la tostada de pata.

—¡Cómo me hubiera gustado ver eso! Debió ser fantástico.

—No lo fue para mí —se calmó—, mis padres recibieron una carta de la dirección en la que se les informaba sobre mi indisciplina.

Fui castigado con sesiones dobles de estudio y trabajo. Me propuse demostrar que era inteligente, obteniendo las mejores calificaciones. Casi exageré al llevar a cabo mis planes. En los descansos me sentaba en una banca a estudiar mientras todos los alumnos correteaban y gritaban por el patio. Eso provocó una vez más el rechazo de mis compañeros. Poco a poco las cosas empeoraron; todos se burlaban de mí. Recibí mil sobrenombres que de algún modo me gustaba escuchar.

—¿Cómo te decían? ¿Por qué te gustaba?

—"El sin pestañas", "el taco de sesos", "el enano volador", "el moco de Einstein". Sabía que me envidiaban por mis aptitudes. Según los profesores yo era un ejemplo para ellos, y a mí me gustaba serlo ¿comprendes?

—Creo que sí, pero has cambiado mucho, supongo...

—Sí. He cambiado. Mi vida no podía seguir siendo así, ¡es tan indispensable convivir con la gente! Sentir que alguien te quiere y que tú quieres a alguien...

Ella lo estudió con una mirada tierna, casi romántica. José Carlos continuó.

—Traté de acercarme a mis compañeros, ellos pensaron que lo hacía por el interés de unirme a un equipo y no seguir trabajando siempre solo; entonces me encerré de nuevo en mí mismo, pero ahora consciente de que debía buscar a una mujer de mi edad a quien querer.

—¡Qué bueno que definiste bien tus preferencias!

—Tengo muchos defectos —agregó sin evitar una enorme sonrisa—, pero no bateo con la zurda, de eso puedes estar segura.

La expresión de Ariadne pasó de alegre a descontenta.

—Deduzco que habrás encontrado muchas mujeres ya, eres un chico muy famoso y pretendido, no me digas que...

—Si hubiera encontrado a quien quiero —intervino antes de que ella terminara—, no estaría aquí, hablándote de esto.

—¡Pero insisto! La declamación te ha hecho muy popular en el colegio. Decenas de chavas aceptarían, con los ojos cerrados, ser tus novias.

—Me da exactamente lo mismo.

Ella tomó un insecto extraño del suelo, le dio un pequeño golpe para hacerlo correr por la palma de su mano, pero el bicho extendió sus alas y voló. Entonces preguntó con voz baja:

—¿Qué esperas de mí?

—Honesta, sinceramente, quiero que seas mi amiga.

La chica lo miró a los ojos en silencio. Quizá ni ella misma sabía el motivo de sentirse de pronto desarmada.

—No deseo malinterpretar las cosas, José Carlos, así que explícame. Todo el mundo sabe que tú estás enamorado de… Sheccid. ¿Deseas mi amistad para que yo la haga de celestina?

—Si. Es decir… no sé… en realidad quisiera dejar de idealizarla y…

—¡Háblame claro! —se exasperó Ariadne—. ¡Es a Sheccid a quien quieres!

No era una pregunta y la frase flotó en el aire con toda su irrefutable verdad.

—Y también a ti.

—¡Ah! ¿De modo que aspiras a formar un harén?

Rieron de nuevo.

—Si deseara formarlo, tú y ella serían mis preferidas absolutas.

—¡Eres un descarado!

—Estoy bromeando.

—Qué chistosito. Sígueme contando.

José Carlos observó con detenimiento a la joven por primera vez. Se veía hermosa. Como muñeca de juguete con caireles a los lados, pecas, mejillas sonrosadas y enormes ojos redondos.

—No resta mucho —terminó él—, pero hay algo más que debo decirte. Nadie lo sabe. Yo conocí a Sheccid antes de conocerla. Soñé con ella dos veces. Fue algo muy extraño, porque al despertar la primera vez pude recordar el rostro de la muchacha con claridad. Ariadne, ¡los sueños comunes no se quedan grabados con esa firmeza en la memoria! La segunda ocasión la soñé sosteniendo un asta y marchando. El viento jugueteaba con su cabello y la bandera le cubría y descubría el rostro, danzando con el aire —hizo una pausa sintiendo un escalofrío—. Al día siguiente la vi en la escuela... Fue una ceremonia y ella era la abanderada de la escolta.

Ariadne estudió a José Carlos de una forma indefinible y su gesto manifestó escepticismo, aunque con una ligera sombra de credulidad.

—De acuerdo —dijo al fin—, voy a ayudarte. ¿Qué quieres que haga?

—No sé, ¿cómo te explicaré? Oscar Wilde escribió que la diferencia entre un amor verdadero y un simple capricho es que el capricho es más intenso y duradero. Me gustaría sí, que me ayudaras a conocerla mejor para acabar con el capricho.

Ariadne dio la espalda al escenario por completo para ver a José Carlos.

—¿Por dónde comenzamos?

—Háblame de ella.

—¿Qué quieres que te diga?

—Todo.

11

CCS martes 3 de octubre de 1978

Hoy tuve un día lleno de emociones y aventura. Por eso, no importa que sea tarde, necesito escribir algunas de las cosas que me pasaron.

Como a las siete de la noche fuimos a entrenar en la bicicleta. La autopista a Querétaro estaba despejada. Cuauhtémoc me seguía pedaleando con ligereza. Le abrí paso diciéndole que debía agarrar el manubrio desde abajo. Su figura es atrayente; reconozco que a los siete años de edad tiene un buen estilo y llama la atención al pasar. Mi padre nos escoltaba con el coche, sacando por la ventana una bandera roja.

—¡Arranca ya! —le grité a Cuau—, ¡acelera a todo!

Estaba por terminar su entrenamiento e hizo un sprint fabuloso. Doscientos metros adelante frenó haciendo patinar sus tubulares sobre el pavimento mojado. Oscurecía rápido y el cielo estaba nublado. Parecía que iba a llover en cualquier momento.

—¿Continúas? —me preguntó mi papá.

—Sí —le contesté—. Hasta Lechería, por la autopista.

Seguí pedaleando con entusiasmo. En las últimas competencias he ganado. La gente se asombra de mi aparición repentina en el podium. De último lugar he pasado a primero. Algún día seré parte del equipo mexicano olímpico de ciclismo y romperé records mundiales. Es un propósito firme.

Mientras entrenaba, recordé a Ariadne. ¡Es una chava extraordinaria! Me cayó super bien. Nunca había conocido a alguien como ella.

En medio de las danzas y cantos populares del festival artístico, esta mañana tuvimos una plática interesantísima. Le pedí que me hablara de Sheccid y ella lo hizo con naturalidad.

—¿Cómo se llama? —le pregunté.

—¿Quién?

—¡Ella! ¿Cuál es su nombre?

—Sheccid... —aseguró soltando una risa infantil.

—No juegues, por favor.

—¡Así se llama! Todos en el salón le decimos así ahora, y a ella le fascina —la miré con enfado—. Está bien. Se apellida Deghemteri. Su nombre de pila no lo usa nunca. Le disgusta.

—¿Qué más?

—La "Sheccid" de tus sueños debe ser muy especial, pero no sé si coincida con la Deghemteri que está allá adelante. Necesitas conocerla. Tiene una familia extraña. Provienen de otro país. Sus costumbres son diferentes a las nuestras y, bueno, tal vez no te gusten...

—¿A qué te refieres?

—Les fascinan las fiestas. El papá es un rico diplomático que organiza reuniones bastante incómodas para la gente normal.

Me quedé callado. ¡Entonces Sheccid era una aristócrata acostumbrada a los banquetes suntuosos! Eso, en efecto, es algo que yo no disfrutaría.

—De acuerdo, ahora dime cómo es ella.

—¡Única! Todos los muchachos la persiguen, pero se hacen a un lado cuando se dan cuenta que es demasiado inteligente. Su cociente intelectual debe estar por el nivel de los genios. Tiene ideas muy bien definidas, claras y acertadas. También se distingue por su buen humor; es imposible estar a su lado sin reír. Además, físicamente... tú debes saberlo mejor que yo.

—Es hermosísima —susurré.

—Ah, y se me olvidaba: Tiene una memoria fotográfica. Se sabe más de cien poesías.

—¡Cien! Yo a duras penas me aprendí doce. ¿Por eso quiere demostrar que es la mejor declamadora?

—Le gusta ganar en todo, pero en este tema de la poesía se ha fanatizado. Dice que te odia, porque la hiciste quedar en ridículo. Asegura que no sabes valorar la amistad. Yo creo que todo eso es bueno, porque del odio nace el amor.

—Mmh. Y en ese asunto de los muchachos que la persiguen, hay un joven alto de nariz aguileña y pelo rapado como militar, ¿lo conoces?

—¿Joaquín? ¡Ah, no te preocupes por él! Es su hermano. Mejor pon atención al que está platicando ahora con ella. Se llama Adolfo. Está muy insistente por conquistarla y a ella le gusta. Debe de gustarle. A todas nos gusta. No hay una sola de nosotras que no opine que Adolfo es un adonis.

—¿Un adonis? —pregunté gesticulando con repugnancia.

—¡Si sólo fuera un poco más romántico y varonil, como tú! —aclaró—. Creo que debes empezar a actuar; aparecer en la vida de ella cuanto antes, no sea que se deje engatusar por ese soberbio.

—Eres adorable, Ariadne.

—Si te tardas demasiado yo voy a aparecer coqueteando en tu vida.

—¿Juegas con todo?

Posó una mano en mi brazo.

—Voy a ir a ver al maestro de química para darle la lente que me regalaste, pero escucha. Quiero devolverte el enorme favor que has hecho por mí hoy. Estoy siempre cerca de Deghemteri y podré informarte de sus pensamientos, de sus emociones, con la condición de que te acerques a ella ya, ¡esta semana! Háblale. ¡Dile lo que sientes! No tienes por qué seguir esperando más.

Por mi mente cruzó la idea de que esa chica pecosa de ojos enormes y cara de muñeca, también valía mucho.

—Gracias, amiga...

—Y con respecto a lo de tu harén... Si decides algún día formarlo, no te olvides de llamarme.

—Eres una descarada.

—Lo aprendí de ti.

Me inundó un cariño espontáneo y verdadero. Le tomé una mano y deposité un suave beso en su mejilla.

Es extraordinario entrenar en bicicleta cuando se tienen recuerdos tan interesantes que repasar. Pedaleé cada vez con más rapidez. Al pasar por Lechería me sentí tan fresco que decidí desobedecer el plan y continuar.

Empezaba a llover; giré a la derecha para internarme en la angosta carretera al Lago de Guadalupe. No recibí ninguna señal de papá y supuse que estaba de acuerdo en mi decisión.

La lluvia se hizo intensa y el negro manto que me rodeaba se cerró aún más. Un perro comenzó a aullar. Es algo muy común en esos lugares, pero al primero le siguen otros. Aunque podía ver la carretera empapada, brillando, estaba demasiado oscuro alrededor. Uno de los perros salió a mi encuentro. Me fui contra él para asustarlo y se apartó. Entonces escuché que los ladridos aumentaban. No podía ver a los perros hasta que se encontraban a un metro de distancia. Eran muchos, todos tratando de alcanzarme las piernas. Perdí el ritmo y pedaleé con más fuerza sólo para salvarme. Empecé a zigzaguear. Papá tocaba el claxon. Aparecieron más perros, desmonté la bomba de aire y comencé a repartir golpes. El garrote zumbaba en el viento húmedo antes de chocar con los huesudos animales. Las luces largas del auto me permitieron ver una enorme bajada próxima. Coloqué la bomba de aire en su sitio y pedaleé con fuerza para llegar a la pendiente. En cuanto la bicicleta fue ganando velocidad los perros se quedaron atrás. Sonreí. Perfecto. Hice un cambio con la palanca a un piñón más pequeño y monté la doble multiplicación, pero lo hice con tal brusquedad que la cadena saltó en el engranaje central y cayó hacia fuera. Por un momento me desequilibré y estuve a punto de caerme; por la imperfección del pavimento la cadena bailoteaba de arriba a abajo provocando el peligro de trabar la rueda trasera. Tuve miedo. La bajada, llena de curvas, se hizo más pronunciada y la lluvia, también en aumento, empezó a golpearme la cara, obligándome a cerrar los ojos e impidiéndome ver el escurridizo camino cuesta abajo.

En una de las vueltas más inesperadas, la luz del auto dejó de alumbrarme por completo y me enfrenté a una oscuridad implacable. Apreté los frenos temiendo salirme del camino. Las gomas no pudieron sujetar la rueda mojada y el cable del freno trasero reventó. Estuve a punto de caer otra vez. Distinguí un bulto grande, como el de una bolsa de basura a mitad de la carretera. Me orillé para esquivarlo. Por fin la luz del coche apareció detrás de mí. Pasé junto al obstáculo y volví la cabeza hacia atrás para averiguar qué cosa era. Las llantas del carro patinaron al esquivarlo y el resplandor me dibujó con precisión el rostro de un hombre atropellado, en el charco de su propia sangre.

Nos detuvimos en el primer poblado para pedir ayuda. Desarmamos las ruedas de la bicicleta y subí al auto. Regresamos al sitio del accidente. Casi de inmediato llegaron varias patrullas y ambulancias. Por fortuna el hombre aún estaba con vida y confesó haberse caído de un autobús. Los policías nos dejaron ir.

Camino a casa me encorvé en el asiento, abrazando mis piernas dobladas sobre el pecho. Estaba empapado y temblaba. Más de miedo que de frío. Papá me regañó:

—¡Nunca debiste entrar a esa carretera! ¡Lo sabes! Te he dicho que debes detenerte en el cruce de la autopista. Sobre todo cuando entrenas a esta hora. ¡Caramba hijo!, sentiste que empezó a llover y conoces la ruta ¿acaso no piensas? ¡Eres un tonto! ¿Por qué nunca me obedeces?

—¡Voy a ganar el campeonato nacional!

—¡Sí! ¿Pero a qué precio? ¿Viste la forma en que te arriesgaste? ¿Piensas que tus padres dicen las cosas por molestarte? ¡Siempre haces lo que te viene en gana! —el sermón comenzó—. ¡No mereces que me preocupe tanto por ti! ¡Causas demasiados problemas! Si te ordeno que vayas a un lado no vas, si te ordeno que repares una cosa no la reparas, si te pido que cuides a tus hermanos, no lo haces. ¡Eres un hijo que deja mucho que desear!

Sus palabras eran demasiado hirientes. Papá tiene la habilidad de lastimar con sus comentarios. Es mi autoridad y lo respeto, pero a veces quisiera no tener que escucharlo.

Cuauhtémoc iba en el asiento trasero, atento a la conversación.

—Papá, no lo regañes... —dijo saliendo en mi defensa—. Tal vez Dios quiso que José Carlos entrenara por ahí para que viéramos al señor accidentado, le habláramos a los doctores y pudieran salvarle la vida.

Papá asintió varias veces y luego suspiró. Mientras manejaba, abrió su mano derecha para invitarme a que me acercara. Me recargué en él y me rodeó con su brazo. Entonces lloré como un niño.

Eran las 6:30 de la mañana.

Salió de su casa a toda prisa. Tenía que caminar rápido para llegar temprano a la escuela. Apenas dobló la esquina, un tipo se cruzó en su camino.

José Carlos se hizo a un lado para continuar andando, pero el hombre volvió a atravesarse.

—Hola.

Se detuvo como electrificado por un rayo. Varios metros adelante estaba estacionado el Datsun rojo con las portezuelas abiertas y cuatro personas recargadas en él.

—No me conoces a mí —le dijo el sujeto—, pero nosotros sí te conocemos. Me dijeron que el otro día te hiciste el valentón y rompiste nuestro material.

Se quedó frío. Giró la cabeza buscando alguna persona cercana a quien pedir ayuda. No había nadie.

—Somos una organización. No puedes meterte con nosotros.

Reaccionó moviéndose hacia atrás para echar a correr de regreso a su casa. El hombre actuó con la misma rapidez y lo alcanzó casi de inmediato, deteniéndolo del suéter.

—Supe que fuiste a denunciar a uno de mis compañeros —lo jaloneó—. Maricón de porquería.

—Déjeme en paz.

—¿Te preocupas por tu amigo Mario? Él fue quien nos dijo dónde vives. En esa casa café, ¿no es cierto? Tienes tres hermanos. Son tontitos y desprevenidos como tú. Los hemos visto salir a la calle por las tardes.

—Suélteme.

—¡Escúchame, mojón de caca! Vamos a ir a tu escuela en estos días para vender mercancía y tú cerrarás el pico. ¿Oíste? No quiero que me obligues a venir otra vez por aquí. Si lo hago, no platicaré contigo sino con tus hermanitos.

José Carlos estaba aterrado. Había dejado de moverse y escuchaba las amenazas del tipo con verdadero pavor.

—Eso no es todo —agregó el hombre—. El material artístico que rompiste es caro. Junta dinero, porque cualquier día de estos vamos a buscarte para que nos lo pagues.

Intentó soltarse.

—¡Quieto!

El tipo le dio un golpe directo al abdomen con el puño derecho. Se quedó sin aire por completo. Tuvo un momento de lucidez en el que vio cómo su agresor bajaba la guardia y se reía. Era el instante en que debía contraatacar, pero no sabía pelear. Jamás lo había hecho. El sujeto, tomó aire y le dio otro gancho al hígado. José Carlos cayó al suelo y estuvo a punto de desmayarse por la asfixia. Resistió apretando los dientes con mucha fuerza. Cuando logró incorporarse, el Datsun rojo ya no estaba.

12

No volvió a ensayar sus poemas y dejó de hablar sobre los triunfos que había tenido en los festivales. Sus padres se sorprendieron de ese cambio.

—¿Cuándo va a ser el concurso de declamación? —le preguntó su mamá.

—Pronto.

—¿Entonces? ¿Por qué ya no practicas? Me dijiste que estabas comprometido con miss Jennifer y tus amigos a ganar el primer lugar.

Se encogió de hombros.

—Me sé bien las poesías.

—No te confíes.

Una tarde como cualquiera otra, enfermó. Según dijo, comió algo que le produjo una terrible diarrea y al día siguiente no pudo asistir a la escuela. Sólo le dio a su hermana la tarea de inglés y una carta que debía entregar a la jefa de grupo del segundo A. Por desgracia, Pilar no pudo cumplir el encargo y regresó a casa con la tarea de inglés y la carta de su hermano.

—Ah, toma —le dijo sacando el sobre de su bolsa y entregándoselo a la hora de la comida—, me fue imposible encontrar a la chava que se la mandaste.

—¿A la chava? —gritaron los hermanos pequeños y papá intentó arrebatar la carta, pero José Carlos se apoderó de ella, la hizo pedazos y la arrojó a la basura. Nadie lo entendió, pero la algarabía de la

familia menguó con esa actitud. El hermano mayor ocultaba algo...
Al terminar de comer, cuando todos se hubieron ido de la cocina,
los pequeños reconstruyeron la hoja sobre el fregadero. .

Se trataba de un pequeño recado sin firmar:

*Espero poder demostrarte con mi ausencia que valoro mucho nuestra
amistad. Gana y demuéstrale a todos, como me lo demostraste mí,
que no hay nadie que merezca más representar a la escuela en declamación.*

Pilar hizo una gran alharaca y los pequeños gritaron a coro mientras blandían como bandera el recado reconstruido: "¡José Carlos
está enamorado, está enamorado, está enamorado!" Su madre apareció de inmediato, los obligó a romper el papel y tirarlo de nuevo
a la basura.

Al día siguiente fue a la escuela decidido a hablar con Sheccid. Le
incomodaba que todo el mundo se burlara de él por ser el pretendiente mal correspondido. ¡Eso tenía que acabar ya!

En la hora de deportes trepó al poste para amarrar la red de voleibol.
Rafael le ayudaba desde abajo. Sabino, el pandillero bromista, entró
corriendo al círculo de alumnos y con tremenda premura se colocó
detrás de Rafael, apresó con las manos su short y calzoncillos para
bajarlos de un tirón, dejándolo desnudo de la cintura hacia abajo.
La pandilla salió corriendo y se perdió en el patio. Rafael miró
alrededor, desconcertado, sin cubrirse. Al silencio le siguieron carcajadas y gritos de asombro de las chicas. Al fin reaccionó. Quiso
taparse con ambas manos poniendo una al frente y otra detrás. Después se encorvó para subirse los calzoncillos en un movimiento
que, por el retardo, provocó que hasta los más distraídos tuvieran
tiempo de mirar su desnudez.

Empezaron las prácticas de voleibol. Formaron círculos para bolear la pelota. Rafael estaba avergonzado por el incidente, así que cada vez que alcanzaba el balón lo disparaba al otro mundo trazando espirales en el trayecto.

Sólo se escuchaban los gritos y risas de los jóvenes que jugaban en el patio principal, las chicas del taller de contaduría de segundo no tenían clase y, aburridas de esperar a la profesora, comenzaron a llegar a las canchas para ver a sus compañeros de tercero jugar. Sheccid pertenecía a ese taller. José Carlos se puso nervioso. Comenzó a buscarla con la vista. Cuando la encontró, quedó asombrado. ¿Qué hacía? ¿Por qué arrastraba por el patio un bote de basura para recolectar el contenido de los demás? ¿La habrían castigado? ¡Eso era increíble! ¡Sacar los desechos de salones y pasillos era la sanción más terrible para los indisciplinados!

Rafael alcanzó el balón y volvió a volarlo de nuevo. José Carlos se comidió a ir por él. Lo alcanzó y se quedó parado mirando a Sheccid. La joven había subido las escaleras del edificio. Quizá pasaría por el salón vacío del tercero E a recoger la basura.

—¿Qué ocurre? —le gritaron—. ¡Trae esa pelota! No tenemos todo el día.

Se la aventó a Rafael y su amigo cubrió su cara dejando que el balón rebotara y se fuera lejos otra vez. Todos comenzaron a protestar.

—¡Concéntrate, Rafael!

—Lo mostrado, ya está visto, así que olvídate del asunto y juega.

—Sí ¡Vive el presente!

—¡Nos dimos cuenta que eres hombrecito! ¡Actúa como tal!

José Carlos aprovechó que el grupo estaba dando terapia psicológica a Rafael y gritó:

—¡Ahora vengo, profesor! Tengo una urgencia.

Al subir las escaleras, temblaba.

Entró al aula vacía. Pero no. No estaba vacía. Sheccid se sobresaltó al verlo. Sostenía con las manos el pequeño bote de basura del salón para depositar su contenido en el grande que ella traía.

Después de la sorpresa reaccionó con gracia y sencillez.

—Hola, José Carlos, ¿me ayudas con esto que pesa mucho?

Se aproximó a toda prisa para levantar el bote y vaciarlo. Luego se volvió hacia ella. Estaba muy hermosa. El tono de piel enrojecido por el trabajo físico y los cabellos desaliñados le daban la apariencia de una joven atleta que acababa de terminar su competencia.

—Pero ¿por qué haces esto? Recolectar la basura es el peor castigo...

—No hice nada malo —se apresuró a aclarar.

—¿No?

—Bueno... no creo que lo sea —pensó un momento y luego habló—. Salté la reja para ir a conseguir las piezas de un microscopio descompuesto. Después entré a los jardines y destruí un rosal.

Se quedó clavado, sin saber qué responder.

—Entonces debo ayudarte —tosió haciendo gala de ingenio—. Yo hice eso mismo en otra ocasión y no me reprendieron.

Ella lo miró de soslayo con la cabeza ladeada, en un magnífico gesto de coquetería.

—De acuerdo.

Frunció las cejas. ¿Había aceptado que él la acompañara? ¡No lo podía creer!

—Si quieres yo cargo el bote grande mientras tú recolectas los pequeños.

—Antes, explícame una cosa, ¿por qué no viniste al concurso de declamación?

—Ganaste. ¿Verdad? Ya me contaron.

—¡Claro! Y así hubiera sido aunque tú participaras.

—Sí. Lo supongo. Eres muy buena. Merecías ganar. Por eso no quise distraerte.

—Presumido. ¿Crees que me distraigo cuando tú estás?

—No. Bueno… es que…

El profesor de voleibol preguntó por José Carlos a grandes voces. El joven salió corriendo y se detuvo en el barandal.

—Ya voy, maestro.

—Date prisa.

Sheccid tomó su bote de basura y sin decir nada, sin mirar siquiera al muchacho, salió del lugar como si él no estuviese ahí.

La observó alejarse sintiéndose despreciado y consternado. Se sentó en una silla y agachó la cara. La clase de deportes terminaría en cualquier momento. Si no bajaba a tiempo, le pondrían un punto negativo. No le importó. Estaba demasiado abatido.

Sacó su cuaderno y trató de escribir.

Al cabo de un rato sus compañeros comenzaron a llegar, agitados por el ejercicio.

Marcela fue una de las primeras.

—¿Qué haces, amigo? ¿Por qué ya no bajaste? El profesor se molestó.

—Lo supongo.

Entonces le platicó todo lo que había pasado.

Marcela miró el cuaderno y se lo quitó con suavidad.

—¿Puedo?

Leyó los estribillos de Gutierre de Cetina:

Ojos claros, serenos, si de un dulce mirar sois alabados,
¿por qué si me miráis, miráis airados?

—¿Qué es lo que te pasa, amigo? —dijo después—, ¡ya despierta! ¡Si tanto quieres a esa chava, habla con ella de una vez! La vi allá abajo. ¡Voy a llamarla!

Salió del aula. José Carlos guardó su cuaderno y fue tras ella.

—¿Qué vas a hacer?

—¡Juntarlos para que platiquen! Mira. Ahí viene.

Desde el segundo piso observaron a Sheccid caminando por el patio.

—Hey, niña bonita, voltea —la niña bonita ignoró el vulgar llamado—. ¡Hola, Deghemteri! Te estoy hablando ¿acaso estás sorda?

Eso era demasiado. Dejó caer el bote y miró hacia arriba. José Carlos deseó desaparecer. Sheccid examinó a la pareja que la molestaba.

—Hola —dijo con desprecio—, ¿se les ofrece algo?

—Sí —prosiguió Marcela—. ¿Podrías subir un minuto? Quiero enseñarte todo lo que José Carlos ha escrito para ti. ¡Creo que no te das cuenta de quién es él ni cuánto vale! ¡Estoy harta de ver cómo lo desprecias! ¡No mereces a una persona como él! Por lo menos deberías darte el tiempo de escucharlo.

—Otro día será —dijo la aludida recogiendo el bote para seguir su camino.

Marcela, furiosa, continuó sus comentarios casi a gritos:

—Es una lástima que algunas mujeres bonitas sólo sean bonitas —subió aún más la voz—, pero a cambio de eso tengan cerebro de mosca.

—Cállate, por favor —exigió él.

—O moscas en el cerebro —terminó Marcela riendo.

—Ya basta.

José Carlos echó a caminar echando chispas. Una fuerza que no era suya lo llevó de allí. Sin razonarlo, sin pensar en ello dos veces bajó las escaleras en busca de Sheccid.

13

Se topó con Ariadne, quien lo saludó con una enorme sonrisa.

—¡Qué tal! Me da gusto verte.

—A mí también.

—¿Cómo van las cosas?

—Más o menos.

—¿Estás bien? Pareces nervioso.

—Decidí hablar con ella de una vez por todas. ¿No la has visto?

—¡Ya era hora! Claro que la he visto. Está en el patio de la cooperativa, junto a los baños, terminando el duro castigo que le impusieron.

—¿Por qué la castigaron?

—Un bromista de nuestro salón estaba molestándola. Quería mojarla con globos llenos de agua y Deghemteri se defendió de una forma poco femenina —rio—. Te dije que es muy ocurrente. Imagínate. Levantó la cubeta de basura como si fuera la mujer biónica y se la aventó al chavo. El bote con desperdicios rodó por la escalera e hizo un batidero. Roberto, el prefecto, vio toda la escena.

José Carlos sonrió y la risa le permitió relajarse.

—Bueno, Ariadne. Tengo que irme.

—¡Luego me cuentas! ¡Que tengas suerte!

Caminó con mayor serenidad. Había bajado las escaleras cegado por el deseo de encontrar a Sheccid para recuperar el terreno perdido, pero ahora, con el cerebro más despejado, afrontó la situación. Debía decir algo contundente. Nada de disculpas o charlas convencionales.

Debía olvidarse de lo que había hecho antes y atreverse a hacer lo que nunca había hecho, y decir lo que nunca había dicho.

Por un callejón angosto se llegaba al patio de la cooperativa. Sheccid estaba ahí, terminando su ardua labor.

Se acercó despacio. La tocó en el hombro con suavidad, con mucha suavidad y aun así dio un respingo de sorpresa.

—¡Caray! Me has dado dos tremendos sustos en el día ¿Qué te propones? —su tono de voz estaba lleno de verdadero disgusto.

—Necesito hablar contigo.

Ella le dio la espalda para tomar del suelo el último bote y vaciarlo en el tambo. Ahora lo que más importaba era hacerse valer. La detuvo por el brazo izquierdo.

—¿No me escuchaste?

Se quedó paralizada, cargando el bote en el aire. En otras circunstancias él se hubiese apresurado a ayudarla, pero en esa ocasión la basura podía esperar. Debía esperar.

—Suéltame —susurró.

José Carlos la soltó despacio y ella dejó caer el recipiente metálico en el colchón de basura.

—¡Me lleva…!

—Yo lo sacaré. Pero antes atiéndeme. Por favor...

—Supongo que será algo muy importante.

El muchacho tardó en responder. Su voz pareció rehusarse a salir. Comprendió, sin hacer mucho caso a la idea, que todo en la vida es cuestión de experiencia. Para hablar en público no bastan cursos o teorías. Hay que hacerlo. Para nadar hay que lanzarse al agua. Para hablar con mujeres, se necesita atreverse.

—Necesito decirte algo, Deghemteri...

—Nunca me habías llamado por ese nombre.

—¿Lo pronuncié bien?

Ella movió la cabeza de manera afirmativa y trató de evadirse:

—¿Qué quieres?

—Estoy harto de callar.

Lo estaba realmente.

—No tengo tiempo. Ariadne vendrá en cualquier momento y tendré que irme.

—¡Es mentira! —el patio estaba solitario, y él sabía que nunca más la pecosa llegaría para rescatarla de él—. Es mentira —repitió—, y no me explico por qué tratas de eludirme —hubo un largo silencio—. Yo te conocí hace más de un año—, continuó con voz baja—, desde entonces mi vida cambió. Me has motivado en muchos aspectos y... bueno... necesito hablarte de eso.

—¿Por qué?

—¿Por qué, qué?

—¿Por qué te he motivado? Nosotros hemos tenido muy poco trato.

—Sí, tal vez te será difícil entender lo que voy a decirte.

—No soy tonta —contestó después de unos segundos—, puedo entender cualquier cosa siempre que tenga un fundamento lógico.

—¿Cómo?

—No me salgas con inspiraciones sublimes en esta época. Es imposible sentir amor por alguien a quien no se ha tratado lo suficiente.

—Eso es mentira.

—¿Todo lo que yo digo te parece una mentira?

Estaba dispuesta a usar su inteligencia para burlarse de él. Se dio cuenta, pero no quiso desistir. Comenzó de nuevo.

—¿Crees en el amor a primera vista?

—No.

—¿Por qué?

—Lo considero algo tonto.

—¿E ilógico?

—Exacto, pero sobre todo necio y pasado de moda.

Percibió que se había ruborizado. ¿Y ahora? ¿Qué podía decir? Ella lo había desarmado por completo.

—Tienes… mucha capacidad para la lógica —contestó como tratando de ponerse a la altura de un debate—, pero poca o ninguna sensibilidad. Recojamos el bote de basura y terminemos con esto.

—José Carlos, a ti te encanta juzgar a la gente sin conocerla.

—¿Y a ti no? ¿Qué caso tendría confesarte que yo estaba triste y deprimido, pero mi vida cambió por una persona a quien no he tratado lo suficiente? ¡Habemos gente que no cuestionamos las emociones cuando vienen de lo más profundo de nuestro ser, y hay otras que sólo actúan por lógica y toman lo mejor de los demás para luego despreciarlos!

Se detuvo. La chica lo miraba mostrando el contorno de sus dientes superiores por la boca entreabierta.

—No entiendo bien… lo que tratas… de decir.

—Lo entiendes —comenzaba a sentirse seguro al verla titubear—. Por un lado te ríes de mí, y por otro aceptas que todos te digan Sheccid.

—Me gusta ese nombre. ¿Tiene derechos reservados?

—No, pero yo te expliqué lo que significa…

Hubo un momento estático.

Se inclinó en el tambo y sacó la cubeta que ella había dejado caer. La puso en el suelo.

—De acuerdo —exclamó ella con cierto tono de nerviosismo—, reconozco que tienes razón. He sido muy ruda contigo. Voy a escucharte.

Tragó saliva. Era el momento de decírselo.

—Durante mucho tiempo —tosió un poco—, me he conformado con hablar en voz alta y escribir —carraspeó y tomó aire—. Te escribo sobre todo a ti… Como lo dijo Marcela, tengo un diario en el que te he dedicado muchas horas. Durante meses he sentido ese vacío en mi vida. Por eso estoy aquí... cansado de sentirlo, y de sentirme atado a la soledad —la chica parecía asombrada por ese tono de voz suave y sincero y él se sentía desesperado como nunca, desesperado por ser hombre—. Desde que supe que existías —

continuó con más aplomo—, y aún antes, empecé a creer que en ti iba a encontrar a la persona capaz de entenderme, a la persona que algún día debe llenar el enorme hueco que hay en mí.

Se detuvo. Era la primera vez que hablaba de esa forma, y quizá sólo hubiese podido hacerlo frente a ella. Sin embargo a pesar de su esfuerzo para mantener la postura, una poderosa melancolía se había apoderado de él. No quería que ella se diera cuenta de eso, así que inhaló y exhaló para atenuar la emoción que lo dominaba.

—Jamás he querido molestarte, pero esta vez he venido a decirte lo que siento por ti, lo que he sentido siempre, aunque no sirva de nada, y aunque no lo creas, pero es cierto... —y lo dijo despacio, con claridad—, te quiero... —el rostro de la chica pareció tornarse tenso, asombrado, y un ligero rubor reveló su turbación—, posiblemente cuando te conozca mejor me dé cuenta que me equivoqué. Nada me dolería más, pero, por lo pronto, esto que siento es lo más importante.

La chica estaba callada observándolo, y su mirada traslucía que se sentía halagada, conmovida, asombrada.

—Siempre te creí un muchacho tímido y torpe para expresarse. Qué equivocada estaba —suspiró—. Lo que acabas de decir es muy lindo...

—Pero ilógico.

—Sí. ¡Absolutamente!

Rieron.

—No voy a preguntarte, hoy, qué sientes tú por mí, porque puedo suponer la respuesta. Eres demasiado racional. Sin embargo quiero pedirte que aceptes mi amistad. Siempre, pase lo que pase y ante cualquier situación, antes que nada, soy tu amigo.

—Puedes esperar lo mismo de mí.

—Ahora escúchame, Sheccid. En cuanto nos hayamos tratado un poco, voy a pedirte algo más.

—¿Sí?

—Quiero que seas mi novia.

El pequeño patio empezaba a llenarse de chiquillos y cada vez era más difícil la conversación.

—Eso —titubeó ella—, es demasiado rápido.

—Para mí, no. La próxima semana hablaremos. ¿Te parece?

—Sí.

Sonó el timbre que anunciaba el inicio de la siguiente clase.

—A lo mejor dentro de muchos años le platicaremos a nuestros hijos que yo me le declaré a su madre el día que la castigaron.

Sonrió.

—Gracias por tratar de ayudarme con estos botes.

—Tendré cuidado de nunca intentar mojarte con globos llenos de agua.

—¿Cómo sabes?

—Tengo angelitos que me informan todo.

—¡Voy a ahorcar a algunos de ellos!

14

CCS, martes 14 de noviembre de 1978

Me siento de buen humor. Primero por la emoción de haber hablado al fin con Sheccid y segundo porque papá nos dio una sorpresa esta tarde: Fuimos a Bellas Artes. No hay nada que eleve más el espíritu de mi familia que una buena ópera. La pasamos muy bien, fue una representación estupenda y mañana podré comentarla con Rafael o Carmen Beatriz. Es reconfortante haber encontrado algunos amigos de mi edad que no ponen cara de simio ni hacen ruidos asquerosos simulando que van a vomitar cuando escuchan que alguien elogia la música de Verdi o Puccini.

En el intermedio del tercer acto, toda mi familia estuvo pensativa y callada, el ambiente emocional era digno de respeto. Yo pensaba en mis metas. Llegar a ser el mejor ciclista de mi país y después... Ella. Tendré que vencer mis temores de toda la vida y buscarla de nuevo para recordarle la realidad, su realidad, o la nuestra.

Durante la terrible agonía de Violeta Valery pensé en Sheccid Deghemteri. ¿Apreciará ella la música que yo aprecio? Parecerá in creíble, pero fue lo único que enturbió mi estado de ánimo durante las tres horas de vibraciones fantásticas en el teatro. No quisiera que, en el futuro, cada vez que invite a Sheccid a ver a Wagner o a Rossini se vomite encima de mí. Sólo si hiciera eso, o si fumara, la cambiaría por cualquiera otra de las hermosas chicas que observé hoy en primera fila desde nuestro palco, atentas a la agonía de Violeta y al estupendo coro que Alfredo le hacía. Escuché emocionado sus últimas palabras:

"Ah ma io ritorno a viver o ¡oh gioa!" y en un momento más, con el grito de Alfredo *"O mio dolor"*, terminó todo. Se encendieron las luces despacio cuando el público aún aplaudía. Y las vi aplaudir. A las chicas de la primera fila. Eran muy hermosas, me recordaron a Sheccid y yo anhelé tener algún día a mi pareja en una ópera a mi lado.

Nos pusimos de pie después de aplaudir un buen rato. Abrimos la puerta del lujoso palco y salimos los seis con un aire de complacencia.

Mañana buscaré a Sheccid.

Hoy le dije: "en cuanto nos hayamos tratado un poco, voy a pedirte algo más…" Necesito tratarla y que me trate, cultivar nuestra amistad y conocernos. Ahora nada ni nadie podrá detenerme en mis propósitos.

Ese día las clases fueron intensas y casi no hubo descansos. Cuando la jornada terminó, José Carlos caminó hasta el grupo segundo A para buscar a Ariadne. Sentía por la pecosa un aprecio muy especial, como si la conociera de toda la vida. Subió corriendo las escaleras y al llegar al pasillo la vio. Estaba sola, recargada frente a la puerta, esperando a alguien. Lo miró, y sonrió con alegría.

—¡Hey! ¡Qué gusto verte! —se acercó resplandeciente—. Deghemteri me dijo que hablaste con ella, pero se rehúsa a contarme nada, tal parece —hizo un gesto exagerado y alzó el brazo—, que has hecho todo un *tour de force*. La has dejado perfectamente *knock-out*.

—Oh, ¿de veras?

—¡De veras! Conozco a Sheccid y sé cuando empieza a tambalearse —imitó a un borracho a punto de caer por el barandal.

—Entiendo —no entendía nada.

Percibió una sigilosa presencia a su lado izquierdo. La confidencia había terminado antes de comenzar. Sheccid había llegado hasta ellos con gesto mecánico, como si hubiese sabido de antemano que José Carlos iba a estar con su amiga. Casi de inmediato se les unió la joven delgada y larguirucha junto a la que Ariadne se sentó en el festival.

—Te presento a Camelia.

—Mucho gusto, Camelia —la saludó por compromiso.

Comenzaron a caminar y las chicas a discutir otros asuntos. José Carlos las oyó departir y, sin embargo, no las escuchó.

Bajaron las escaleras.

—El nuevo profesor de matemáticas es demasiado exigente — opinó Camelia.

—Sí. Todo lo contrario del joven "barco" que te pasaba con diez a cambio de una sonrisa coqueta —remató Ariadne.

Rieron. Ariadne se veía feliz y Sheccid un poco abstraída.

—Ya no se trata del mismo novato figurín y ahora hay que estudiar duro. Creo que iré a comprar el libro que nos encargó.

—Algebra de Baldor —supuso Ariadne con locución gangosa.

—Exacto. No voy a arriesgarme a reprobar. Iré esta tarde a la librería de Plaza Satélite.

—Qué bueno —dijo Ariadne—, me solucionas el problema; si te doy el dinero, ¿podrás comprar uno más para mí?

—Espera; eso sí que no. Tú me acompañarás a la librería o ¿quién lo hará?

—Yo no puedo esta tarde. Tal vez Camelia.

—No. A mí no me dejarían ir sola. Hay que tomar autobús.

Los cuatro muchachos salieron de la escuela y José Carlos empezó a interesarse en la charla. Sheccid hablaba con mucha seriedad. Dijo que sus padres no estarían y que ella necesitaba ir por el libro. Tampoco deseaba subirse a un camión de transporte sola.

Se hizo el silencio. Ariadne le dio a José Carlos un leve codazo. Él percibió la confusión de sus sentidos. Repasó con la mente su lista de pendientes para esa tarde y sumó cero deberes... Tenía ese libro y su hermana Pilar no lo usaría hasta después de un año. Podía prestárselo a Sheccid, pero ¿cómo ganaba más? ¿Prestándoselo o no prestándoselo?

—Yo —dijo al fin—, podría acompañarte —fingió animarse—. Podríamos ir a la plaza juntos. También necesito comprar un libro y tenía planeado hacerlo esta semana.

Sus palabras se mecieron en el aire. Nadie habló. Él tragó saliva. ¿Cómo se comportaría frente a una chica a la que invitaba a salir, si nunca antes había hecho eso? El pensamiento lo aterraba y entusiasmaba a la vez. La invitación boyaba en el ambiente. Deghemteri, nerviosa, daba la impresión de desear estar en cualquier otro lugar.

—¿Qué dices? —insistió—, podemos vernos aquí en la escuela, ir a Plaza Satélite y comprar un delicioso helado de chocolate.

A la chica se le subió un poco el color.

—Este... tal vez no vaya —respondió—, tal vez no esta tarde.

—Pero la insistencia con la que antes anunció su necesidad de ir se hizo presente, además, sus amigas querían ayudar a que aceptara la invitación.

—Vamos, Deghemteri —dijo Ariadne dándole un golpecito—, anímate. Yo en tu lugar iría —arqueó las cejas—, te lo aseguro; siempre que fuera con este acompañante. ¿Verdad que también tú lo harías, Camelia?

Ariadne tenía a todo el grupo acorralado. Camelia se despejó la garganta, cohibida.

—¿Lo, ves? —siguió Ariadne—, Camelia iría encantada, y tú también, ¿eh, Sheccid Deghemteri?

—Pues... —se interrumpió; José Carlos adivinó lo que iba a hacer. Era obvio y predecible: una excusa más y librarse del compromiso. Se lo esperaba y casi lo deseaba cobardemente, también. ¿Iría con ese acompañante? Sheccid levantó la cara recuperando su lozanía.

—Pues claro que sí —contestó al fin—, no me vendría mal un helado de chocolate si tengo que ir por el libro.

Ariadne irrumpió en aplausos y Camelia la imitó riendo y mostrando sus braquets. José Carlos daba la impresión de no haber escuchado bien. ¿Aceptó? El escándalo de las amigas ratificaba lo que su cerebro no se atrevía a creer.

Él se repuso, e hizo la cita:

—¿Te parece si nos encontramos aquí mismo a las cuatro y media?

—Sí —asintió ella—, pero qué tal si mejor nos vemos en la parada de autobuses, en la esquina.

—De acuerdo.

Le extendió la mano para despedirse, y después miró a Ariadne. (Eres increíble, ¡adorable!)

Comenzó a alejarse.

—¡A las cuatro y media, no lo olvides! —gritó la pecosa como si él fuera capaz de olvidar una cita como ésa.

No tenía mucha experiencia manejando en el periférico, pero creía poder hacerlo sin problemas. Unos meses antes había obtenido el permiso provisional para conducir. Le preguntó a su madre si podría prestarle el auto un rato. Ella se mostró extrañada.

—¿Para qué lo quieres?

—Necesito ir comprar un libro en Plaza Satélite.

—¿Tú sólo?

—Sí... Es decir, bueno… este. Con un compañero.

Ella lo miró como adivinando la mentira.

—Yo los podría llevar.

—No… gracias… es que quisiera ir solo con mi amigo. Tiene problemas y voy a darle consejos.

—¿Cómo se llama tu amigo?

—Mamá, no me interrogues. ¿Me vas a prestar el carro o no?

Ella movió la cabeza de forma negativa.

—No.

Ofendido, se alejó, pero después regresó para preguntar con impaciencia:

—Al menos puedo ir a la librería ¿verdad? Volveré temprano.

—Si a tu amigo no le molesta que le des consejos en un autobús, por mí está bien.

—Gracias —arrastró la palabra con sarcasmo.

Fue a encerrarse en su habitación. Dio vueltas unos minutos y al fin se detuvo frente al closet para observar con detenimiento. Descolgó el traje azul que había usado sólo una vez para la boda de una prima en Tulyehualco. Era su mejor ropa. Resopló. Parecía demasiado elegante. Debía vestirse con naturalidad, como se viste la gente cuando va a comprar un insignificante libro a Plaza Satélite. Su segunda mejor ropa. La escogió. Dobló cada prenda con esmero y salió a hurtadillas del cuarto. El baño estaba desocupado. Se desvistió y abrió la perilla de la regadera.

—¡Es una lástima! —pensó en voz alta—, ¡hubiera sido fantástico llevar a Sheccid en carro! Con música suave, aire acondicionado, ventanas cerradas y una conversación íntima… ¡Algún día podré hacerlo! Trabajaré durísimo y me compraré un coche deportivo, convertible, deslumbrante, y la llevaré a pasear —abrió la puerta corrediza de la tina, se introdujo en la cálida niebla y volvió a correr el cancel para no dejar salir el vapor—. ¡Ella lo merece y yo puedo hacerlo! ¡Claro que puedo! ¡La invitaré a comer a los mejores restaurantes! ¡Tendré un jet privado para ella, la llevaré a dar la vuelta al mundo y no tendré que pedirle permiso a mi mamá!

Alguien tocó a la puerta del baño.

—Está ocupado.

—¡Apúrate!

Era su hermana.

Suspiró. No tenía caso seguir soñando. Debía aceptar la realidad. Se subiría a un asqueroso autobús urbano con la princesa de sus sueños.

Algo lo congeló. ¿No se suponía que ella era hija de un rico diplomático? ¿Cómo es que había aceptado salir con él en transporte público? ¡Con toda seguridad no acostumbraba viajar de esa forma ni tenía intenciones de ir con él! Todo había sido una artimaña para evadir el problema en el que Ariadne la metió.

Se dio prisa y después de unos minutos salió del baño con el cabello escurriendo. Fue al tocador de la recámara principal, se puso una generosa cantidad de goma en la cabeza y el perfume favorito de su padre. Se peinó meticulosamente.

Su madre estaba sentada en el sillón del cuarto, tejiendo.

—¿Ya te vas?

Se sobresaltó.

—Pareces fantasma, mamá. ¿Por qué nunca haces ruido?

Sonrió.

—Que tengas suerte en tu cita.

La miró. En los ojos del joven había una combinación de ansiedad, ilusión, temor y deseo de hacer bien las cosas.

—Gracias, mamá.

Fue hasta ella y le dio un beso.

—Te quiero.

—Yo también.

Salió de su casa corriendo. Cuando llegó a la escuela eran las 4:15. Quince minutos temprano. Ella no estaba en la esquina convenida. Fue a echar un vistazo a la escuela y advirtió bastante actividad en el interior, pero las clases del turno vespertino no tenían nada de fantástico y eran las 4:20 ya. Regresó al lugar de la cita. Primero corriendo, después lento. Ella no había llegado.

4:30 de la tarde. La papelería estaba cerrada. Muy poca gente pasaba por la calle a esa hora.

4:40. Las ideas comenzaron a deprimirlo, ideas que venían una detrás de otra, ideas desagradables; recordó la forma en que ella aceptó ir con él. Sus amigas la presionaban y él lo hacía, no podía negarse habiendo dicho antes que necesitaba ir. La mejor forma de librarse del compromiso fue ésa, decir que iría y no ir. La excusa por la que no acudió sería mucho más sencilla de inventar después; era una niña inteligente y él un torpe. ¡Ni más ni menos! Tenía que empezar a deshacer los planes.

4: 45. Pasó el autobús por quinta ocasión. No quedaba mucho que decidir, dando las cinco en punto se iría a casa y se olvidaría del asunto. ¡Pero la tarde prometía tanto!

4:50. Pasó otro camión. Suspiró. Tomó asiento en la banqueta. *¡No, tonto! Te ensucias el pantalón.* Saltó y lo sacudió.

Las cinco de la tarde. Y bien. ¿Qué otra cosa le quedaba por hacer? Tal vez comprarse un helado de camino a casa. Era lógico, ¡evidente! Sheccid era una de las chicas más pretendidas del colegio. No acudiría a una cita con un individuo que apenas conoce, a menos que ese individuo le interesara... y José Carlos lo dudaba. Miró el reloj. Las 5:10.

Sus ilusiones se arrastraban.

Sería mejor emprender la retirada.

¡Era una lástima!

Metió las manos en los bolsillos y cabizbajo inició el camino de regreso.

Iba doblando la esquina cuando creyó escuchar su nombre a lo lejos. Se detuvo, sin girar la cabeza. No tenía caso hacerse ilusiones. Aguzó sus sentidos. Antes de reconocer aquel ruido como pasos en la acera, José Carlos ya sabía que alguien se acercaba a toda prisa hacia él.

15

Eran las 5:12 y el corazón le latía a punto de estallar. Volteó. No podía creerlo... Dio un paso atrás e intentó sonreírle, pero sus labios estaban paralizados.

Jamás la había visto sin uniforme escolar. Parecía más hermosa que otras veces. Su aspecto era tan diferente y encantador que dudó unos segundos que fuera ella. Al fin pudo sonreír, no como saludo sino como muestra de alegría.

—Hola, ¿tienes mucho esperándome?

Tardó en responder. Su mente no coordinaba. ¿Era posible tanto cambio en alguien a quien apenas había visto hacía unas horas?

—Sí, tengo ya bastante tiempo aquí.

—Lo siento.

La observó.

Llevaba un overol deportivo de pantalón corto y generoso escote cuadrado; parecía la modelo de una portada de revista juvenil. Sus formas de mujer se realzaban con el traje ceñido de una sola pieza y el short la hacía lucir unos muslos perfectos. No traía medias, tacones o maquillaje, sino calcetas y tenis. De inmediato notó que era casi tan alto como ella, quizá porque mientras él se había puesto botas de vestir, ella había optado por zapatos de piso. Formaban una pareja casi perfecta.

—¿Tuviste algún problema?

—No... Perdón por la tardanza.

—Estás muy hermosa. Por un momento te desconocí.

Era tan difícil comenzar a hablar. Verla ahí, de pie frente a él, después de lo que le había dicho el día anterior, cambiaba las cosas de forma radical. Ahora ya no tendría que escribirle y soñar despierto. Ahora podría hablarle, tocarla... Ella agachó la cabeza, se remojó los labios y articuló en voz baja:

—No quise ser impuntual, de verdad.

—Olvídalo, valió la pena esperar.

Asintió con una sonrisa. Sobre los ruidos de la calle se destacó el sonido de un motor pesado. El autobús *Tlalnepantla - Cuatro Caminos* se acercaba. Lo vieron detenerse en la esquina.

—Vamos —se encontraban un poco lejos, así que la tomó de la mano y corrió con ella. Aunque el camión ya se iba, el chofer lo detuvo al verlos por el retrovisor.

José Carlos le cedió el paso, y un papel doblado en cuatro partes que ella parecía haber traído en la mano todo el tiempo, cayó al momento de sujetarse del pasamanos. Él se apresuró a recogerlo. La chica pasó de largo frente al cobrador y caminó sin titubeos hasta tomar asiento en una de las últimas filas en la que había dos lugares vacíos. Él pagó el pasaje de ambos sintiéndose bien de poder hacerlo. "Es tan fácil ser caballeroso cuando se está con una dama", pensó mientras caminaba hacia el fondo del pasillo, "Sheccid sabe que la cortesía es un acto recíproco, ¿de qué le sirve al hombre ceder el asiento a una mujer si ésta se rehúsa a tomarlo? ¿Qué caso tiene apresurarse a rodear el auto para abrir la puerta de la chica, si ella se baja primero? ¿Qué ganancia hay al extender la mano a una muchacha con intenciones de ayudarla a levantarse, si ella te mira confusa, como preguntándose si la mano extendida significa un calambre o un intento de manoseo?"

Llegó hasta ella y se sentó a su lado.

—Dejaste caer una hoja.

—Sí.

José Carlos frunció las cejas y pareció comprender, aunque creyó correcto asegurarse.

—¿Puedo leerla?

—Es para ti.

El papel tembló en las manos del muchacho. Ella lo animó a desdoblarlo con un movimiento de cabeza. Era una hoja blanca tamaño carta escrita por una sola cara, con tinta azul y letra redonda. El título resplandeciente destacaba sobre el texto: "Cuando se siente el auténtico amor".

—No lo escribí yo —aclaró con naturalidad, acercándose al oído del chico para hacerse escuchar sobre el fuerte ruido del motor del autobús—. Lo copié de un libro de Ema Godoy y me pareció muy interesante. Es algo que la gente debería tomar en cuenta antes de decir que ama. No siempre es verdad...

José Carlos tragó saliva y asintió.

—Léelo. Quiero que me des tu opinión.

Dirigió su vista al papel y tuvo que repasar varias veces el primer párrafo antes de poder concentrarse.

El amor sólo se da en hombres y mujeres mentalmente maduros.

Es un temple de ánimo que requiere una personalidad muy sólida, muy consciente, muy responsable.

Así que ni aún muchas personas mayores suelen experimentarlo, pues no basta tener edad cronológica suficiente, hay que tener edad mental completa.

No te fíes por lo tanto de un sentimiento que parece amor, pero que tan solo es su caricatura, y que se te marchitará cualquier día de éstos. En la adolescencia todos hemos creído estar enamorados, pero han sido sólo espejismos.

Para saber amar es necesario que aprendas a hacerlo tú mismo, en tu interior, en tus sentimientos. Imagina siempre que llevas el amor como un perfume para la persona que será tuya, para la persona que esperas...

No frustres tu anhelo de amor con amoríos. Nada tan enemigo del amor como los "amores". El corazón se malgasta, se desperdicia, se pudre. No eches a perder tu corazón si es que quieres llegar a ser feliz algún día por amor.

Hazlo madurar en tu interior, esperando sólo a una persona. Reflexiona, se responsable, razona y siente; siente la verdadera esencia de lo que es, para que mañana sea y puedas vivir el significado de ese sentimiento maravilloso.

Para José Carlos de Sheccid Deghemteri

Terminó de leer pero no levantó la vista. Analizó el papel de arriba a abajo. *Es un concepto que la gente debería tomar en cuenta antes de decir que ama...* Estaba de acuerdo, pero había algo en ello que lo incomodaba. *No siempre es verdad...*

Dubitaciones y disyunciones, hablar o no hablar, insistir o no insistir; actuar o no saber actuar, cómo actuar. Sus decisiones oscilaban en el dilema de si era o no lo suficientemente maduro. La escamante pregunta que había quedado en el aire lo incomodaba: ¿Tu inteligencia y tu grado de discernimiento son los de un mocoso entusiasmado, o los de un adulto? La respuesta era inmediata, pero ¿cómo decirla?, ¿con qué pruebas?, ¿sobre qué bases?

No te fíes de un sentimiento que parece amor pero que tan solo es caricatura, releyó, *en la adolescencia todos hemos creído...*, no lo podía aceptar, *pero han sido sólo espejismos,* ¡no!

Levantó la cara y, al mirarla, toda sombra de duda se esfumó.

—¿Qué piensas?

Se limitó a mover la cabeza y a doblar el papel como antes. La joven, desilusionada por la parquedad de su compañero, miró hacia la ventana. Él comenzó a tramar algo que le diese a ella la respuesta esperada.

Una mano de Sheccid reposaba tranquila sobre sus piernas desnudas. El sonido del motor impedía conversar demasiado, así que no le respondería con palabras. Lenta, pero decididamente, acercó sus dedos a los de ella y cuando apenas los rozó, la chica se volvió para mirarlo... después agachó la vista y entonces le tomó la mano.

Hubo un momento de tensión indefinible. Se entrelazó con ella en una posición cómoda e íntima y la rigidez comenzó a desaparecer, aunque un poco tarde. Habían llegado. Él la acarició como si fuese la señal de que debían bajar, ella asintió y se pusieron de pie, soltándose. José Carlos tocó el timbre y, unos momentos después, el autobús se detenía abriendo su puerta trasera.

Bajó primero y la ayudó a bajar.

—¿Sabes por qué acepté venir contigo? —le preguntó cuando ya iban caminando hacia la librería.

—¿Mmh?

—Por lo que me dijiste —su voz era amigable y tierna—. Quisiera encontrar un amigo verdadero, y tengo la esperanza de que conociéndote mejor...

—¿Sí?

—Bueno... pues no sé... A veces me siento muy sola. En los últimos años nos hemos mudado varias veces de ciudad.

—¿Dónde has vivido?

—¡Si te contara! Yo nací en México, pero mis padres, no. Mamá es italiana y papá irlandés. Hemos vivido en... —contó con los dedos—, cinco países distintos.

Un pensamiento aciago desdibujó la sonrisa de José Carlos.

—¿Y no piensan volver a irse, ¿verdad?

—Eso depende del trabajo de mi padre.

Se sintió apesadumbrado. Guardaron silencio por varios minutos más.

—Háblame de ti —pidió ella—. ¿Qué te gusta más en el mundo?

—En primer lugar, me gustas tú —Sheccid movió la cabeza; la timidez de ambos empezaba a desaparecer—. En segundo lugar soy muy feliz con mi familia, tengo un tesoro gigante en mi hogar. Mis padres se aman como si fueran recién casados y mis hermanos y yo, aunque nos hacemos maldades todo el tiempo, estamos super unidos.

—¿Eres el mayor?

—Sí. A veces es difícil serlo, porque me exigen más que a los pequeños y al final resulto responsable de todo, pero no me quejo, porque también tengo más privilegios.

Caminaban muy despacio, sobre todo él, como si deseara alargar el recorrido mucho más.

—¿Cuántos son?

—Dos hombres y dos mujeres.

Llegaron a una avenida y cruzaron corriendo para no ser arrollados por los rudos conductores. Entraron a la librería.

—Yo también quiero mucho a mi hermano —dijo ella pasando primero por la puerta de cristal—. Es más grande que yo, y me cuida como si fuera su hija —José Carlos convino con un gesto recordando al tipo—, relájate, no creo que ande por aquí.

—Eso espero. Ahora, cuéntame tú. ¿Cómo es tu familia?

—Mi... familia... —ella agachó la cara—, es todo un caso... Mis papás discuten mucho... —y agregó con tristeza—, no quisiera deprimirme ahora, así que hablemos de otra cosa.

Un vendedor con bata de trabajo azul llegó hasta ellos para preguntar en qué podía ayudar. Le dieron el nombre del libro y el muchacho se retiró a buscarlo.

—¿No ibas a comprar un libro tú también?

—Mentí.

—Lo supuse.

La adquisición se hizo con rapidez y pronto salieron a la calle para dirigirse a la heladería.

—¿Qué haces en tu tiempo libre? —preguntó ella.

—Practico ciclismo.

—¿De veras?

—Sí. Le dedico mucho tiempo. Pronto será el campeonato nacional y creo que puedo ganar. Sueño con representar a mi país en una olimpiada algún día.

—¡Oh! Son palabras mayores.

—¿Y a ti, te gusta el deporte?

120

—Sí, pero no practico ninguno en especial. Me gusta la gimnasia. Admiro a Nadia Comanecci. Tiene casi nuestra edad y mira dónde ha llegado. Lo más parecido que hago es bailar. Me encanta hacerlo.

—En eso somos distintos. Yo no sé bailar.

—¿Conoces las discotecas?

—No. Leí que se abrió la primera en Nueva York hace unos meses y que se han diseminado por todo el mundo. Son lugares nocturnos con luces de colores en movimiento y una pista de baile sonorizada a todo volumen. John Travolta las ha puesto de moda. Me gustaría conocerlas, sólo por curiosidad.

—No te vas a arrepentir —la joven dio una vuelta completa como imitando uno de los pasos de la película *Vaselina*—, es muy divertido. Yo podría enseñarte. Por lo menos tienes ritmo, ¿no?

—Sí, bueno… ritmo sí tengo… Supongo. Disfruto mucho la música.

—¿Qué tipo?

—Este… —carraspeó—, toda, en realidad…—dudó unos segundos; confesar sus gustos era un poco arriesgado, pero ¿qué más daba? Tendrían toda la vida por delante para enseñarse mutuamente sus distintos talentos—. Escucho música romántica. Air Supply, Earth, Wind and Fire, Los Carpenters… ¡Ah y también música clásica! —se atrevió—: Y ópera.

Ella lo miró con asombro.

—¿Hablas en serio?

—Sí —se disculpó—, pero no es tan malo como parece. Todo es cuestión de educar el oído y…

—Claro. No tienes que decírmelo. Es parte de la cultura de mis padres, y a mí también me agrada, pero soy más selectiva que ellos. No tolero a Wagner, pero me encanta Puccini; su música envuelve al oyente, lo hace centrarse en la tragedia. Es algo que Verdi, por ejemplo, no logra, porque sus énfasis está en la melodía más que en el argumento. Mis obras favoritas son *La Bohemia* y *La Tosca*.

José Carlos se detuvo unos segundos con la boca abierta.

—¿Qué piensas?

Caminó de nuevo.

—No lo puedo creer.

Recordó que Ariadne le había advertido: "Necesitas conocerla, tiene una familia extraña, provienen de otro país, sus costumbres son diferentes a las nuestras y bueno, tal vez no te gusten". Pero en ese sentido, él también era un chico fuera de lo común.

Comentó:

—Yo tengo que casarme con una mujer a la que le guste *La Bohemia*.

—Siempre terminas acorralándome.

—No es mi intención...

Llegaron a la heladería.

—¿De chocolate?

—Ese era el trato, ¿no?

El muchacho que atendía en el mostrador, con una camisa abierta hasta el ombligo y una abundante cabellera negra, se quedó viendo a Sheccid. No era el primero que lo hacía.

—¡Hey! Bonitos tus ojos ¿eh, nena?

Sheccid Deghemteri se ruborizó un poco, pero no por el halago, que seguro estaba acostumbrada a recibir, sino porque comprometía a su compañero. José Carlos pensó en advertirle al tipo del abdomen peludo que tuviese cuidado con lo que decía, pero el hecho de que alguien adulara los ojos de Sheccid no debía enfadarle. Pensó: "¿qué harán los esposos de modelos o artistas de cine? Con toda seguridad desarrollan paciencia de santos o practican karate profesional. Tal vez tendré que empezar a hacer alguna de las dos cosas." Respiró. "Mientras no la insulte no hay problema."

—¿De qué sabor me dijiste, preciosa?

La preciosa bajó la cabeza un poco contrariada. No respondió. José Carlos acribillaba al tipejo con los ojos y Sheccid se acercó a él en un acto suave y afectivo. Se unió de costado como si fuera a abrazarlo por la espalda, pero sólo se recargó. Volvió la cabeza muy cerca de la suya para hablarle:

—¿De qué sabor, cariño?

Tragó saliva. Su mente no alcanzaba a aceptar por completo lo que estaba viviendo. Por instinto, y sólo en un movimiento encaminado a responder de igual forma su gesto de ternura, le rodeó la espalda con su brazo y la atrajo más hacia él.

—Danos dos helados de chocolate y no hagas un comentario más, galán.

La expresión del heladero cambió por completo. Les sirvió dos conos y no volvió a abrir la boca más que para cobrar. Salieron del local sabiendo que el tipo mantenía sus ojos en ella, pero no era de culparse; siempre deleitaba mirar una chica tan poco común. Caminaron juntos. Él la abrazaba temblando, con todas sus otras actividades mentales fuera de servicio.

Una moneda se le resbaló y rodó por el suelo. Soltó a la chica para recogerla, pero apenas lo hizo se dio cuenta de lo irreal que resultaba todo eso, de lo increíble que era... Cuando se incorporó, no la abrazó. Lo pensó dos veces.

—En ocasiones es molesto que la gente me vea como si fuese un animal raro.

—Debiera gustarte. No cualquier mujer tiene esa cara y esos ojos.

¡Abrázala! Le gritaba todo su ser interior. ¿No era capaz? ¡Pero ya lo había hecho! ¿Qué pasaba con él...?

—Sí —se encogió de hombros—, aunque ¿cómo te explicaré? Yo no tengo ningún mérito por mi cuerpo o cara. Cierto día escuché a la Miss Universo en turno decir por televisión: "Una mujer como yo es fácilmente usada y difícilmente amada; pocas personas quieren conocerme por lo que realmente soy. Sólo les interesa mi físico".

—El cuerpo estorba —coincidió el joven—, pues nos impide ver el espíritu escondido en él.

—Que bella forma de decirlo...

—Es un ensayito que escribí. Le llamo "El cuerpo". Tengo un diario al que llamo "Conflictos, creencias y sueños". Quiero ser escritor, como mi abuelo.

—¿Qué dice tu ensayo sobre el cuerpo?

—Las personas somos almas encerradas en claustros con cinco ventanitas. Por las ventanas de los sentidos podemos asomarnos al mundo para ver materia. Nos resulta imposible conocer la verdadera esencia de las personas porque los cuerpos se interponen. La belleza o fealdad del espíritu, es algo que sólo podemos ver con los ojos del corazón.

—Vaya. Eres todo un filósofo. Pero en fin. Volviendo al tema, no me gustó que el tipo de los helados hiciera esos comentarios frente a ti.

—Lo resolviste muy bien. Tendremos que abrazarnos cada vez que alguien te adule.

Rieron, mas lo que intentó ser una frase ingeniosa se volvió traicioneramente en contra de él. No había excusa para abrazarla de nuevo en tanto alguien no los provocara.

"Tonto, necio, mentecato."

Caminaron por la acera rumbo a la parada del autobús y él se sentía un borrico. ¿Cómo dejó escapar esa magnífica oportunidad? Por una tonta moneda y un brillante comentario... La banqueta era muy ancha, bien podían caminar dos metros separados, pero él lo hacía muy cerca, como tratando de enmendar su torpeza. Por otro lado, Sheccid andaba con naturalidad, como si para ella fuese normal que anduviesen muy juntos...

—¿Y desde qué edad declamas? —preguntó ella después.

—Desde que te conocí... y te oí declamar en una ceremonia.

—¿En serio?

—En serio. Nunca lo había hecho, pero después... cuando supe que existías, aprendí... Fue la única forma que encontré para llamar tu atención... para acercarme a ti.

—¿Y se puede saber por qué no te presentaste al concurso? ¡Desde que te conozco ninguna de tus actitudes me ha enfadado más!

—La competencia significaba mucho para ti y yo traté de darte a entender que declamaba porque me interesabas tú, no el concurso.

Lo examinó con su desvanecedora mirada y exclamó después, fingiendo enfado.

—¡Desdichado! Me negaste el placer de ganarte.

—¿Nunca vas a perdonarme? Si sigues así, vamos a tener hijos y nietos, y te seguirás quejando de lo mismo.

Ella soltó una alegre risa.

—Bueno —confesó—. No supe por qué, pero sin tu participación, el triunfo ya no tuvo tanto valor. Eras un rival muy bueno.

Entonces regresó la oportunidad, pero sobre todo volvió a él un efusivo deseo. Le rodeó la espalda de nuevo con el brazo y unos segundos después estuvo seguro de que ella aceptaba la caricia acercándose con un movimiento.

—Aquel día... —habló muy bajito—, en que trataba de cortar una rosa para Ariadne, ¿por qué me salvaste de que el prefecto me descubriera?

—No lo sé...

Llegaron a la parada, se detuvieron en el lugar más apartado de la gente. Casi al instante el autobús se aproximó por la calle, rugiendo escandalosamente. Ellos no lo detuvieron porque estaban lejos y esperaron que alguien más lo hiciera, pero no fue así. El camión pasó de largo.

—No importa —dijo ella—, de todos modos no quería irme.

¿No quería? José Carlos parpadeó, incrédulo. ¿Y quién corchos quería?

—Es temprano y... —había tantas cosas que platicar—, no hay ninguna prisa, ¿eh?

Él terminó de comer el cono. Sheccid iba a la mitad del suyo.

—Ya no puedo más con este helado —dijo ella—. Es demasiado grande. ¿No quieres?

Se lo ofreció.

Él miró el amasijo de chocolate húmedo y amorfo por el repaso continuo de la lengua de la chica. Aceptó tomarlo y se lo llevó a la boca muy despacio sintiendo una perturbación que iba más allá de su juicio. El chocolate ahora tenía un gusto distinto: sabía a insinuación, a sensualidad, a cercanía extrema. En un acto de apasionada osadía, le devolvió el helado como para averiguar si ella también se atrevía a probarlo después de que él lo había lamido. Ella lo hizo sin el menor recato. Entre los dos se lo acabaron.

Otro autobús llegó a la parada y esta vez se detuvo. "Qué lástima". Se dirigieron a él y subieron. La escena se repitió. El vehículo empezó a avanzar. Esta vez la chica sólo encontró libre una banca que daba frente al pasillo. José Carlos se sentó junto a ella y la rodeó con el brazo. Pronto el corredor se fue llenando de gente que se tambaleaba, deteniéndose del pasamanos. Él se sentía incómodo de ir sentado, habiendo señoras de pie, pero era una ocasión especial y valía la pena hacerse el desentendido. La butaca del lado izquierdo se desocupó, y una niña de unos cinco años, por indicaciones de su mamá, se apresuró a soltarse del tubo para ganar el asiento, pero un tipejo apestoso apartó a la niña con un empujón y se sentó primero. La pequeña perdió el equilibrio y Sheccid la detuvo para que no se cayera. José Carlos le cedió su lugar. Gracias, de nada, miradas expresivas... maldito cerdo ¿dónde tienes lo caballero? Ni modo, amor, ya habrá otras oportunidades de viajar juntos...

—Dame el libro.

Ella lo puso sobre sus piernas. El pelafustán que le arrebató el asiento a la niña miraba hacia otro lado.

Después de unos quince minutos Sheccid Deghemteri levantó la cara y le preguntó:

—¿Tienes teléfono?

—Sí.

—¿Me das tu número?

—Claro —se lo dijo y ella lo anotó en la portadilla de su libro nuevo.

—Ahora ¿me puedes dar el tuyo?

—No. Yo te llamo.

—Ayer te hice una pregunta y me gustaría que nos reuniéramos pronto para hablar de ello.

—Dame una semana. De este lunes en ocho nos vemos —se puso de pie.

—¿A dónde vas? ¡Aún no hemos llegado!

—Me quedaré aquí —respondió tocando el timbre—, pasaré a casa de una amiga para hacer algunos ejercicios del libro. Además no quiero que sepan que fui contigo a comprarlo.

José Carlos asintió. No quería que supieran...

—Por lo pronto, amigo. Tengo mis razones. Más tarde quizá ya no haya nada que ocultar.

—De acuerdo.

El autobús se había detenido. Ella le dio la mano para despedirse. La cogió con suavidad sin apartarle la vista. La puerta estaba abierta y el chofer esperaba. No la soltó y por su mente pasó un escalofriante pensamiento irrefutable. Irrebatible. En su mente se detuvo.

Debía besarla.

Las circunstancias eran obligadas. Sheccid lo sabía también y lo esperaba, pero él era inexperto e irresoluto.

—¿Nadie baja? —se oyó la voz impaciente del conductor.

—Sí —respondió ella—, hasta luego.

—Hasta luego.

Y se quedó con su miserable inexperiencia y su detestable irresolución.

Oyó el sonido de la lámina cuando Sheccid bajó los dos escalones y unos segundos después vio desaparecer su silueta por entre los enormes árboles del bulevar.

16

El siguiente domingo se despertó muy temprano. Limpió con minuciosidad su bicicleta y preparó los bártulos para la competencia de ciclismo. Las pruebas de pista eran limpias, artísticas, estéticas. En ellas se lucían los atuendos más modernos. Soñaba en poder invitar a Sheccid al torneo que se iba a celebrar. Fantaseaba con la idea de que fuera su asistente, su acompañante, su consejera. La sentía en cada célula de su cuerpo, en cada molécula del aire que respiraba; formaba parte de él, le alegraba recordarla y le dolía tenerla lejos.

Fue al certamen con sus padres y hermanos. La familia iba nerviosa, él confiado; ellos tensos, él relajado. Era una competencia importante, pero la motivación de su mente le garantizaba que nadie podría ganarle esta vez.

Desde el momento en que llegó al escenario, las miradas de mucha gente se centraron en él. Los conocedores sabían que era el favorito, y José Carlos estaba emocional y anímicamente crecido. Así que no sólo hizo un esfuerzo extra sobre la pista de madera, sino que se comportó con la seguridad de un campeón; eso intimidó a sus adversarios y pudo ganar con un margen importante.

Todo estuvo bien hasta ahí.

El problema del día comenzó cuando bajó de su bicicleta y Alicia, la hermana de un compañero de su equipo, se acercó, acompañada de su obesa tía, para pedirle que se fotografiara con ella. Era una chica superficial, falsa y chismosa.

—Tómense de la mano —dijo la tía enfocando su cámara—. No sean fríos, ¡caramba, por lo menos sonrían!

Él no pudo. No pudo sonreír. Había perdido la cuenta del número de veces que había posado con Alicia. La primera vez la abrazó en señal de sincera amistad sin saber que se trataba de una joven dispuesta a usar esas fotografías para presumir de un romance secreto con él. Esta vez se cruzó de brazos y miró hacia otro lado mientras la tía oprimiera el botón y decía:

—¡Listo, muy bien; será una espléndida foto de los dos! ¡Gracias, Carlitos!

Alicia le pidió unas palabras por escrito en su libreta de autógrafos. Él se negó, ella sonrió como deficiente mental y fue de inmediato a quejarse con sus amigas. Varios compañeros regresaron con ella y los rodearon aplaudiendo y cantando para que se reconciliaran. Coreaban la palabra "beso" y Alicia se acercaba a él para que, en frente de todos, no se atreviera a despreciarla. Pero se equivocó. La hizo a un lado y salió de la rueda. A sus espaldas se escucharon silbidos y voces ofensivas. El padre de José Carlos vio todo.

Minutos después, en el auto familiar, nadie habló de la competencia ni de su triunfo. Hablaron de Alicia.

—¡No lo puedo creer! —profirió su papá encolerizado—. A la vista de todos te estás volviendo un pedante, engreído.

—¡Cómo te atreves a decirme eso! —gritó el muchacho—, ¡ni siquiera sabes lo que ha pasado!

Su madre intervino de inmediato.

—¡Como te atreves *tú* a gritarle así a tu padre!

—Pero es que...

—¡Nada, jovencito! ¡Hay formas de hablar!

—Lo siento.

En el automóvil se movían intensas vibraciones de conflicto.

—¡Eres tan inmaduro! —enjuició su papá—. ¿Por qué tratas así a tu novia?

—No es mi novia.

—Todo el mundo sabe que lo es. Yo creía...

—Pues creías mal.

—Entonces ¿por qué no la haces tu novia? Ella te quiere y es una chica linda. Aprovecha. ¿Qué te quita?

—Yo no juego con eso.

—Mira, José Carlos, te puedo asegurar que si esa muchacha está enamorada de ti, le tiemblan las piernas y se siente desfallecer cada vez que te ve. Es una adolescente y el amor que se siente a esa edad es muy hermoso.

—Lo sé, papá —y su tono de voz sonó como un suplicante grito de sinceridad.

—¡No lo sabes! ¡No tienes idea de lo que es estar enamorado ni conoces el amor! En muchos aspectos eres un muchacho inteligente, pero en otros demuestras una gran inmadurez. ¡Si fueras un verdadero hombre no te daría vergüenza abrazar o besar a Alicia. Serías más galante, más conquistador.

Carlos se llevó las manos a la cara. ¡Pensaba de forma tan distinta! No podía besar a cualquier chica pues estimaba que un beso era la manifestación tangible de sentimientos que debían existir de antemano. Aunque algunos vulgares se entusiasmaban porque los noticieros decían que en otros países estaba poniéndose de moda saludarse siempre de beso en la mejilla, esperaba que eso nunca ocurriera en el suyo.

—Me preocupas hijo... No sabes cómo me preocupas.

—¡Pues preocúpate de cosas más importantes! ¡A mí me gustan las mujeres! Y mucho.

—Entonces ¿por qué no eres menos tímido con ellas? ¿De que te sirve ser el campeón mundial de ciclismo si no tienes capacidad para relacionarte con la gente?

—Sí tengo...

—Guarda silencio y escúchame.

El regaño de su padre se intensificó. José Carlos estaba cada vez más enfadado. Deseaba gritar, decir lo que pensaba, pero no encontraba las palabras. Además ¿qué caso tenía? Todo lo que dijera, sería tomado en su contra.

Buscó debajo del asiento su libreta de c.c.s. y la abrió para tratar de escribir, pero sólo garabateó unas frases cortas:

Es injusto. Los adultos no me entienden. Son egocéntricos. Con los años han perdido la sensibilidad. Tienen ideas superficiales. No saben escuchar, pero tratan de imponerse.

Es injusto. Injusto, injusto, injusto, injusto, injusto, injusto, injusto, injusto, injusto, injusto, injusto…

Se dirigían hacia el sur de la ciudad.

Era el cumpleaños del padre de su mamá y toda la familia se había puesto de acuerdo para visitar al abuelo a la misma hora.

Al fin llegaron a la cita.

Bajó del coche como para escapar de la tensión.

Sus primos y tíos iban muy arreglados; sólo él continuaba con atuendo deportivo.

—¿Estabas llorando? —le preguntó su prima Rocío en cuanto lo vio salir del coche.

—Sí —confesó—, tuve una discusión con mi papá.

Ella lo abrazó en un gesto de cariño. Rocío comprendía mejor que nadie lo que era tener problemas familiares.

—¿Y a ti cómo te va?

—Bien. Yo ya no lloro por esos motivos.

Tocaron a la puerta.

Abrió la señora Anita. Una mujer de pocos sesos y pésimos modales que aunque años atrás fue la asistente, tuvo el ingenio de engatusar a su jefe para casarse con él cuando la abuela murió. Los adultos encabezaron la procesión hacia el interior sin hacer caso a la vulgar anfitriona a quien todos consideraban una usurpadora. El lugar era elegante y sobrio. La sala estaba arreglada con sillas de terciopelo rojo alrededor de la mesa central. El abuelo se hallaba sentado en el sillón reclinable. Hijos y nietos desfilaron saludándolo con respeto para ocupar los lugares a su alrededor, en absoluto silencio. José Carlos se sentó junto a él. Era un europeo inmigrante de la guerra civil española, de voz ronca, mirada profunda, mejillas rasposas por la barba mal afeitada, lentes y boina. A pesar de su tos crónica, fumaba dos cajetillas de cigarros sin filtro al día. Durante muchos años fue pastor de una enorme iglesia evangélica y catedrático de letras en las mejores universidades. Se había convertido en un símbolo de sabiduría. Los adultos hicieron comentarios superficiales y empezaron a soltar preguntas inconexas. El objetivo de la reunión era hacerlo hablar. Su charla cautivaba incluso a los niños, pero esa tarde parecía de mal humor. José Carlos se atrevió a cuestionar con timidez:

—¿Cómo puedo llegar a ser escritor, abuelo?

—¿Perdón?

—Hoy tuve problemas con alguien...

El anciano frunció la cara.

—¿Y?

—No pude discutir. En persona me cuesta mucho trabajo expresarme, pero a veces escribiendo, las palabras me salen con facilidad. Quisiera aprender a escribir de manera profesional, como tú.

—Ajá... —el abuelo tosió y se estiró para tomar un poco de agua. Luego comenzó a explicar con su voz ronca—. Sinclar Lewis dio un discurso a un enorme grupo de universitarios que deseaban ser escritores. Se paró frente al auditorio repleto y preguntó "¿quién de ustedes desea de verdad ser escritor?" Todos levantaron la mano. "Entonces están perdiendo el tiempo aquí" les dijo, "si de verdad desean ser escritores, vayan a su casa y pónganse a escribir, escribir y escribir." Cerró su carpeta y se retiró dejando al público boquiabierto. Fue uno de los discursos más cortos y famosos de la historia.

Se aprende a nadar nadando y se aprende a escribir escribiendo.

—¿Eso es todo?

—Sí. Dedica al menos una hora diaria por el resto de tu vida a escribir y otra hora diaria a leer. ¡Dos horas de cada día, incluyendo sábados, domingos y días festivos!

—¿Pero qué voy a escribir?

—¡Todo! Cuentos, fábulas, poemas, novelas, cartas, tu diario… ¿Y qué vas a leer? ¡Todo! ¡Conviértete en un devorador de libros! Con el tiempo te inclinarás por un género y pulirás tus gustos.

—Suena complicado.

—¡Y no he terminado! Inscríbete a cada concurso literario, participa en cada panel, en cada taller. Cuando tengas la oportunidad de dar clases, elige las materias de literatura, gramática y ortografía. Enseñando a otros aprenderás más que nunca. Dile a todo el mundo que eres escritor y compórtate como tal.

—¿Y cuando termine mi primer libro puedo traértelo para…?

—No. ¡Ni lo pienses! Yo no voy a corregírtelo ni a ayudarte a publicarlo. ¡Busca un corrector de estilo y págale! Después toma el directorio telefónico, consigue los datos de todas las editoriales y envíales tu borrador. Te lloverán cartas de rechazo. Sabrás lo que se siente haber dedicado tu vida a un trabajo que nadie valora ni quiere publicar. ¡Pasa por todo el proceso! ¡No hay atajos! Estarás tentado a desistir cientos de veces. Quizá lo hagas. Sólo si eres obsesivo a niveles enfermizos seguirás escribiendo. Entonces, sólo entonces, lograrás publicar algún libro e iniciarás un nuevo *via crucis*. Los editores comenzarán a explotarte y a exprimirte…

Siguió hablando con pesimismo. Todos en la sala habían guardado silencio para escucharlo. Su voz gutural de doctor en filosofía y letras tenía absorta a la concurrencia.

—A los escritores nos dan de un cinco a un siete por ciento de regalías. Las tiendas que venden libros les aumentan el precio un cien por ciento. ¡Duplican su inversión y con derecho a devolver todo! Los editores nunca te dicen cuántos libros imprimen. Jinetean tu producto y al final te das cuenta que estás siendo robado. Yo vivo de mis pensiones. Como escritor casi no tengo ganancias. Escribir es un mal negocio. La única satisfacción que recibo es cuando un lector lee mi trabajo y me manda una carta de agradecimiento.

—¿Nada más?

—Nada más…

—¡Pues tal vez yo pueda superar eso!

La sala quedó en silencio. La última frase sonó a blasfemia. El abuelo era una especie de "gran jefe sabio" y nunca nadie se había atrevido a decir que pretendía mejorarlo.

Tío Samuel, sarcástico como siempre, soltó una risotada.

—Así que aquí tenemos a un púber con delirios de Cervantes —se burló—. ¡Caramba! ¿Qué opinas, Cuauhtémoc? ¿Tu hijo siempre es así de imprudente?

El padre de José Carlos levantó las cejas y asintió despacio.

—Yo le he dicho que puede escribir cuando haya cumplido con sus obligaciones. No antes. Primero tiene que madurar.

Por lo visto su padre seguía enfadado.

—¡Sale! —dijo tío Samuel disfrutando de poder pisotear a alguien—. Tu papá te acaba de decir inmaduro, o lo que es lo mismo, estúpido. ¡Esto se va a poner bueno!

José Carlos se había quedado sin habla. Su padre no lo defendió. Rocío lo miró con tristeza y le dio una sonrisa de ánimo.

—No hagas caso, hijo —dijo el abuelo—. Ojalá que de verdad algún día puedas ser mejor que yo…

El tío Samuel siguió riendo a carcajadas. Otras personas cambiaron el tema de la charla con habilidad.

Abandonaron la casa después de una hora en la que no se volvió a hablar del asunto.

De regreso en el coche, José Carlos tomó su libreta y se esforzó por escribir. Tachó las primeras frases y volvió a redactarlas hasta que las palabras comenzaron a fluir. Después de un rato logró conformar una pequeña carta.

Estaba oscureciendo cuando llegaron a la casa.

Antes de que bajaran del auto, dijo:

—¿Puedo leer algo?

Su padre giró el cuerpo y asintió. Se veía serio, pero no enfadado.

—Adelante, hijo.

El joven tomó su libreta con fuerza y comenzó:

—Papá. Me dolió mucho que no me apoyaras frente al abuelo. Dices que te preocupo, pero en realidad yo creo que estás incómodo de verme crecer y darte cuenta que no pienso como tú —sus palabras sonaron palpitantes y trémulas, hizo una pausa para controlar la obstrucción de la garganta; no debía llorar—. Es verdad: somos distintos en muchos aspectos. Quiero ser escritor. Estoy dispuesto a sacrificarme, e incluso dedicar mi vida a un trabajo que nadie valore, porque sé que tarde o temprano podré superar al abuelo — ·sus hermanos escuchaban también—. Hoy me dijiste que yo debería abrazar y besar a Alicia. Aseguraste que soy muy inmaduro y que no conozco el amor. Deseo pedirte una disculpa por haberte gritado, pero no te imaginas cómo me dolieron tus palabras —su voz languideció frente al escrito y las lágrimas bordearon sus párpados inferiores—, me dolieron porque pude darme cuenta que eres incapaz de comprenderme. Dices que esa muchacha se siente mal cuando la trato con indiferencia; ¿cómo se sentirá si finjo que la quiero para conquistarla, la utilizo como experiencia, y luego se da cuenta que sólo jugué con su cariño?, ¿es eso lo mejor? ¿Es eso lo que a una mujer le gustaría? —se enjugó las lágrimas y respiró con fuerza para poder seguir leyendo—. Yo no sé si tú estés de acuerdo, pero nunca saldrá de mí el deseo de herir a alguien de esa forma, porque a mí no me gustaría que me hiriesen, ¿y sabes, papá? yo soy un hombre completo, soy caballeroso y créeme que puedo demostrar eso. En primer lugar, respetando a las mujeres, porque tengo una madre y dos hermanas... y después... siendo siempre claro y honesto —la voz se le quebró en un llanto controlado y tuvo que hacer una pequeña pausa para respirar—. Sé aceptar mis errores, pero esta vez el error no ha sido sólo mío. Te quiero mucho... No digas que soy un niño que no ha sentido nunca el amor porque te amo a ti... ¿No es eso suficiente?

Ya no pudo continuar la lectura.

Nadie pronunció una palabra más.

Después abrieron las portezuelas y todos salieron del auto. Cuando José Carlos lo hizo, su padre estaba de pie, esperándolo. Lo abrazó con fuerza. El joven correspondió sin dejar de sollozar.

17

Durante las siguientes semanas ocurrió algo extraño. Sheccid hizo un viaje y dejó de asistir a clases.

Por más que la buscó, no la vio nunca.

Pasó las vacaciones de fin de año flotando entre nubes. Aunque disfrutó las festividades y los villancicos navideños, no pudo dejar de pensar en ella ni un día.

El segundo lunes al iniciar el nuevo año, creyó distinguirla a lo lejos y se propuso hablar con ella a cualquier precio.

Como su grupo no tenía aula fija y cambiaba cada hora al salón que se desocupaba, le llamaban grupo *flotante o nómada*. Con el horario del nuevo semestre, los lunes, a la mitad del día, tomarían clases en el salón del segundo A. Eso era muy conveniente para él, porque al momento en que Sheccid y sus compañeros salieran para dirigirse al laboratorio, él entraría al mismo lugar con sus amigos. Iba a ser la mejor oportunidad para verla.

Se dio prisa. Esta vez quería ser el primero. Terminó de guardar los útiles y corrió hasta sofocarse. Miró el enorme edificio desde abajo. La puerta del grupo de Sheccid todavía estaba cerrada. Respiró para recuperar el aliento y subió las escaleras con calma. Miró el reloj. Justo antes de llegar al último escalón, tropezó y cayó golpeándose la rodilla izquierda con el filo del peldaño. Ahogó un grito de dolor. Se levantó para tratar de caminar, pero tuvo que agacharse de nuevo. Hizo un esfuerzo y avanzó cojeando. Pensó en el ciclismo y se frotó la rodilla, preocupado, tratando de convencerse de que la lesión no trascendería. Alguien se acercaba escaleras abajo. Movió la pierna.

—¿Qué haces, José Carlos?

—Festejando un encontronazo con el último peldaño de la escalera, Marcela ¿y tú?

—Nada. Nada digno de contar. ¿Cómo van las cosas con Sheccid?

—Bien. Bueno, más o menos. La última vez que la vi fue hace unas semanas y parece que se ha estado escondiendo de mí.

—Es una presumida. Vamos a arrinconarla. ¿Qué te parece? En cuanto la vea, le obstruiré el paso y entonces entras tú por un costado. Yo desaparezco y te quedas solo con ella.

—No creo que haga falta tanta estrategia.

—Ya veremos.

Marcela y José Carlos se apoyaron en el barandal. Comenzaron a llegar más compañeros y en unos minutos no quedó ni una sola vacante frente a la puerta del aula cerrada.

Al fin, salió el profesor Mancilla y detrás de él una hilera de alumnos. Sheccid no tardaría en aparecer. José Carlos se puso alerta. La rodilla comenzó a dolerle con punzadas intermitentes. Hizo algunas flexiones. Salió Gabino, el hermano menor de Marcela, y se detuvo a intercambiar algunas frases con ella. José Carlos aprovechó para separarse. Fue a la ventana y miró a través del cristal. Dentro del aula había un gran ajetreo. Se aproximó a la puerta. Salió Adolfo. Lo ignoró. Detrás de él, Ariadne. Procuró ignorarla también, pero no. Ella se plantó enfrente. Con toda seguridad, Sheccid Deghemteri saldría detrás y no quería perder la oportunidad.

—¡Hola, José Carlos! ¡Qué milagro verte!

Se puso en puntitas y miró sobre el hombro de la pecosa.

—Hola.

Ariadne no parecía darse cuenta de su turbación.

—Desde hace mucho tiempo he estado buscándote para platicar.

—¿Platicamos luego?

—Me gustaría que lo hiciéramos ahora... ¿Tienes prisa?

—Prisa no, Ariadne, pero necesito ver a Sheccid.

Guardó silencio. Examinó a su amigo como si con los ojos quisiera decirle algo que él ignoraba... José Carlos descubrió que el salón había sido desalojado por completo. Se volvió hacia Ariadne y la observó sin hablar.

—Acompáñame al laboratorio —dijo caminando despacio—, te contaré algunas cosas que debes saber.

Asintió confundido y avanzó.

—Deghemteri no vino hoy a la escuela —acomodó el morral lleno de útiles en el hombro y José Carlos se apresuró a quitárselo con suavidad para cargarlo. Ella le dirigió una rápida mirada de agradecimiento y siguió explicando.

—Ha faltado a clases. En las últimas semanas sólo ha venido la mitad de los días. Le pregunté qué ocurría y no quiso contestarme. La vi como hipnotizada. Parece como si su mundo interior se hubiese descompuesto. ¡Se pasa las horas aislada! He pensado que está disgustada conmigo, porque le hizo un mal comentario de mí a alguien, pero... —su voz irradiaba algo una fuerte aflicción—, yo me he comportado como siempre. No he hecho nada malo para que se disguste... excepto…

Silencio. Se escuchaban risas y gritos lejanos.

—¿Excepto?

—Ser tu amiga.

—¿Qué tiene eso de malo?

—Ella está confundida y no quiere hablar conmigo porque sospecha que te contaré todo —sonrió—, lo cual es cierto.

—Continúa.

—El otro día le pregunté qué había pasado cuando fue a comprar el libro contigo. Me comentó que eras un muchacho extraordinario aunque demasiado romántico para su gusto. Entonces me habló de Adolfo, dijo que él era mucho más apuesto y…

—¿Y? —un dolor punzante empezó a subirle desde la rodilla.

—Magnético.

—¿Magnético? ¿Eso qué significa?

—No lo sé…

¡Tal vez Sheccid tenía corazón de hierro y le atraían personas con cualidades metalúrgicas!

CCS lunes 8 de enero de 1979

La sangre me hierve en las venas.

Esta tarde, en el cine, viendo la película "Un pequeño romance", me sentí ofuscado y conmovido. Los protagonistas del filme tenían mi edad. Tuve que ver cómo, un imbécil cara de torta, muy parecido a Adolfo, conquistaba a una chica similar a Deghemteri, y cómo la joven ingenua se enamoraba del bruto cara de torta. Asocié muchas cosas y la rabia de mi corazón se convirtió en llanto. Cuando salimos del cine, mis hermanos se burlaron porque me vieron con los ojos llorosos. "No era para tanto", dijeron. Les contesté con una majadería. Mi madre intervino y discutí con ella. Aseguró que soy tan emotivo porque estoy en plena adolescencia y a esa edad todo se magnifica. No estuve de acuerdo. Tengo quince años. Soy un joven, no un adolescente, no adolezco de nada. En todo caso, son los adultos quienes adolecen de sensibilidad y ternura. Ellos son los adolescentes.

Sí, lloré en la película, pero no por inmaduro sino porque me desespero al pensar que no estoy a la altura de los galanes seductores. ¡Y no trataré de estarlo! Me niego a caminar y vestirme como figurín. Mi mayor virtud es el carácter… ¡aunque, del mismo modo, sé que algo anda mal con él! ¡Es terrible que algunas cosas me depriman a tal extremo!

José Carlos no pudo y no quiso articular palabra. Si se trataba de dañarlo, el golpe había dado en el blanco.

Al pasar junto a la banca del pasillo rodeada de pajarillos y cubierta por la sombra del enorme eucalipto, se detuvo para desplomarse en ella.

—¿Más apuesto y magnético? ¡Cuanta superficialidad!

Ariadne se sentó a su lado tratando de componer las cosas.

—No te pongas así. Cuando ella mencionó esa frase, titubeó. Pocas veces la he visto tan insegura de cada palabra.

—¿Crees que oculte otras cosas?

—Sí —aseveró—. Tiene problemas, y necesita a alguien que la ayude. No me necesita a mí ni a Camelia —hizo una pausa antes de decir lo que él no quería oír, lo que *no* creía que pudiera ser verdad—: Te necesita a ti...

—Ariadne... —se escuchó una voz muy suave al lado izquierdo. José Carlos se sintió alarmado al pensar que la recién llegada pudo haber escuchado lo de "te necesita a ti". Giró y ahí estaba ella, con su mirada peculiar, dispuesta a intervenir en la charla.

—Siéntate, Camelia. Queremos oír tu opinión.

Camelia hizo un ademán de indiferencia y, pasando una mano por debajo de su falda, tomó asiento y cruzó una pierna.

—¿De qué hablan?

—De Sheccid —dijo José Carlos—. ¿Tú sabes por qué ha faltado tanto?

—Bueno... Su madre está enferma y por lo que pude enterarme, su papá anda con otra mujer. Es todo un drama familiar. También me dijo que estaba confundida, pues no sabía de quién estaba enamorada... si de José Carlos o de...

—¿Y tú qué piensas?

—No creo que se pueda enamorar de Adolfo sólo porque es apuesto.

—Y magnético.

—Exacto —sonrió.

Ariadne permaneció callada hasta el momento en que se escuchó el timbre para entrar a la siguiente clase, entonces insistió:

—Necesita un amigo.

—¡Nosotras somos sus amigas! —protestó Camelia.

—Si, pero esta vez me temo que no podemos ayudarla. Tal vez

José Carlos… Tú podrías darle consejos que nosotras no. Habla con ella en cuanto venga.

Asintió, le dio sus cosas y se despidió con una mirada afectuosa.

18

Extendió el papel albanene sobre el restirador y pegó un trozo de cinta adhesiva en cada esquina. Sacó la cajita de utensilios y suspiró; no tenía ánimo para dibujar. Por fortuna el profesor se levantó de su silla y salió del aula sin decir nada. Era experto en desaparecer. Todos sabían que tardaría.

Lorena, incontrolable, fue al frente y sintonizó la estación de A.M. 690. El slogan de la estación de radio, "La pantera", seguida de un rugido fue el preámbulo de una canción de Donna Summer. Lorena subió el volumen al máximo e invitó a sus compañeros a bailar. Entre movimientos exagerados y sensuales, el pasillo fue cobrando vida como una improvisada discoteca. Las clandestinas cajetillas de cigarros hicieron su aparición y pasaron de mano en mano. Alguien sacó una botellita de licor. A muchos les gustaba presumir de su capacidad para fumar, tomar y bailar sin perder el ritmo.

José Carlos se puso de pie con un pañuelo en la nariz. Detestaba el humo; anunció con un grito que había decidido dar un paseo y los fumadores respondieron aplaudiendo.

Bajó las escaleras del edificio de talleres y fue a la cooperativa. Estaba nublado y soplaba un fuerte viento. Compró papitas adobadas y caminó por el patio principal mirando hacia el edificio de segundos. Se preguntaba si Sheccid habría ido a clases. Estaba distraído, soñando con la idea de que ella saliera de su aula por alguna razón incomprensible, cuando creyó verla de reojo. Giró la cabeza a gran velocidad y pudo distinguir una chica parecida, sin uniforme, entrando a las oficinas.

La descarga de adrenalina le produjo una punzada en la sien. Su corazón comenzó a latir con fuerza. Se aproximó cautelosamente. Pegó su cara a la ventana y descubrió que no había sido un espejismo. Ahí estaba Deghemteri. Sostenía una carpeta y discutía con el subdirector.

Se limpió las manos llenas de adobo en el pantalón y caminó en círculos. Quiso organizar sus ideas, razonando:

—¿Cómo debo hablar? ¿Con timidez o con autoridad? ¿Quién soy para ella? Aunque la última vez que nos vimos fue hace casi dos meses, salimos juntos, nos abrazamos, comimos el mismo helado de chocolate, estuvimos a punto de besarnos...

La puerta de las oficinas se abrió. No tuvo tiempo de ocultarse ni de aparecer con naturalidad. Sheccid se topó con él. Una ráfaga de viento le arrebató dos papeles del expediente. Las hojas revolotearon en el aire y cayeron de forma azarosa. José Carlos se apresuró a recolectarlas. Las analizó. Se trataba de un acta de nacimiento y una carta para el director. Ella se aproximó despacio. Su faz denotaba consternación, sus ojos enormes lo miraron inexpresivos y sus labios perfectos se entreabrieron para pedirle con sencillez que le diera esos documentos.

—Sí, pero primero salúdame.

Un insignificante apretón de manos.

—No traes uniforme. ¿Por qué estás en la dirección?

—Hago algunos trámites —respondió tratando de acomodar el fólder.

—¿Tienes problemas?

—Sí.

No hubo duda en su respuesta. José Carlos parpadeó y quiso preguntar.

—¿Qué proble...?

—Otro día platicamos, ¿sí? Debo salir de la escuela. Me dieron permiso sólo unos minutos.

—No, por favor. Espera. ¿De qué se trata?

Ella bajó la cabeza; no deseaba hablar.

—¿Por qué has faltado a clases? —insistió—. Me preocupas. Necesito saber...

—¡Si tan sólo supieras! —suspiró y miró al joven con ojos suplicantes—, no trates de averiguar.

Recordó que cuando fueron por el libro y le preguntó respecto a su familia, ella dijo: "Mis papás discuten mucho, no quisiera deprimirme, así que hablemos de otra cosa".

—Somos amigos —insistió él—, ¿recuerdas? —ella emprendió la marcha hacia la reja—, ¿qué te ocurre?

Estaban a punto de llegar al patio de recepción. Si continuaban avanzando, el prefecto la vería y ella tendría que salir. La sujetó de una mano.

—Quiero que hablemos.

—Pero yo no. Date cuenta —meneó la cabeza y arrebató el brazo para liberarse—, estoy muy confundida. Mi vida es un caos.

—Confía en mí, Sheccid.

—Yo quisiera... te juro que quisiera.

Volvió a tomarla de la mano y caminó con ella de regreso, buscando un sitio más seguro. Ella se dejó llevar sin oponer resistencia. Cruzaron el corredor contiguo a la biblioteca y se detuvieron al fondo.

—Quedaste de llamarme por teléfono y no lo hiciste. Te has aislado de la gente y les has dado la espalda a tus verdaderos amigos. ¿Por qué?

—Yo no tengo amigos. ¡Todos son unos traidores! Sobre todo los hombres.

—¿De qué hablas?

—¡Piden una cosa para tratar de obtener otra!

—Yo no soy así.

147

Ella se apoyó en la cornisa de la ventana y observó a José Carlos con una expresión triste e indefensa.

—Es difícil decirlo —su mirada traslucía una profunda pena—, es difícil vivir la etapa que estoy viviendo.

—¿Por qué?

Agachó la cara y dijo:

—Pues porque nunca creí pasar por algo así.

Silencio. Él no hablaba porque quería oírla hablar, pero ella no parecía dispuesta a decir mucho.

—Deghemteri. Yo no trato de complicarte las cosas. Si insisto en ayudarte es porque te quiero.

Ella levantó la vista y él pudo detectar que el alma de la chica se dolía a gritos por los ojos. Se impresionó al adivinar que en su mirada ella le decía también lo mismo.

—¿Por qué has faltado a clases?

Sus dedos no se estaban quietos.

—A ti no podría mentirte, José Carlos.

—Muy bien. No lo hagas.

—Por eso trato de eludirte. Eres demasiado bueno para sufrir una decepción.

—¿Cómo?

—Lo que oíste. No voy a hablar más.

—¿Pero por qué?

—Quiero que me sigas viendo como a tu Sheccid.

Levantó la mano y acarició la mejilla de la chica. Ella se dejó acariciar y entrecerró los ojos un instante.

—¿Qué te pasa?

—No insistas, por favor.

—Dijiste que todos los hombres son traidores, que piden una cosa para obtener otra. ¿Alguien quiso hacerte daño?

Se encogió de hombros sin decir no o sí.

—¿Quién ha sido?

—Olvídalo.

—¿Estás enamorada de un muchacho?

—No lo sé.

—¿De Adolfo?

—No lo sé.

—¡Deberías saberlo!

—¡Pues no lo sé!

—No me grites.

—Lo siento.

—Te quiero —ya no tuvo dificultad en decirlo y sin embargo ella se volvió a perturbar.

—No hablemos de Adolfo ¿sí?

Su dictamen fue tan firme que el joven parpadeó ante una combinación de miedo y alegría.

—¿Quieres ser mi novia?

—¿Perdón?

—Ya tuviste suficiente tiempo para pensarlo. ¡Dos meses, Sheccid!

—Exacto —contestó con una seguridad casi agresiva—. Lo he pensado; te he comparado con varios muchachos y he llegado a la conclusión que sé muy poco de ti.

—No tienes que saber demasiado. Aceptas o no.

—¿Cómo voy a contestar eso? He tenido malas experiencias últimamente. Desconfío de los hombres. Explícame cómo defines un noviazgo. Qué deseas para nuestra relación.

—Bueno… no sé —titubeó—, los novios… bueno… tú sabes.

Ella movió la cabeza con un gesto de molestia. Algo se estaba descomponiendo, desacomodando, destemplando. No podía permitirlo. Tenía que esforzarse por contestar su pregunta. Debía demostrar que no era ni un pervertido sexual ni un mocoso jugando a la "manita sudada". ¿Pero cómo decirlo? Sabía escribir, no hablar.

CCS martes 16 de enero de 1978

A las cinco de la tarde fui en autobús hasta la oficina de mi papá para salir con él al velódromo. Se están llevando a cabo las primeras competencias nocturnas del año. Yo no tenía ganas de competir. Es demasiada presión. Por otro lado, llegar al velódromo resulta una odisea. El eterno congestionamiento de la ciudad de México desespera a cualquiera. A pesar de que el viaducto fue diseñado para dos carriles, hace poco le hicieron una tercera fila, obligando a los carros a comprimirse. Me recargué en el asiento y cerré los ojos para recordar lo que pasó esta mañana. Sheccid me demandó una explicación. Sufrí mucho para poder expresarme. Traté de imaginarme con una pluma en la mano y un papel al frente. Entonces comencé a decir muy despacio, a la velocidad con que fluyen las palabras cuando redacto:

—Será una amistad inquebrantable ante los obstáculos... Será dejar de pensar en un "yo" para pensar en un "nosotros". Poder hablar sin máscaras de nuestros problemas, alegrías, sentimientos, por el simple deseo de compartirlos; tener confianza, intimidad mutua, con la seguridad de que no nos traicionaremos nunca. Caminar con el íntimo entusiasmo de saber que ambos luchamos por los mismos ideales...

Ella me observaba con un gesto de asombro.

—Qué extraño —me dijo—, ¿sabes? Hoy en día los hombres piensan en otras cosas.

—Sheccid —contesté—, tú y yo somos diferentes. Somos especiales.

—No estoy tan segura.

El viaducto se despejó y pudimos avanzar para llegar a tiempo al velódromo Agustín Melgar, la pista de madera africana más rápida del mundo. El estacionamiento estaba a reventar, la iluminación encendida, los altavoces esparciendo la voz de los jueces.

—¿Por qué lo dudas, Sheccid? ¿Tú no crees que seamos especiales?

—Todos cuidamos nuestra apariencia... incluso nuestras palabras... pero los sentimientos verdaderos se ocultan y sólo salen a relucir con el tiempo.

El Titino, mecánico estrella del Politécnico, preparó mi bicicleta a toda velocidad; papá corrió a inscribirme y regresó con un número de tela que prendió de mi suéter.

—No estoy de acuerdo —rebatí—. Así como hay algo que te dice cuando debes tener precaución frente a un hombre, también hay algo que te indica cuando puedes confiar en otro. Mírame, Sheccid. Mencionaste que no podrías mentirme y te creo. Pues te digo lo mismo.

—¿E... en tu definición de noviazgo incluyes besos, abrazos y... otras cosas?

—Sí. ¿Por qué no? Podremos besarnos, pero sin que eso sea la razón única de nuestra unión. Podremos abrazarnos sin que siquiera intentemos manosearnos. ¡Seríamos amigos de verdad, con la más franca alianza que pueda hacernos olvidar nuestros mundos individuales para fortalecernos en la unión! ¡Estaríamos de acuerdo en que nos queremos, no para dar espectáculos y divulgar nuestro amor, sino para ayudarnos a mejorar cada día y a luchar por un futuro, tomados de la mano y, no soltarnos nunca! Ésa es la disyuntiva... —ésa era y yo en su caso no lo pensaría mucho—. ... La decisión es tuya...

—Me asustas.

—¿Por qué?

—Parece que me estuvieras pidiendo matrimonio.

Reí.

—Ojalá, pero no. Sólo pienso en el presente. Si esto se acaba en un año, está bien. Si dura setenta, también está bien.

Cargué mi bicicleta por el túnel subterráneo del velódromo llegué a la media luna. Ahí me puse las zapatillas, el casco y los guantes. Estaba a punto de terminar de prepararme cuando alguien me tocó el hombro. Era Alicia. Se veía seria y compungida. Me alargó un paquete.

—Hola, José Carlos. Vengo a regresarte estas fotografías que nos tomamos. No quiero saber más de ti.

Las recibí sin hablar. Se dio la media vuelta y la detuve.

—Oye, ¿puedo decirte algo?

Regresó, esperanzada. Le expliqué que me parecía una chica hermosa pero también le confesé que yo estaba profundamente enamorado de otra muchacha de mi escuela, le supliqué con toda transparencia que tratáramos de llevarnos bien y le pedí una disculpa por mi actitud cortante de días pasados. Después le devolví el paquete y le pedí que lo conservara. Ella me respondió que sí a todo con gesto confundido.

Cargué mi bicicleta otra vez y recorrí los últimos escalones. La pista se veía imponente de noche, iluminada con los reflectores. Me subí a la bicicleta y comencé a calentar.

Anunciaron que la competencia sería "vuelta lanzada contra reloj". Dieron la salida. El numeroso grupo de ciclistas rodaba despacio por la parte superior del peralte, arriba de la línea de stayers, todos a excepción del que era llamado a marcar su tiempo. Había muchos corredores y yo iba a ser el último, así que procuré calmarme.

—Las personas se conocen pero cambian.

¿Qué quiso decir Sheccid con eso? Yo le comenté que coleccionaba poemas, pensamientos, frases y que escribía algo todos los días en una libreta llamada "Conflictos, creencias y sueños". Le pregunté si deseaba leerla para que me conociera mejor. Pareció entusiasmada, pero luego lo pensó y sentenció: "las personas se conocen pero cambian".

Mis brazos percibían la sensación de un deslizar suave sobre la duela; la pista olímpica mide trescientos treinta y tres metros. Sobre el color cobrizo de la madera hay varias líneas que la dividen; cada una cumple una función importante. Quienes esperábamos nuestro turno para lanzarnos, calentábamos arriba de la última línea azul, y los que eran llamados por el micrófono salían desde arriba y corrían a fondo una vuelta por la parte inferior. Ocurrió algo raro mientras meditaba sobre mi bicicleta. Cada vez que pasaba junto a las tribunas un par de chicas me saludaban con la mano. Pensé que tal vez eran conocidas, pero eliminé esa posibilidad después, cuando se reunieron con otras dos jóvenes. Ahora eran cuatro o seis; no pude contarlas, pero formaban un grupo que protagonizaba un vocerío cada vez que pasaba. Me puse nervioso.

"Las personas se conocen pero cambian". ¿Significaba que la hipocresía siempre es el ingrediente de la gente? ¿O que cada día se aprende algo que nos hace crecer?

Al pasar frente a las tribunas, el grupo de chicas silbó. "¡Qué extraño!", me dije. Pero después, en cada vuelta me chiflaban sin discreción, una y otra vez, como suelen hacer los albañiles cuando ven caminando a una mujer frente a la obra, o como le silban las chavas atrevidas al galán que les gusta.

—¡El único problema que te veo es que eres muy feo!

Esa fue la despedida de Sheccid: "Eres muy feo". Tal vez no tengo los caireles de Adolfo pero, o Sheccid está ciega o las chicas de las tribunas lo estaban.

—El siguiente y último en lanzarse será el competidor número dos del Politécnico —se escuchó por el altavoz del velódromo.

Comencé a pedalear consciente de que la gente se fijaba en mí por el escándalo. Inicié mi embalaje, al llegar al último peralte me levanté en los pedales y, echando el cuerpo adelante, me fui hacia abajo en línea recta. Pedaleé a toda velocidad. Pasé la meta. El cronómetro se encendió. Agaché la cabeza y me concentré en la raya de medición. Las muchachas fomentaban un bullicio. Me sentí importante y me esforcé aún más. Aspiré y exhalé con sincronización. Mis cuadriceps empezaron a endurecerse. Tal vez había usado demasiado avance, pero ya faltaba poco, sólo un poco más... ahora todos los músculos de mi cuerpo experimentaban una gigantesca tensión. Sólo un poco. Hice el último esfuerzo y crucé la meta final. Levanté el cuerpo, soltando el manubrio y respiré hondo.

Hubo aplausos. Casi en el acto, el juez anunció el resultado:

—El mejor tiempo de esta noche. Diecinueve segundos, lo ha logrado el velocista del Politécnico que acabamos de ver.

Rodé despacio. ¡Primer lugar! ¡Y pensar que no quería competir!

Y antes de volver a pasar junto a las tribunas procuré acercarme mucho, hasta que mi cuerpo casi rozó la contención. Me aproximé a mi porra, y anticipándome al silbido de las chicas, con la mano derecha les mandé un beso. Entonces gritaron con voces agudas, se pusieron de pie, y su alboroto resonó en toda la pista.

Pienso en Sheccid antes de cerrar esta libreta y dormirme, seguro de que si ella no se considera una persona especial, al menos creo que yo sí lo soy. Y no lo digo con soberbia sino con la seguridad de que la vida termina dándonos lo que merecemos y quitándonos lo que no debe ser nuestro.

Espero que lo méritos que cada uno ha hecho por su lado nos permitan algún día merecernos el uno al otro.

19

Al día siguiente las clases para los alumnos regulares se terminaron temprano. Sólo quienes tenían alguna materia reprobada debían quedarse a presentar exámenes extraordinarios.

La mayoría de los estudiantes salieron de la escuela y fueron de paseo o a sus casas; otros se metieron a la biblioteca para adelantar tareas. José Carlos se unió al segundo grupo. Se acomodó en la mesa más pequeña y apartada; sacó el cuaderno de ccs y redactó:

Princesa:

Cada noche te recuerdo.

Antes de dormir, suelo tomar esta libreta y escribirte un pensamiento.

Es ilógico e irracional quererte como te quiero. Pero no puedo controlarlo. Está fuera de mi voluntad.

Al leer estas hojas te darás cuenta de cuánto me has inspirado.

En cada etapa has significado para mí diferentes esperanzas, distintas ilusiones, pero lo importante es que has significado siempre algo.

Este diario es tuyo, como tuyo mi corazón. No sé si lo merezcas, pero no me importa, pues no te amo porque te lo merezcas.

Te amo porque sí.

—¿Escribiéndole a Sheccid, otra vez?

Cerró de golpe la carpeta.

—No. Sí. Es decir. Hola, Marcela.

—¿Puedo hablar contigo?

—Adelante.

Se puso de pie para acercarle una silla a su amiga.

—Siéntate.

—Gracias.

—Te veo muy seria hoy.

—Estoy preocupada.

—¿Tienes algún problema?

—Eres tú quien lo tiene.

—¿Cómo?

—¿Recuerdas que mi hermano, Gabino, estudia en el mismo grupo que Sheccid?

—Sí.

—Pues se ha hecho muy amigo de Adolfo. Ayer estuvieron en mi casa.

José Carlos alzó el mentón, movido por una alarma repentina.

—¿Y?

—Según esto, iban a hacer un trabajo por equipos. Eran cinco hombres. No avanzaron nada en su tarea porque sólo se reunieron para decir chistes pelados y cacarear. Hablaron mucho de... Sheccid, no sé si adrede, sabiendo que yo los estaba oyendo. Mi casa es chica y...

—Sí. Sí. ¿Qué dijeron?

—Adolfo le aseguró a mi hermano casi a gritos que esa chava era su novia, que ella estaba enamorada de él, que había caído redondita como las demás y siguió diciendo muchas groserías que no puedo decirte...

—¡Maldición!

—Es que no vale la pena.

—Entonces ¿para qué rayos...?

—A Adolfo le gusta presumir con esas cosas. Se cree mucho sólo porque tiene una cara bonita.

—Y magnética.

—¿Cómo?

—Nada. Sigue.

—Frente a las mujeres usa un lenguaje falso y ridículo, como si quisiera hacerse pasar por barón de la realeza, pero es de lo más vulgar cuando está con sus amigos. Yo lo he oído en los dos casos. Dijo que si te volvía a ver hablando con Deghemteri, lo ibas a lamentar.

—¡Por supuesto!

—No te enojes. Si yo me hubiera dado cuenta que sólo estaban fanfarroneando no te hubiera dicho nada, pero Adolfo hizo que todos se volvieran en tu contra. ¡Son unos pelados! Hablaron pestes de ti y se pusieron de acuerdo para... darte un susto.

—¿Qué clase de susto?

—Van a golpearte para que dejes de molestar a la novia de Adolfo

Se quedó estático. Jamás se había imaginado que pudiera ocurrir algo así.

—Y eso no es todo, cuando yo intervine defendiéndote, Adolfo dijo...

—¿Qué, qué?, termina de una vez.

—Que Sheccid no valía nada. Que era hija ilegítima, como su hermano Joaquín. Que la familia Deghemteri era un modelo de corrupción y suciedad.

—¡Ya basta!

José Carlos se puso de pie, respirando con dificultad y caminó unos pasos para relajarse. Regresó a la mesa y preguntó:

—¿Qué hay de cierto en todo lo que dijeron?

—Siéntate.

Obedeció.

—Cuando los amigos de mi hermano se fueron, hablé con él. Primero, lo regañé porque había invitado a la casa a ese tipo de rufianes y después, le pregunté qué sabía él respecto a Sheccid.

—¿Y?

—Me dijo que su padre era alcohólico; que un día, estando borracho, le gritó a su madre…

Marcela continuó relatando y José Carlos se sintió desconcertado. Al fin reaccionó:

—¿Cómo lo sabe tu hermano?

—Gabino dice que ella misma se lo contó.

—¿Y le crees?

—No sé qué creer.

Se puso de pie.

—¡Vaya que me has amargado el día!

—Lo siento, pero tú sabes todo lo que te quiero y...

—Descuida, Marcela.

Tomó su libreta y salió de la biblioteca.

El patio estaba desierto.

Los estudiantes que presentaban exámenes extraordinarios tenían una vigilancia especial y no se permitía a otros alumnos estar cerca de las aulas. José Carlos infringió la norma y entró a un salón vacío. Necesitaba estar solo.

Abrió su libreta de ccs y escribió.

CCS, miércoles 17 de enero de 1979

Sheccid:

No sé si es verdad todo lo que me han dicho hoy. Sólo sé que tus palabras de ayer coinciden en varios aspectos. Dijiste: "Estoy muy confundida. Mi vida es un caos. La etapa que estoy viviendo es muy difícil. Nunca creí pasar por algo así."

Hoy, la hermana de un compañero tuyo me comentó que tu papá, borracho, le gritó un día a tu mamá, diciendo: "¿De dónde vinieron nuestros dos hijos? ¡Yo no sé quién es el padre! Desconfío de ti, mujer. Sin duda los dos son fruto del demonio, producto del pecado de su madre. ¡Reniego de ellos! No sé de dónde vinieron".

Ignoro si en realidad has tenido que presenciar ese tipo de escenas en tu casa. De todos modos, no has sido tú la culpable.

La familia que formes cuando seas adulta, debe ser distinta.

Sheccid, yo sueño con crecer, estudiar una carrera profesional, encontrar un gran trabajo y tener un hogar.

Pienso en mi hijo. (¿En nuestro hijo?)

Me imagino que a los cinco o seis años me cuestionará:

—¿De dónde he venido, papá?

Antes de responderle, lo sentaré en mis rodillas y le haré una pregunta:

—¿Sabes lo que es el amor?

Será interesante conocer lo que piensa nuestro propio hijo acerca del amor, porque creo que la forma en que un hijo vive el amor determina gran parte del éxito o el fracaso de sus padres.

—¿Has pensado por qué yo soy tu papá y no lo es cualquier otro señor? Pues porque a ti y a mí nos une el amor —le diré después procurando dejar bien claro ese argumento—. Un lazo de unión que nos hace necesitarnos mutuamente para poder vivir, correr a abrazarnos muy fuerte después de un día de trabajo, preocuparnos el uno por el otro cuando estamos lejos; un lazo invaluable, ¿comprendes? A ti no te trajo una cigüeña ni naciste de ningún otro cuento absurdo. Naciste del amor. Del amor que nos une a tu madre y a mí; algo similar a lo que existe entre nosotros, ¿sí? Ella y yo nos amamos y vivimos siempre cerca, un día nos acercamos cuerpo a cuerpo y tú naciste de esa máxima unión física, naciste de ella y de mí. Cada uno aportó algo de sí mismo para que tú pudieras existir.

Será fundamental hablarle del sexo; así, desde pequeño sabrá que proviene de él; lo enseñaré a ver la sexualidad como el clímax del amor, a respetarla, valorarla y rechazar a todos aquellos que la ensucian y envilecen.

Será hermoso compartir con ese hijo la verdad, las experiencias que me han ido formando. Sé que no será sencillo, pero pondré todo mi entendimiento en conseguirlo, en parte por él, en parte por agradecimiento a Dios por los padres que yo tuve y que, de una u otra forma, me heredaron las ideas y el carácter que, a mi vez, trataré de heredarle.

Sheccid, el reto, aunque lejano, me da miedo y me entusiasma. No sé cuántos años transcurrirán antes de que algo así pueda suceder. Lo único que sé, es que tú y yo debemos mantenernos fuertes e inquebrantables ante la adversidad.

Si tus padres te han lastimado, perdónalos y sigue adelante.

Cuando hayas leído mi libreta hasta esta página tendrás una radiografía de mi alma. Déjame conocerte a ti ahora. Escríbeme una carta. Dime con tus propias palabras si piensas lo mismo que yo... si estás de acuerdo en que cuando, eventualmente, nos casemos, abrazarás a nuestro hijo, lo mirarás a los ojos y le dirás lo mismo: que ha nacido del amor.

Dejó de escribir y comenzó a editar el texto: Puso acentos, corrigió la puntuación, releyó los párrafos. De pronto, Héctor, el cubano, irrumpió en el aula. Era un compañero de gran corpulencia y habilidad para los deportes rudos. El único del tercero E que estaba presentando un examen extraordinario.

—José Carlos ¿qué haces aquí? —miró a los lados sudando, con un pedazo de papel en la mano—. ¡Es una suerte! Pedí permiso para ir al baño. Anoté estas ecuaciones. ¡No puedo contestarlas! Ayúdame, por favor.

Tomó la hoja y observó. Se trataba de sistemas simultáneos con tres incógnitas.

—Si me sorprenden, nos expulsarán a los dos...

—Es mi última oportunidad para aprobar esta materia. Te dejo el papel. Voy al baño y regreso en diez minutos.

Héctor salió a toda prisa. Era un joven musculoso y noble, pero de escaso cerebro. Le decían el Cubano porque se ufanaba de que su bebida favorita era una que llamaban "cuba". La profesora Jennifer lo inscribió por error en el grupo de alumnos sobresalientes y aunque los compañeros tenían que ayudarlo con frecuencia, a todos les agradaba. José Carlos sacudió la cabeza como para acallar la voz de su conciencia que le gritaba "¡no lo ayudes a hacer trampa!", y sin pensarlo más, comenzó a resolver las ecuaciones. Se concentró al máximo. Estaba terminando cuando alguien tocó a la puerta. Era el prefecto Roberto. Dio un bote en la silla.

—¿Qué haces aquí?

—Escribiendo… mi diario, tú sabes. No había lugar en la biblioteca.

—El director prohibió usar estos salones. Hay exámenes extraordinarios al lado.

—Oh. Claro. Bueno, de todos modos, ya me iba.

Cerró su libreta, dobló la hoja y salió del aula. El prefecto caminó a su lado sin dejar de reprenderlo. Iban cruzando el patio cuando se le ocurrió algo.

—Olvidé mi bolígrafo.

—¡No puedes regresar!

—Voy rápido, lo prometo.

Corrió.

Entró al aula, sacó el papel con las ecuaciones y lo dejó sobre la mesa, para que lo recogiera su compañero. Murmuró:

—¿Por qué hago esto? No está bien. Me estoy metiendo en líos.

Alcanzó al prefecto en el patio y le mostró una pluma.

—Gracias. Ya la recuperé. Estaba tirada en el suelo.

—Vete de aquí si no quieres problemas.

—Sí. Hasta luego.

20

Los rasgos de sus cejas no bosquejaron la más mínima sombra de molestia. Por el contrario, el rostro de la chica pareció contento cuando José Carlos se aproximó. Era temprano y ella caminaba junto a Ariadne.

—Sheccid, ¿puedo hablar contigo un minuto?

—Sí.

La pecosa siguió andando como si todo hubiese estado planeando de antemano para dejarlos solos.

—Te prometí mi c.c.s.

—¿Tú qué?

—Mi libreta de conflictos, creencias y sueños. ¿Recuerdas? Aunque las personas cambien con el tiempo, como me dijiste, si lees estas hojas podrás tener una mejor idea de cómo pienso y cuáles son mis anhelos.

—Oh.

—¿Te interesa?

—¡Claro!

Asintió con seriedad, luego se agachó para sacar la carpeta de su mochila.

—Es parecido a un diario. Está lleno de recuerdos y escritos valiosos...

Ella lo tomó y se quedó analizándolo como si tuviera en sus manos una delicada pieza de cristal.

—Yo sé lo que debe significar para ti. Estoy muy asombrada, agradecida, por supuesto y hasta apenada contigo porque no he hecho mucho para merecer esto, ¿verdad?

—Mi vida entera, Sheccid. No sé si la merezcas, pero te la ofrezco.

—Dios mío —murmuró.

—¿Pasa algo?

—No. Sólo que... casi no puedo creerlo.

—¿Qué no puedes creer?

—Que me haya encontrado con una persona como tú.

Varios niños de primer grado pasaron cerca de ellos y los observaron de reojo. La pareja se había hecho famosa por sus contiendas poéticas, pero hacía varias semanas que ninguno de los dos se presentaba en público para declamar.

—¿Te puedo preguntar algo, Sheccid?

—Lo que quieras.

—Hay un compañero de tu salón que se llama Adolfo. Ha estado diciendo cosas muy feas de ti, y me mandó amenazar…

La expresión de Deghemteri cambió.

—No hagas caso. Todos los pretendientes son iguales. ¡Quieren lucirse de alguna forma!

José Carlos se quedó estático, con los ojos muy abiertos; ofendido, incrédulo por lo que acababa de escuchar.

—¿Eso piensas de mí también?

—No. Perdón. Lo que pasa es que Adolfo me ha molestado mucho... Y… bueno. Lo siento. Tú eres diferente. Supongo. Espero. No quiero meterte en problemas.

Abrazó el cuaderno y se despidió dando unos pasos hacia atrás.

—Lo leeré rápido y te lo devolveré.

A las dos de la tarde, caminando hacia la puerta de salida con Rafael y Salvador, escuchó una voz de mujer que lo llamaba. Giró la cabeza y vio a Ariadne agitando la mano desde el segundo piso del edificio dos.

—¡Espérame!

Se inquietó un poco. Salvador lo miró con una amplia sonrisa.

—¡Estás temblando! ¿Tienes miedo a las pecosas?

—Cállate, miserable.

—¡Pero te ves muy mal! —siguió burlándose—. ¡Arréglate ese cuello!

José Carlos llevó una mano a la tirilla de la camisa y palpó el desaliño de la tela. La acomodó. Rafael rio.

—También péinate el cabello o ponte un peluquín.

—Exacto —dijo Salvador—, aunque tu problema no es sólo el pelo. Deberías quitarte toda la cabeza y cambiarla por una menos fea.

—Claro —agregó Rafael—. Y si pudieras hacer lo mismo con el cuerpo, entonces sí que lograrías verte mejor.

Cuando Ariadne llegó, los simplones amigos de José Carlos se hallaban descoyuntándose de risa.

—Pensé que ya te habías ido. Necesito que hablemos de... *ya sabes quién*; cada vez hace cosas más extrañas. ¡Se aleja de todos y no puede estar sentada y en paz!

—Con tal evidencia —opinó Rafael—: ¡he concluido —y alzó una mano tomando aire—, que *ya sabes quién* tiene un serio ataque de almorranas! —terminó triunfal y miró a sus oyentes como esperando una ovación.

—Vamos, Sócrates —dijo Salvador al darse cuenta del rotundo fracaso del chiste.

Rafael se despidió a gritos:

—Mañana nos cuentas lo que pasó con... —alzó las cejas, repetidamente— *ya sabes quién*.

—Tus amigos son chistosos —opinó Ariadne.

—Los conseguí en la subasta de un circo.

Rio, pero no por mucho tiempo. Tenían cosas más serias qué charlar.

—Entremos a la biblioteca.

Se acomodaron frente a frente en una mesa redonda. Ariadne suspiró, tratando de ordenar sus pensamientos y después dijo:

—Estoy triste porque no queda ni una sombra de la Deghemteri que conocía. Ha perdido su entusiasmo. Parece enferma. Incluso ha reprobado dos materias —hizo un ademán como si eso fuera increíble—, ¡siempre fue la más aplicada del salón! Hoy quise hablar con ella, pero no pude. Se ha vuelto muy seria. Casi no habla. Toda la mañana estuvo caminando de un lado a otro, hojeando una libreta negra.

—Le presté mi diario.

—¿De verdad? Pues si es esa libreta, ha estado absorta, leyéndola.

José Carlos no pudo evitar sonreír.

—Qué buena noticia me has dado.

—Yo no sabía nada de eso, así que hace rato la interrumpí y le eché en cara la desilusión que sentíamos todos sus amigos. Le dije que se estaba ganando el desprecio del grupo. No la dejé salirse por la tangente. Le hice varias preguntas hasta acorralarla.

—¿Y luego?

—Se puso a llorar.

El ánimo recién exaltado de José Carlos cayó como avión en picada.

—Le está yendo muy mal —concluyó Ariadne—. Entre lágrimas me contó que su madre ha enfermado de los nervios… Es casi esquizofrénica… Su padre tiene una amante. Las discusiones que Deghemteri ha presenciado son terribles. ¡Llenas de ofensas! Sus papás no pelean por los bienes materiales sino por definir qué hijo se quedará con cada uno después del divorcio. Ella parece "ida" y se desmaya con frecuencia. Por eso no ha venido a la escuela. Su familia se está destruyendo.

—Entonces era cierto...

—¿Ya lo sabías?

—Marcela me lo dijo.

—¿La hermana de Gabino?

—Sí.

—¿Y ella cómo lo supo?

—No lo sé. Tal vez Sheccid les ha platicado sus problemas a otras personas también.

—¿De verdad? Yo creí… —se interrumpió—. ¿Y a ti? ¿Qué te ha dicho? Anteayer estuvo haciendo unos trámites en las oficinas y ustedes hablaron.

—Sólo mencionó que desconfiaba de los hombres y que nunca creyó pasar por algo así. Luego cambió el tema y me preguntó cómo sería el tipo de noviazgo que yo le proponía.

Ariadne juntó las manos e inclinó la cabeza hacia delante.

—Sí, sigue. ¿Y tú qué le contestaste?

—Al principio me costó trabajo hablar. Luego hice un esfuerzo e imaginé que estaba escribiendo; sólo así me salieron las palabras. Le dije que deseaba tener con ella una amistad inquebrantable en la que pudiéramos conversar sin máscaras, en total confianza. Le hablé de que podríamos caminar por la vida juntos, sabiendo que ambos luchábamos por los mismos ideales... y que no se trataba de dar espectáculos o divulgar nuestro amor, sino de ayudarnos a mejorar cada día, y luchar por nuestro futuro, juntos.

Ariadne contempló a José Carlos con la boca entreabierta.

—Eso es todo.

—Oh —ella suspiró y después sacudió la cabeza tratando de alejar pensamientos molestos que, como moscas se hubiesen posado sobre ella.

—Hablando de otra cosa. ¿Ya sabes que Adolfo está planeando darte una golpiza?

El joven respingó.

—Te fascina voltearme baldes de agua helada, ¿verdad? Sí, ya estoy enterado.

—¿También te lo dijo Marcela?

—Sí.

167

—¡Pues qué tipa tan chismosa!

Rio.

—No te enfades.

—¡Me has hecho ponerme celosa!

—Cuéntame lo que sabes tú, Ariadne.

—Bueno. Adolfo y Gabino tienen muchos conocidos malvados, y quieren golpearte de forma indirecta... A través de una pandilla callejera.

José Carlos se dio cuenta de que tenía la boca seca. Primero la amenaza del promotor pornográfico y ahora ésta. Se sintió como pato silvestre en época de caza. Murmuró:

—Yo también sé meter los puños.

—Ten cuidado. No puedo ni pensar que vaya a pasarte algo malo —Ariadne meditó moviendo la cabeza y después exteriorizó sus pensamientos bosquejando una leve sonrisa—. Si organizas una pelea de pandillas será Adolfo con quince vagos, contra ti con veinte amigos de tu grupo y quinientas admiradoras de tus poesías.

La broma lo hizo sentir confortado. Contestó:

—Te he dicho cien millones de veces que no seas exagerada.

—¿De veras sabes meter los puños?

—No, Ariadne. Es un decir. La verdad, aquí entre nos, jamás he peleado con nadie.

—¿Y qué piensas hacer?

—Ignorar al tipo. Eludirlo si es posible. Concentrarme en Sheccid. Hacerla sentir amada y comprendida… Esta tarde voy a comprarle un regalo.

Papá no llegó a comer; telefoneó para comunicar que tenía más trabajo del previsto, así que los cuatro hermanos comieron juntos con su madre. Casi en la sobremesa, José Carlos preguntó, como si fuese un pensamiento dicho en voz alta:

—¿Qué regalo le gustará más?

Liliana, incapaz de desaprovechar la oportunidad de armar un escándalo amoroso preguntó levantándose de su silla:

—¿Cómo? ¿Quieres dar un regalo? ¿A quién?

Entonces habló. Si no era capaz de ocultárselo a mucha gente, ¿por qué había de hacerlo a su familia?

—Para una muchacha a quien quiero mucho.

La bulla no se dejó esperar. Hubo gritos, cantos y bailes populares. La Mimí comenzó a ladrar, horrorizada... Liliana se inclinó hacia adelante, para averiguar más.

—¿Estás enamorado?

—Sí.

—¡Tienes novia!

—Claro —dijo el pequeño Cuauhtémoc—, ¿no ves que José Carlos ya es grande? Le han salido pelos en las axilas y en otras partes. Yo lo he visto.

Todos rieron a carcajadas. Pilar estuvo a punto de ahogarse por tomar agua en ese momento. José Carlos le dio un golpe cariñoso en la cabeza a su hermanito.

—Eso no se dice.

—¿Por qué no? A mí también me van a salir…

—Ya, cállate.

Su madre entró al rescate.

—¿Quieres comprarle un regalo a… la chica de que me hablaste?

—Sí. Anda un poco deprimida. Tiene problemas en su casa ¿qué podré darle para ayudarla a levantar el ánimo?

Pilar opinó:

—Un L. P. de José José, Mocedades, Sandro de América. ¡Cualquiera de ellos! A todas las mujeres nos gustan.

José Carlos coincidió en que era buena idea pero sus ahorros no le alcanzaban para un disco L. P., tal vez un sencillo.

Liliana dijo:

—Vi en la tele unos aparatos que sirven para hacer tareas. Tú sólo oprimes los botones y aparece, en una pantallita, el resultado de multiplicaciones y divisiones. ¡Eso sí sería un buen regalo!

—Se llaman calculadoras —dijo la mamá—. Son muy difíciles de conseguir y valen una fortuna.

—Entonces cómprenle una muñeca.

—No, tonta —volvió a opinar el pequeño Cuauhtémoc—. A las novias no se les regala cosas para hacer tareas ni para jugar. Se les dan flores, perfumes o cualquier chuchería con tal de que no sirva para nada.

Los mayores volvieron a reír.

—¿Tu novia es bonita? —cuestionó Liliana sin perder interés.

—Es preciosa —y esto fue Pilar quien lo dijo.

—¿La conoces? —preguntó la madre.

—Claro. Es una chava muy llamativa. Tiene unos ojos increíbles. Además, en la escuela no se habla de otra cosa. José Carlos está loco por ella y ella lo desprecia. Es la típica historia de amor mal correspondido.

—Entonces —dijo Liliana con gran desilusión—, no es tu novia.

—No todavía —carraspeó—, pero lo será… pronto…

Hubo un silencio triste. Todos se dieron cuenta de la situación. La madre se puso de pie e invitó a sus cuatro hijos a ir con ella al coche.

—Vamos a comprar un regalo que haga rendirse a esa muchacha. ¡Nadie va a despreciar a José Carlos!

—¡Sí!

—Exacto.

—Vamos.

La aclamación se hizo creciente.

Fueron a Plaza Satélite. Entre todos eligieron una caja de chocolates finísimos. Aunque era tres veces más cara de lo que el muchacho podía costear con sus ahorros, la madre accedió a pagar la diferencia.

170

Los tres hermanos ayudaron después a envolver el regalo.

José Carlos se sintió conmovido y agradecido.

Esa noche tomó una hoja en blanco y redactó para Sheccid:

Ahora no voy a escribirte en mi libreta. No puedo hacerlo, porque tú la tienes. Lo haré en esta hoja suelta para que te quedes con ella.

He estado pensando que yo estoy lleno de defectos. Mi nariz es grande, mi talla pequeña, mis dientes chuecos. Tengo carencias. En casa escasea el dinero, viajamos poco, mi ropa está desgastada. Soy alérgico al pasto y un poco asmático. Pero ¿sabes, amiga? Procuro no enfocarme en mis problemas, porque en realidad poseo muchas más motivos para ser feliz.

Leí alguna vez que la persona de éxito sabe que en cada ser humano, sin importar su edad, raza o religión, hay algo digno de admiración. No conoce la envidia, pues cree que Dios regala "paquetes" y no cosas individuales. Esto quiere decir que si detectas a alguien con tres atributos mejores, no debes sentir coraje, porque si se te dieran las tres ventajas del vecino estarías obligada a cargar también con sus desventajas.

Nunca digas: "Dios mío, ¿por qué no me diste otra familia u otra posición social?" A las personas Dios nos ha dado un "paquete" en el que se incluyen padres, hermanos, cerebro, salud, dones, aspecto físico, habilidades, etcétera; cada ser humano cuenta con el "paquete" que justamente necesita, cada "paquete" tiene una excelente combinación (carencias que equilibran las virtudes y virtudes que compensan las carencias) y todas las personas somos triunfadoras en potencia si usamos bien el "paquete" que se nos dio.

¿Qué más puedo decirte, amiga? A veces nuestros problemas nos fortalecen. Te quiero mucho y me siento muy triste al pensar que sufres, pero por favor busca lo bueno alrededor de ti.

Fui con toda mi familia a comprarte este regalo. ¿Sabes para qué? Para hacerte recordar que eres especial y que a muchas personas nos importas.

171

Trato de hacerte la vida más alegre.

Yo soy torpe en varios aspectos, pero te digo que para bien o para mal, también formo parte de tu paquete. Cuando veas esta caja de chocolates recuérdalo, por favor.

Tu mejor amigo.

José Carlos

21

Marcela se sentó junto a José Carlos y le golpeó el hombro de forma discreta, como lo haría un espía con su coagente secreto.

—¿Qué traes en esa bolsa?

Respondió susurrando:

—Nada que te importe.

La joven se agachó para arrebatarle el paquete y averiguar.

—¡Un regalo! —gritó—, ¡y qué clase de regalo! ¡Chocolates importados de Suiza, señoras y señores!

—Cállate. Me estás haciendo quedar en ridículo.

—¡Esto es amor del bueno!

—Ya, Marcela.

—¡Pero esta caja vale una fortuna!

—Sí.

Recordó la conversación que tuvo con su madre la tarde anterior en el automóvil, cuando iban hacia la tienda.

—Tal vez no me alcance el dinero.

—¿Qué quieres regalarle?

—Si por mí fuera, le compraría lo más caro de la tienda.

Ella sonrió.

—Las cosas no valen por lo que cuestan en dinero.

—¿Entonces?

—Primero, por su valor de estima y segundo por su valor de servicio.

—¿Cómo?

—Tu abuelita conservaba unos pétalos secos dentro de su Biblia. No valían nada, pero eran su mayor tesoro. Cuando los perdió, lloró mucho. Hay cosas que adquieren gran valor porque representan tu pasado, tus sentimientos o porque has puesto en ellas algo de ti: Intenciones nobles, creatividad, desvelos. Una obra artística original puede no valer nada para otros, pero para el autor es invaluable; a veces prefiere regalarla que venderla, puesto que no puede ponerle precio a algo así.

—Mi libreta —susurró pensando en su inestimable valor.

—¿Mande?

—Nada.

—Si esa chica es inteligente, no se fijará en el precio de lo que le regales, sino en la parte de ti que le estás dando con esa acción.

—Ese es el valor de estima, ¿y el otro?

—El de servicio. Si tienes una linda casa de campo abandonada, su valor de servicio es cero, mientras el lugar en el que vives es de un valor incalculable. Un libro que nadie lee, es basura. Un pantalón que no usas, vale lo mismo que un trapo. En este sentido, el valor de las cosas se lo da la utilidad que tienen. No el precio. Cuando vayas a comprar algo, para saber si es caro o barato, debes pensar en función de qué valor de servicio tendrá para ti. Si te servirá mucho, es barato, no importa lo que cueste, y viceversa.

—¡Otra vez estás en la luna!

—Perdón.

—Te pregunté cuánto valen éstos chocolates.

—Muchísimo, primero por lo que significan, segundo por el servicio que darán.

Marcela movió la cabeza como si mirase a un enfermo desahuciado.

—Estás chiflado ¿sabes?

—Ya me lo habías dicho. ¿Me dejas en paz un ratito?

Ella se puso de pie. José Carlos sacó una tarjeta impresa con la fotografía de dos niños abrazados en una puesta de sol y escribió un poema de Martín Galas que sabía de memoria.

Carmen Beatriz, le pidió ver esa tarjeta. Él quiso esconderla.

—¿Cuál?

La jefa de grupo le ordenó, jugando, que no se hiciera el chistoso. José Carlos esbozó una sonrisa forzada y se la mostró. Ella analizó el cartón sin entender. Después sonrió. Por fin comprendió para quién era. Se lo devolvió y le hizo saber que estaba chiflado.

En el descanso largo, salió del aula, tomó asiento muy lejos y releyó la tarjeta sin entender por qué lo hacía. Había algo que lo impulsaba a volver a contemplarla, por la única razón de que Sheccid la miraría quizá —ojalá— más de una vez, también.

Quiero ser en tu vida, algo más que un instante,
algo más que una sombra y algo más que un afán.
Quiero ser en ti misma una huella imborrable
y un recuerdo constante y una sola verdad.
Palpitar en tus rezos con temor de abandono.
Ser en todo y por todo complemento de ti.
Una sed infinita de caricias y besos,
pero no una costumbre de estar cerca de mí.
Quiero ser en tu vida, una pena de ausencia
y un dolor de distancia y una eterna amistad.
Algo más que una imagen y algo más que el ensueño
que venciendo caminos llega, pasa y se va...
Ser el llanto en tus ojos y en tus labios la risa,
ser el fin y el principio, la tiniebla y la luz
y la tierra y el cielo... y la vida y la muerte.
Ser igual que en mi vida has venido a ser tú...

Cuando acabaron las clases, José Carlos salió corriendo. Lo siguieron sus amigos.

—¿A dónde vas con tanta prisa? —preguntó Salvador.

—No quiero que se me vaya a escapar.

—¿Quién? —intervino Rafael—. ¿La muchacha de las almorranas?

—Sí. Ésa.

Fueron hasta la reja y se plantaron como policías de aeropuerto. El prefecto les ordenó que se quitaran de ahí. No podían interponerse en el paso de los estudiantes. Obedecieron.

—Sí... Sí estoy tranquilo... No, no estoy asustado… ¿Cómo se te ocurre semejante disparate..? ¿Mi mano..? ¿Qué tiene..? ¿Tiembla..? Vete al infierno Rafael, estás ebrio.

Salió Adolfo. Después un desconocido, otro desconocido, Ariadne. Pasó de largo.

—¡Ahí viene, al fin! —dijo Rafael.

El corazón le dio un salto.

—Déjenme con ella unos minutos.

—Te esperamos en la cafetería.

José Carlos dio unos brinquitos de nerviosismo, como si le urgiera ir al baño. Tenía la bolsa de plástico obscura en una mano y su mochila en la otra. Ella se acercó. Buscaba a alguien.

—Hola —le dijo esquematizando una torpe sonrisa.

—¿Sí?

—Tengo que comentarte algo. No sé cómo empezar.

—¿Vas a decirme otro discurso? No ando de humor.

—Mmh.

—Disculpa. ¿Qué deseas?

—Sólo… darte un regalo. ¿Te gustan los chocolates?

Ella pareció comprender y al instante suavizó sus facciones.

—Sí. ¿Ya no recuerdas el helado?

Levantó la bolsa con el obsequio, mirando a la esbelta chica; después agregó con un tono de legítima preocupación:

—Espero que no te hagan engordar.

Ella rompió a reír y tomó el obsequio.

—Gracias. ¿Me acompañas? Estoy buscando a Camelia. Su mamá viene por ella en carro y a veces me llevan a mi casa.

Anduvieron juntos. Sin hablar. Luego la joven cuestionó:

—¿A qué se debe este regalo?

—Simplemente quise dártelo... Adentro hay una nota en la que te explico.

—¡Oh! A propósito, he leído casi toda tu libreta de ce ce ese.

—¿Y qué piensas?

—Es extraordinaria... No sé —reflexionó antes de seguir, como escogiendo las palabras para explicarse—, tus ideas son difíciles de encontrar en cualquier muchacho, y hasta en cualquier adulto; son valiosas y me gustan.

—¿De veras? —preguntó sonriendo.

—Sí, aunque... —con toda calma lo echó todo a perder—, aunque eso se debe, claro, a que escribes bien. Los que nacen con ese don pueden copiar frases de otros y hacerlas lucir, incluso tienen la habilidad para engatusar con sus escritos —chasqueó la lengua—. En fin, sólo se necesita escribir bien —y corrigió levantando el índice—: haber nacido con ese don. ¿No lo crees?

José Carlos sacudió la cabeza. ¿Había escuchado bien? Se sintió furioso.

—¡No! —respondió con violencia—. ¡Por supuesto que no! Mi cerebro no está hueco como sugieres. Escribo lo que siento y lo que sé, soy sincero, no tengo necesidad de copiar o engañar a la gente —ella se desentendió caminando más rápido y bajando la cabeza—. ¡Y además no he nacido con ningún don! Desde hace años escribo, y te aseguro que al principio no sabía hacerlo, pero he aprendido porque ha sido mucho tiempo de aprender la mecánica, madurar las ideas y seguir luchando con un valor que no ha tenido ninguno de los flojos y envidiosos que dicen que nací con ese don.

Ella permaneció con el aspaviento de una persona que había sido insultada. No hablaron más. Después de unos minutos hallaron a Camelia acompañada de otras dos chicas.

Se saludaron.

—Te noto molesta, Deghemteri.

—Me han dicho floja y envidiosa. Pero no importa.

Las chicas comienzan a platicar de otros asuntos. José Carlos se desconectó. Aún no podía comprender lo que ocurría. ¿Por qué se ofendió tanto con el comentario de ella, y por qué le devolvió la ofensa duplicada?

—Te decía, Deghem, mi mamá va a venir por mí hasta las tres de la tarde ¿vas a esperarte conmigo?

—No, Camelia. Cambié de opinión. Sabes que no me gusta sentarme en la banqueta sin hacer nada. Voy a irme caminando con Ana e Isabel. En menos de media hora estaré en mi casa.

Ana e Isabel asintieron.

—Si quieres —sugirió Camelia como última alternativa de ayuda—, puedes dejarme tus útiles para que no tengas que cargarlos; pasa a mi casa por ellos en la tarde.

—Magnífico —respondió Sheccid—; sería terrible tener que cargar esto hasta allá... —bajó de su hombro el gravoso morral—. Pesa como un costal de papas. ¿Estás segura de que no te molestará?

—Será el carro quien lo lleve, no yo —reparó Camelia sonriendo antes de preguntarle por la bolsa que llevaba en la otra mano. Sheccid titubeó mirando los chocolates. José Carlos esperó que ella dijera algo así como "esta bolsa no pesa, y podré llevármela sin problemas" y casi dijo eso.

—¡Ah, pero qué descuidada! Toma. Esto no pesa, podrás cargarlo con facilidad.

Al momento en que le entregó el paquete, la tarjeta con el poema "Quiero ser en tu vida" y la carta de José Carlos cayeron al suelo. Camelia levantó ambos papeles y se los tendió a Sheccid. Ella les echó un rápido vistazo, luego, los arrugó y se los devolvió a su amiga, con displicencia.

—Es basura. Ponla en la bolsa. Luego la tiro.

No escuchó más. Deghemteri se alejó acompañada de sus nuevas amigas, diciendo un adiós general. José Carlos se quedó con Camelia.

—¿Triste? —le preguntó la joven.

—Esa bolsa que llevas, cuídala...

—¿Qué es?

—Un obsequio.

—¡Oh! —echó un vistazo al interior.

—¡Chocolates suizos! ¡Esto es fabuloso! Tú le regalaste... ella... tú... este... —se hizo bolas con su lengua y volvió a empezar—: Ella no está en sus cabales. Posiblemente ya lo sepas, pero ha cambiado mucho, pero... es decir, porque tiene problemas, ha cambiado. No es la Deghemteri que yo conocí, es otra; antes se hubiera llevado ella esto, tratándose de lo que se trata, pero ya ves...

—Ni siquiera lo miró —contestó José Carlos como un niño que se queja con su mamá.

Camelia se quedó simulando que pensaba. Después exclamó soltando una horrible risotada:

—Si me dejaras comer algunos chocolates, yo sería feliz, ¿qué dices, eh?

—No lo sé... A pesar de todo, son de ella.

—Ah, claro —discernió—, ahora lo entiendo. Es porque tienen veneno. ¡Les has puesto veneno! ¡Claro! —hizo un ademán de triunfo—. Debí pensar en eso antes.

José Carlos sonrío, y no porque hallara gracioso el comentario de Camelia, sino porque también debió pensar en eso antes...

Me encuentro despojado de toda ilusión. Ahora entiendo que la caída es más dolorosa cuando se ha volado alto. Yo cometí ese error. Debo romper las cadenas que me han atado a ti. Lamento haberte prestado mi ccs, haberte comprado ese regalo, y sobre todo haber hablado tanto de ti a mi familia; cuando llegue a casa todos me preguntarán, y no sabré cómo explicarles.

—¿También escribes en las servilletas, don Juan Tenorio?

Salvador y Rafael lo abrazaron y quisieron hacerle plática. José Carlos respondió con frases cortas la lluvia de preguntas que cayó sobre él:

—Sí, me siento mal... No tengo ganas de jugar... ¿Creen que me estoy volviendo un desabrido..? ¿Por qué no paran ustedes de acosarme..? No, no les platicaré una sola palabra de lo que me pasó... ¿Quieren irse y dejarme solo..? Adelante... Hey... ¿Se van en serio..? ¿Por qué he de pedirles perdón..? ¿Soy un grosero..? ¡No es cierto..! ¡Lo que pasa es que ustedes no me entienden..! Sí, sé que me han estado esperando... de acuerdo... les pido una disculpa... Me fue muy mal... Si quieren saber qué hizo esa niña, pues le dio los chocolates a una amiga para que los guardara y se largó caminando con dos lechuzas... ¿Gracioso..? ¿Entonces por qué se ríen..? Les parece gracioso... Obvio... Pero es la última vez que me hace algo así... Sí... sí... la voy a dejar... No bromeo... Ya verán, aunque no me crean... será la última vez que la busco...

—Pues aunque dejes de buscarla a ella no va a importarle. Ya tiene otro galán.

—¿Qué?

—Mira.

Dio un paso hacia la calle de tierra. Sheccid no se había ido caminando. Estaba allí, y las amigas a unos metros de ella, esperando que terminara de conversar con un Adolfo bien peinado que movía la cabeza al hablar en una ridícula mueca de presunción. Charlaban solos. Ella sonreía y bajaba la mirada, y volvía a sonreír escuchándolo con atención, mientras Adolfo hablaba y hablaba con un repugnante gesto de autosuficiencia... Cuando él terminó, Sheccid tenía la mirada hacia abajo; después contestó con un mueca tan exacta a la que José Carlos tenía grabada en su mente de cuando le habló de lo que sentía por ella... La misma inestable variación de gestos y la misma despedida. Rieron a carcajadas.

—Seguramente ella le acaba de decir a él que es feo.

—¿Cómo? —preguntó Salvador.

Iba a dar la vuelta cuando miró algo más que lo hizo quedarse inmóvil como un muñeco de cuerda al que se le rompe el mecanismo: ¡Adolfo había sacado una cajetilla de cigarros y estaba ofreciéndosela a Sheccid! José Carlos miró la escena sin perder detalle. Ella rechazó la invitación. Don magnético insistió con grandes gesticulaciones. Ella de nuevo movió la cabeza de forma negativa. Él argumentó algunas frases más y volvió a extenderle la cajetilla. Entonces ella accedió. Tomó un cigarro y se lo llevó a la boca. Adolfo sacó un encendedor.

¿Era posible? ¿Se trataba de la misma chica?

—¡Ya me voy! —dijo—. Estoy harto de tanta porquería.

Tomó su portafolios y caminó con un malestar estomacal casi insoportable. Nunca había odiado a una persona como la odiaba a ella, y la odiaba porque la había amado tanto...

Deseaba llorar porque todo había terminado, pero debía ser fuerte. En el futuro tendrían que terminar cosas más importantes que ésa, y debía aprender a afrontarlas.

22

La viuda, madre de Mario, le habló por teléfono para avisarle que su hijo había vuelto a casa.

—¿Podrías venir a verlo? Está muy cambiado. Tal vez sus amigos de la escuela lo convenzan de que vuelva a estudiar.

—Sí, señora. Claro.

Rafael y Salvador lo acompañaron a regañadientes. La casa de Mario estaba en un barrio pobre. Cuando llegaron, José Carlos reconoció algo que lo atemorizó. El Datsun rojo se hallaba estacionado en frente del domicilio.

—Mejor vámonos —sugirió—, los vendedores de revistas están aquí.

—No te preocupes —dijo Rafael con un brillo aventurero en la mirada—, sólo venimos a saludar.

Tocó el timbre. Varios perros ladraron en el interior.

—Huyamos —insistió José Carlos.

Pero no tuvo tiempo de moverse. De inmediato la puerta se abrió. Una anciana cansada y ojerosa sonrió mostrando su dentadura incompleta. José Carlos le tendió la mano para saludarla, pero ella lo abrazó y se soltó a llorar.

—Mario no quiere hablarme. Sólo vino por dinero, pero yo no tengo… Está muy enojado. Dice que mañana se irá de nuevo. Ha cambiado mucho. Pasen, pasen, por favor. Hablen con él. Se los suplico.

Los tres jóvenes intercambiaron miradas de temor.

—¿E... está adentro?

—Frente a la televisión.

—¿Sólo?

—Sí.

Los muchachos avanzaron con pasos titubeantes.

En efecto, el amigo de secundaria había cambiado. Tenía el cabello largo. Se veía más sucio, más grande. Parecía que los días en la calle lo hubieran avejentado. Estaba acostado, fumando un cigarrillo.

—Hola, Mario. ¿Podemos pasar? —dijo Rafael.

—Supimos que regresaste y quisimos darte la bienvenida —agregó Salvador.

—Hipócritas. Mi madre los llamó. Ustedes nunca han sido mis amigos. Maricas, santurrones de pacotilla.

—¿Por qué dices eso? —protestó José Carlos—, hace un año tú y yo íbamos en el mismo salón... Nos llevábamos bien. Incluso, me invitaste a subirme al coche que está allá afuera.

—Ya es mío... —presumió arrojando al bote de basura la colilla del cigarro que había terminado de fumar—. Lo recibí como pago. Es lo único que he ganado trabajando, además, claro, de mucha, mucha experiencia.

—Mario —respondió José Carlos—, discúlpame si no fui un buen compañero, pero venimos aquí a ofrecerte nuestra amistad. ¿Dónde has andado todos estos meses? Tu mamá...

—¡Cállate! Mi madre es como todas las mujeres. Desde que enviudó, la he visto andar con hombres... Ya no lo hace porque se puso fea y vieja. No debería asustarse tanto de lo que yo hago ahora.

—¿Qué es lo que tú haces?

—Mi labor es "evangelizar".

—¡Evangelizar!

—Le decimos así al trabajo de promoción.

—Oh —susurró Salvador—. Suena fascinante.

—¿De veras les interesa saber más?

—Sí... claro.

184

Se puso de pie y caminó a la puerta para cerrarla. Al moverse trastabilló. Parecía no poder mantener el equilibrio. Volvió a su sitio y balbuceó:

—Yo pertenezco a una organización para jóvenes. Hacemos ceremonias de control mental. Es padrísimo. Nos enseñan a vivir sin inhibiciones.

—¿Una religión?

—¡No! Es un instituto contra los prejuicios. Aunque claro, seguimos los consejos del libro oriental para el karma reencarnado. Deberían conocerlo. Es fantástico. En él nos enseñan a conocer y gozar nuestras sensaciones. ¿Tienen un cigarrillo?

Los tres jóvenes negaron con la cabeza.

—Maldición. ¡Cómo me hace falta un cigarrillo!

—Acabas de fumarte uno.

—¿De veras? No me di cuenta. ¿Qué les estaba diciendo? Ah sí. Sólo se vive una vez. ¿Por qué encadenarse cuando es tan padre disfrutar?… ustedes no saben… —entrecerró los ojos y su voz se fue haciendo cada vez más débil y ronca—, yo me he acostado con niñas hermosas. Chavas de quince años. Justiniana, Raquel, Lorenita… No se imaginan lo que se siente. Es padre… padre… deberían probar. ¿Me pueden dar un cigarro?

Mario se quedó como suspendido entre la vigilia y un monólogo soporífero. Con los ojos cerrados, estiró el cuerpo y echó la cabeza hacia atrás, dejando al descubierto multitud de pinchazos en sus brazos.

—¡Quiero un cigarro! —gritó de repente—. ¿No oyeron, animales? ¡Tráiganme un maldito cigarro!

Los jóvenes salieron del recinto a toda prisa. No se despidieron de la viuda.

Sábado 20 de enero de 1979

Estoy asustado y abrumado.

Fuimos a ver a Mario.

Pertenece a una secta, y además es drogadicto. Yo vi las marcas de sus venas.

Cuando salimos de su casa, pasamos junto al Datsun rojo. La cajuela estaba llena de calcomanías obscenas. Calaveras, caricaturas de desnudos y logotipos de varios grupos de rock pesado. Del espejo retrovisor colgaba una cabeza negra de ojos rojos y pelo enmarañado.

¿Cómo fue que mi compañero llegó a esos extremos? Mordió el anzuelo de la pornografía. Bebió agua de mar. Muchos en la escuela tienen una idea equivocada de lo que es crecer. Piensan que para ser mayores deben saber de sexo y practicarlo, tomar alcohol, parrandear y fumar. Hay chavas de quince años que hacen esfuerzos tremendos para meterse al pulmón sus primeras fumaradas. Las idiotas cruzan la pierna y levantan el cigarrillo entre dos dedos presumiendo una falsa sensualidad. Creen que escupiendo humo y oliendo a tabaco lucen más provocativas y maduras. Basura. Porquería. Todos quieren ser lo que no son y miles de muchachos de carácter débil se dejan manejar por los viciosos.

He pensado en Sheccid. Podría perdonarle todo, menos que fume. No me imagino besando a una mujer que sabe a cenicero.

Salvador, Rafael y yo prometimos que disfrutaremos nuestra juventud y creceremos, pero por un camino opuesto al de Mario.

La maestra Jennifer nos dejó de tarea un pequeño ensayo sobre los hábitos. Estuve investigando y encontré en varios libros algunos párrafos muy fuertes que voy a incluir en mi tarea:

Trabajo de Lengua y Literatura

Las personas son lo que son sus hábitos. Para conocer el retrato exacto de alguien, basta con hacer una lista detallada de sus hábitos.

Un hábito es el modo especial de proceder adquirido por repetición de actos iguales o por imitación de conductas similares.

La Sociedad de psicología racional de Munich ha determinado, por ejemplo, que quien acostumbra ver dos horas diarias de televisión, se convierte en un televidente crónico; ante la falta de televisión, al adicto le sobreviene un claro síndrome de abstinencia: se vuelve irritable, nervioso e impaciente. La televisión es un hábito destructivo. Roba a los jóvenes la creatividad, la imaginación y la iniciativa.

En una familia, por lo común, la mayoría de los miembros tienen hábitos similares.

No está de más reiterar cuál es el rey de los hábitos negros, el monstruo que envilece y mata a la humanidad: la droga.

La droga es el enemigo número uno de los jóvenes de hoy.

Por lo general los jóvenes, en un absurdo deseo de pertenecer al grupo, aceptan gradualmente consumir droga hasta que quedan destruidos.

Hay tratados extensos que explican en detalle los tipos de drogas; por tal motivo, en este ensayo sólo haré una pequeña reflexión respecto al "tabaco" que, por ser entre los tóxicos el hermano menor, con frecuencia se pasa por alto.

El vicio de fumar no es un misterio.

La nicotina tarda, una vez inhalada, de dos a tres segundos en llegar al cerebro.

Por el efecto del cigarro, el cerebro libera acetilcolina: neurotransmisores que estimulan la agudeza mental y física. Si se continúa fumando, en unos minutos se producen endorfinas beta que inhiben el sistema nervioso. Por eso el cigarro produce ese extraño doble efecto, estimulante y relajante.

Hoy se sabe que dos tercios de los adolescentes que prueban el cigarro se vuelven adictos a la nicotina.

Independientemente del daño pulmonar que ocasiona, existe un daño cerebral. El tabaco produce cáncer y enfisema pulmonar.

Además genera tanta adicción como la heroína. Los mítines más sangrientos en las cárceles han ocurrido cuando se ha restringido el uso del cigarro.

Los grupos de personas se distinguen por sus hábitos.

Quien desee pertenecer a un grupo diferente tendrá que adquirir, como primer requisito, los mismos hábitos del grupo, sean estos destructivos, como droga, televisión, sexualidad irresponsable; o constructivos, como deporte, lectura o creación artística.

Por todo lo anterior y como conclusión, diré que vale la pena elegir bien a la gente con la que convivimos porque, al final, todos seremos el reflejo de los hábitos que aprendimos y adoptamos de ellos.

23

Deseaba recuperar su libreta de *ccs*, olvidar a Sheccid y comenzar una nueva vida, así que subió al edificio de segundos. Mientras lo hacía, hablaba en voz alta:

—Quizá no tenga que darle muchas explicaciones. Ella cooperará para que todo acabe, como debió ocurrir mucho antes de llegar a esto. Sólo tendré cinco minutos. Es un descanso corto. Voy a entrar a su aula. Sí señor. Caramba. Casi me tropiezo de nuevo con el último escalón. ¿Por qué me siento tan torpe? Escucho una vocecilla que se burla: "Tu primer amor, tu primer fracaso; ¡siempre fracasarás!". Me rebelo contra eso. No será así. No cuando encuentre de veras a mi princesa.

Llegó hasta la puerta del segundo A. Los muchachos charlaban y caminaban en espera del siguiente profesor. Sheccid estaba sentada, platicando con Adolfo. José Carlos, indeciso, se detuvo en la puerta como lo haría el cliente de un restaurante que intenta atraer la mirada desentendida del mesero. Vio el reloj. Los minutos pasaban y ella no volteaba. Quizá.lo había detectado y no estaba dispuesta a dejarse llamar. El tiempo apremiaba. Pronto llegaría el maestro de la siguiente clase. No había otra alternativa. Entró al aula. Algunos chicos se codearon y murmuraron al verlo. Irrumpir en un salón ajeno, lleno de estudiantes, se consideraba una desvergonzada invasión. Procuró darse prisa. Llegó hasta la pareja y se paró frente a Sheccid.

—¿Puedo hablar contigo a solas un momento?

El ruido de las charlas casi había desaparecido. Todos lo miraban. Ella titubeó. Adolfo se puso de pie y dijo con un tono de fingida aristocracia.

—Te exhorto de la manera más atenta que no importunes más a esta señorita. Ella también te lo agradecería, ¿verdad, reina?

José Carlos recordó las palabras de Marcela: "Usa un lenguaje falso y ridículo, como si quisiera hacerse pasar por barón de la realeza".

Se dirigió a ella.

—¿Sheccid?

La chica se puso de pie y salió del aula. José Carlos la siguió y le preguntó:

—¿Qué mosca le picó a ese tipo?

—Ignóralo. ¿Deseabas decirme algo?

—Sí.

—Te escucho —sonrió como queriéndose disculpar por la escena anterior y luego comentó—: Los chocolates estaban deliciosos; te lo agradezco...

—No se trata de eso.

—¿Entonces?

Ella se recargó en la barandilla como si estuviese dispuesta a dialogar sin prisa.

—¿Has terminado de leer mi libreta?

—¿De conflictos, creencias y sueños?

—Mmh.

—La estoy terminando, ya me falta poco. Siempre la llevo conmigo a todos lados. He sabido valorarla como me lo pediste.

—Ya me imagino, igual que el regalo que te di el viernes.

—Estaba muy ofuscada. Discúlpame. No controlo mis reacciones. De verdad. Créeme. ¡Llegando a mi casa, me sentí tan vil! Leí tu carta y tu poema. Quiero ser en tu vida… Fue estupendo; te aseguro que nunca nadie se había portado así conmigo.

—Puedo decir lo mismo, pero en aspecto negativo.

Carmen Beatriz detectó que su compañero se limpiaba las lágrimas, y en un arranque de liderazgo como los que la caracterizaban, se puso de pie para hablar al frente.

—¿Puedo robarles un minuto de su atención?

Todos voltearon a verla.

—Para formar nuestro grupo escogieron a los mejores estudiantes del año pasado, y no sólo nos hemos destacado en las clases sino en iniciativa y unión —nadie sabía a dónde deseaba llegar—; cuando me eligieron como jefa de grupo, les propuse algo... Les hablé de lo fabuloso que sería apoyarnos siempre, y los invité a que, si alguno tenía problemas académicos o incluso personales, los compartiera al frente para que buscáramos soluciones —pausa expectante—. En un principio... tal vez yo era muy idealista, pero creo que todos lo éramos, y aceptamos la propuesta. Pues hoy, le ocurre algo malo a un miembro muy activo del grupo —se refería a José Carlos, y el chico sintió que la cabeza le estallaba—. Ahora se ha convertido en el más pasivo y hermético del salón.

La maestra Jennifer entró al aula y halló a los muchachos en silencio.

—¿Hay algún problema?

—No, profesora —se disculpó Carmen Beatriz—, sólo estaba haciendo una invitación. ¿Puedo terminar?

—Claro.

José Carlos agachó la cara. No deseaba quedar en evidencia frente a su maestra.

—Siendo más realista —continuó la líder—, quizá quien está en problemas no se anime a pasar al frente para hablar de ellos, pero puede confiar en algunos de nosotros porque deseamos volver a verlo sonreír... —y lo dijo abiertamente—, o a declamar como antes...

Terminó sus palabras con la vista clavada en José Carlos, igual que muchos compañeros; la misma profesora Jennifer siguió observándolo de manera suspicaz.

Carmen Beatriz tomó asiento y los estudiantes comenzaron a prepararse para el examen.

—Entreguen sus ensayos sobre "los hábitos" —ordenó la maestra—, y saquen una hoja blanca.

José Carlos buscó en el portafolios. Con gran enfado descubrió que no traía la tarea.

Su mente se borró por completo.

Una hora después, fue el último en entregar el examen. Depositó sobre el escritorio su hoja de preguntas con más de la mitad sin contestar.

—¿No estudiaste?

—No, maestra... Lo siento.

—Has comenzado a distraerte en las clases y a olvidar las tareas. Estoy un poco molesta contigo.

—Lo he notado. Desde el concurso de declamación.

La joven profesora resopló como si al fin hubiera encontrado el momento de quitarse una espina.

—¡Eras mi carta fuerte para ganar y ni siquiera asististe! ¿Por qué, José Carlos? ¡Lo grave no es que me hayas hecho quedar mal a mí sino que desperdiciaste tu talento!

—Lo siento.

—¿Qué te pasa?

—No lo sé.

—Carmen Beatriz —dijo la maestra llamando a la jefa de grupo—, acércate, por favor.

Carmen llegó al escritorio.

—¿De qué estabas hablando cuando entré al salón?

—No sé si deba decirlo…

—¿Por qué tanto misterio? Yo soy asesora.

—De acuerdo. Se lo voy a decir aunque no le guste a José Carlos. Él se enamoró de una chava que no vale la pena. He investigado, y la tipa ha hecho todo por aplastarlo. ¡No me parece justo! Mi amigo debe reaccionar.

—¿Es verdad?

Agachó la cara, sonrojado.

—Sí.

—No te avergüences.

—Es que Carmen tiene razón.

—¿La conozco?

—Es la muchacha que ganó el concurso de declamación. Con quien tuve aquel duelo en público.

—¡Ahora entiendo!

—Su trato es tan difícil: a veces dulce y a veces cruel. Me estoy reponiendo de sus ofensas, pero lo más terrible es que aún siento que la quiero.

La maestra sonrió, enternecida por la inesperada confidencia.

—Te voy a contar una historia —le puso ambas manos en los hombros para obligarlo a mirarla—. Hace años en Estocolmo, Suecia, los ladrones de un banco tardaron demasiado en salir y la policía rodeó el edificio dejándolos atrapados. Los clientes y empleados bancarios quedaron como rehenes ¡durante ciento treinta horas! Cuando, al fin, la policía logró detener a los bandidos y liberar a la gente, vieron con asombro que una joven cajera defendía a los asaltantes. La explicación es que durante su encierro, ella trató de hacerse amiga del jefe de la banda para evitar ser castigada, después mitigó su desamparo con una dependencia infantil y terminó enamorada de él. Éste fenómeno se tipificó desde entonces como *Síndrome de Estocolmo*. Cuando alguien es dañado por otra persona, el agredido puede reaccionar ilógicamente justificando al agresor, aliándose con él, obedeciéndolo y hasta enamorándose... Esto les ocurre a muchas mujeres golpeadas... De forma absurda aman a su verdugo. A los jóvenes mal correspondidos les sucede algo similar: cuanto más lastimados y despreciados son, más quieren a la persona que los daña. ¡Pero el amor se da sólo entre dos!, ¿me oyes? Para formar una molécula de agua se requiere hidrógeno y oxígeno. Cada persona posee un elemento. Si aportas mucho hidrógeno, por más que lo desees, no se convierte en agua, y si te empeñas en ver líquido donde sólo existe gas, estarás flotando en sueños imaginarios y reprobarás todos los exámenes...

Rieron. Le dio las gracias a la maestra en un susurro, y abrazó a Carmen Beatriz.

Luego dijo:

—El próximo examen será diferente.

—Bueno —comentó la maestra—. Una persona madura sabe separar las obligaciones de los sentimientos. Inténtalo. ¿Te parece si no tomamos en cuenta esta prueba y la vuelves a presentar la próxima semana?

—Gracias. Le aseguro que no voy a fallarle más.

24

CCS, martes 23 de enero de 1979

Dentro de poco llegará mi papá y deberé explicarle por qué tengo tres puntadas en la ceja, la boca hinchada y el ojo amoratado.

Me gustaría mentirle, pero no voy a hacerlo. Como tampoco le mentí a mi mamá. Yo no soy mentiroso.

Entiendo que los problemas que tiene Deghemteri la confundan, pero no justifico su doble cara. ¡Creo que las personas debemos ser íntegras aún en los momentos de dolor! Con mayor razón en esos momentos. Y ella no lo ha sido. Al menos no conmigo. ¿De qué me sirve que sepa mucho sobre música clásica, si dice una cosa con sus gestos y otras con sus palabras? ¿Para qué es tan bella si le fascina fingir, disimular, engañar?

Hace poco leí que el mundo está de cabeza, porque la gente es mentirosa. Los abogados se especializan en detectar engaños; quien hace algo incorrecto casi siempre lo niega y el inculpado de forma injusta debe demostrar que han mentido en contra de él. Las personas vivimos envueltas en mecanismos para defendernos de la mentira de otros. Si la gente fuera veraz, no harían falta contratos, fianzas, juicios, garantías, letras, pagarés, actas... Bastaría con la palabra. Todo documento serio está firmado por varios testigos, respaldado por identificaciones personales, avalado por leyes que protegen contra el incumplimiento. Esto ocurre, porque los seres humanos somos mentirosos.

197

Yo no le mentiré a mi papá. Durante la cena le explicaré lo que me pasó. Quizá se molestará, pero no importa.

Hoy fue un día terrible.

Las clases habían terminado. Caminaba calle arriba cuando alguien me llamó por mi nombre completo. Me pareció extraño. Volví la cabeza y descubrí que Adolfo se acercaba a mí. El sujeto es diez centímetros más alto que yo, tiene el cabello rizado y los ojos verdes. Me erguí para encararlo.

—Enano de porquería —me dijo—, vengo a advertirte que te voy a joder, si vuelvo a verte…

Me eché a caminar. Fue tras de mí y me agarró del suéter.

—Detente, bola de mierda.

Me di cuenta de que había llegado el momento de enfrentar sus amenazas.

—¿Qué quieres —pregunté—, rey de los recados? Me has mandado amenazar con las niñas de la escuela. Te portas como un caballero frente a las mujeres, pero en realidad eres un pelafustán.

—Sí, pendejo ¿y qué? Vine a advertirte: Te prohíbo que vuelvas a acercarte a mi vieja. ¿Estamos? ¡Porque es mía! Me pertenece y voy a fajármela hasta que me dé la regalada gana, ¿estamos?

—¡Qué interesante! ¿Ella te ha escuchado hablar así?

Vi que iba a golpearme y levanté las manos, pero fue sólo una finta. Se rio.

—¿Tienes miedo? Haces bien. Debes tener miedo porque si no te cuidas te voy a fregar.

Pasó cerca de nosotros un grupo de niñas con suéter azul y él levantó la mano de forma amanerada. Gritó:

—¡Aguarden, bonitas!

Se alejó para darles alcance. Sheccid iba entre ellas. Me quedé parado. Mis amigos llegaron tarde a rescatarme.

—¿Todo está bien? Te vimos hablando con…

—Sí. No hay problema.

Empezamos a caminar despacio.

—¿Qué te dijo?

—Nada, sólo una sarta de groserías.

Vi cómo Adolfo tomó del brazo a Sheccid y fue con ella a un lugar apartado.

—Yo pago los refrescos —le dije a mis amigos—. ¡Niña el que llegue al último!

Echamos a correr. Yo lo hice tratando de cansarme al máximo; con la furia que debe sentir un hombre dispuesto a emborracharse.

En el restaurante traté de animarme. Hice chistes malos y reí a carcajadas con los de mis amigos. De alguna forma debía desconocer que afuera se las arreglaba mi ex princesa con un desgraciado bufón de ojos verdes.

Poco a poco, la cafetería comenzó a vaciarse. Rafael y Salvador se fueron, y había quedado de acuerdo con mi mamá en esperarla a la salida, pero estaba tardando demasiado. Me senté frente a la barra y pedí un sope, entonces alguien tocó mi brazo. Era Camelia. Su rostro estaba pálido y su voz sonaba desesperada.

—Ven. Quiero que veas esto. Ven.

—¿Qué ocurre?

—Sheccid está en apuros.

—No me interesa.

—Ven, por favor —señaló a la calle—. Adolfo se ha aprovechado de la situación. Supo que ella andaba confundida y no perdió tiempo. ¡Supo actuar! —casi me echó en cara que yo no supe—, pero ella no lo quiere y... —se desesperó—, ¡tienes que ayudarla!

Echó a correr hacia afuera. Dudé.

Deghemteri y Adolfo estaban a unos veinte metros; el lugar era silencioso y pude oír lo que decían. Sin querer, sin darme cuenta, empecé a caminar hacia ellos.

—¡Déjame! ¡No quiero nada contigo!

Él la aprisionaba del brazo con tanta fuerza que en la piel blanca de Sheccid se dibujaba una zona amoratada.

—Antes dijiste que querías y ninguna mujer juega conmigo. ¿Estamos? ¡¿Estamos?!

—Pues me equivoqué. Déjame o te saldrá caro, te lo advierto, Adolfo.

—¿Me estás amenazando? ¿Vas a llamar al poeta roñoso de tercero para que te defienda? No me hagas reír. Vamos. Dame un beso. Es todo lo que te pido.

—¡Suéltame!

—¡Eres mi novia! —le sujetó la cabeza y acercó su cara a la de ella para besarla por la fuerza.

Sheccid forcejeó, Adolfo la siguió besando mientras ella se debatía para zafarse. Cuando al fin lo logró, emitió un grito de rabia y le dio una bofetada.

El seductor se llevó una mano a la mejilla con los ojos muy abiertos.

—¡Maldita! —atrapó a Sheccid otra vez y le devolvió el golpe usando el dorso de su mano. Ella se desplomó y comenzó a llorar de una forma desgarradora. Yo estaba pasmado. Me pregunto cómo pude permanecer tanto tiempo sin hacer nada. Adolfo quería volver a agarrarla cuando llegué. Se irguió al verme.

—¡Con que ha llegado el defen...! —su frase fue cortada, por el tremendo impacto de mi puño derecho. Cayó hacia atrás, aleteando con las manos y esbozando una expresión de asombro ante un golpe que no esperaba. Respiré con furia frotándome los nudillos manchados de sangre. Fue un puñetazo duro. Adolfo se tocó la nariz y observó la hemorragia. Después me miró con unos ojos desorbitados e inyectados de furia. Parecía dispuesto a matarme; se incorporó para abalanzarse sobre mí con un alarido.

Sin duda es más fuerte y experimentado que yo para pelear, pero yo soy mucho más ágil, así que esquivé su golpe con un salto y abrí los brazos previniendo la siguiente agresión.

Tomó su tiempo, se limpió la sangre que le corría por la boca y caminó despacio, como si quisiera charlar en paz y acabar con la gresca. Me desconcerté. Entonces lanzó un puñetazo desde abajo. Moví la cara apenas lo suficiente para que el golpe entrara sesgado en mi ojo derecho. El rozón me ocasionó el absceso que ahora tengo. No me imagino lo que hubiera pasado si me da de frente. Al verme trastabillar, brincó, proyectando sus pies hacia adelante en una extraña caricatura de patada voladora. Lo esquivé difícilmente. Cayó como un saco, pero al instante estiró la pierna y me pegó en las rodillas. Entonces caí junto a él.

Los dos ya en el suelo.

Me alcanzó y quiso cogerme de los cabellos. Interpuse mis manos empujándole la cara. Rodamos por la terracería. Apretó mis mejillas e intentó introducirme los dedos en los ojos. Sacudí la cabeza. Lo abracé tratando de inmovilizarlo, pero siguió retorciéndose como una fiera sin control. Me dio un cabezazo. Quedé fuera de combate. Lo solté y me separé. Tomó en sus manos un puño de tierra y lo arrojó a mi cara, dejándome ciego. Me froté los párpados y traté de abrir los ojos. No lo conseguí. Quise ponerme de pie, pero me detuvo. Escuché gritos a mi alrededor previniéndome de la acometida. Su puño se estrelló sobre mi boca como una plancha de hierro que me reventó el labio. Me fui hacia atrás.

Se sentó a un lado con los brazos cruzados ostentando que tenía todo bajo control. Rio, dándose tiempo para acabar conmigo. Pude razonar lo que estaba a punto de suceder. Iba a aprovechar mi ceguera para golpearme hasta dejarme inconsciente. Hice un esfuerzo por abrir los ojos. Apenas distinguí colores y sombras. Me invadió el pánico. Más por instinto de supervivencia que por sana estrategia me puse de pie de un salto. Mi contrincante no alcanzó a creer que en la precaria situación en que me encontraba pudiera moverme tan rápido, así que lo tomé desprevenido. Sin pensarlo dos veces lancé una feroz patada al bulto que distinguía frente a mí. Escuché un gemido y una maldición. Volví a patear. Adolfo comenzó a revolcarse en el piso por el dolor. Poco a poco recuperé la vista. Seguí pateando una y otra vez. Los curiosos nos habían rodeado y gritaban incitándonos a que nos partiéramos el alma.

201

—¡Muy bien! —me gritaba la plebe—, ¡sigue! Le has dado en los bajos y le rompiste la nariz; es tuyo. ¡Acábalo!

Entonces volví en mí. Me detuve. Aun percibiendo la presencia de múltiples piedrecillas en mis ojos, salí del círculo de mirones y eché a caminar. Adolfo gritó una lista de amenazas y blasfemias. Dijo que las cosas no habían terminado y que me iba a matar.

Llegué hasta mi portafolios y vi el coche de mamá que me esperaba.

Ella me observó subir al auto y de inmediato me interrogó asustadísima. Cogió un pañuelo y me limpió la sangre de la cara. ¡Pero qué me había pasado! No le diga que era yo el que peleaba, ¿por qué? ¿Qué me habían hecho?

No respondí. Me solté a llorar. Dejé escapar la presión por todo lo ocurrido. Mamá puso en marcha el auto y una vez en camino le conté entre sollozos todo sobre mi libreta, la caja de chocolates, la traición de Sheccid, la doble personalidad de Adolfo, y los comentarios de la maestra Jennifer. Ella me escuchó con atención. Luego me llevó a un médico.

Son las siete de la noche y esperamos que llegue papá de trabajar. Estoy dispuesto a enfrentar su regaño y consejo. Después de todo, si no encaro las consecuencias de mis actos, ¿cuándo me convertiré en un hombre?

—¿Qué te pasó, José Carlos?

—Tuve un problema.

—Te escucho.

En la mesa de la cena había un mutismo total. Toda la familia se hallaba presente. Los pequeños, Lili y Cuauhtémoc, estaban atentos, incapaces de creer que su hermano mayor hubiese peleado con un compañero. Pilar se lamentaba por no haber estado con él a la hora del problema.

—Papá. Un día nos dijiste algo sobre la doble moral. Comentaste que tu jefe en la oficina tiene una apariencia elegante e incluso

202

hace obras benéficas, pero que por otro lado, le es infiel a su esposa.

—¿Y?

—Recuérdame cómo era eso.

—¿Para qué?

—Para que me entiendas mejor.

—José Carlos, no trates de evadirte. Vas a explicarnos con todo detalle lo que te pasó.

—Sí. Lo prometo.

Suspiró.

—La doble moral consiste en presumir lo que hacemos bien y justificar los errores que cometemos... Mi jefe tiene la aptitud para ayudar a la gente de la calle; ¿está mal? Por supuesto que no. ¿Debe dejar de hacerlo? No.

—Pero es amante de su secretaria.

—Exacto. A veces el que sermonea sobre la fidelidad, es obeso y perezoso para el deporte; el que habla de sobriedad, es tramposo en los negocios; la modelo sexualmente liviana, presume sobre dietética; el ejecutivo exitoso, tiene una pésima relación con su familia. La doble moral es un cáncer social. Debemos cuidar de no caer en ella...

—¿Cómo?

—Dejando de ostentar lo que hacemos bien y planteándonos el desafío de mejorar en otras áreas. Así adquirimos valores de reto. Los amigos corruptos y los viejos hábitos siempre se interpondrán a nuestro cambio, pero al vencerlos, subimos un peldaño más, y convertimos esos valores de reto en valores de dignidad; algo de lo que nos sentimos orgullosos porque forma parte de nuestro nuevo código de vida.

—¿Tú tienes valores de reto, papá?

—Claro. Y tú también debes tenerlos. Detecta tus debilidades, convertirlas en desafíos y más tarde en valores de dignidad.

Los tres hermanos de José Carlos escuchaban atentos, pero sin comprender demasiado.

—Ahora es tu turno. ¿Qué tiene que ver todo esto con lo que pasó?

Tardó en contestar, pero ya no podía volver a cambiar el tema de conversación.

—Hay un compañero en mi escuela... que tiene doble moral.

—¿Sí?

—Es atractivo, elegante y fino en su hablar con las mujeres, pero vulgar, traicionero y malvado cuando está entre hombres.

—Sigue.

—Sedujo a una chica con sus artimañas de galán, luego la forzó a besarlo y al final la abofeteó. Yo estaba presente.

—¿La defendiste?

—Sí.

—Dime una cosa, José Carlos. ¿El problema ya se terminó?

—Bueno, no sé... También le pegué.

—¿Y?

—Es un pandillero. Tal vez les diga a sus amigos.

El padre movió la cabeza, preocupado, y tomó una decisión.

—Mañana iré a hablar con el director de la escuela.

—Déjame resolver este problema solo.

—No, señor. ¿Y si te golpean, como hoy? ¡Iré con el director para que cite al padre de ese muchacho en las oficinas y nos arreglemos hablando! No permitiré que andes peleándote por la calle como un vago.

—Yo no lo busqué...

—¡De todos modos!

—¡Hice lo que debía! Fue necesario. No me arrepiento. Además, ese tipo hace días que me molestaba.

—¿Quieres que me cruce de brazos?

—Quiero arreglar esto por mí mismo.

—¿Y si los padres de ese joven se quejan con las autoridades, dando una versión distinta? ¡Te castigarán a ti!

—Él no inmiscuirá a sus papás.

—Tal vez —intervino la madre con toda oportunidad—, pero sí llamará a sus amigos y la próxima vez que te encuentren tendrás suerte si sales vivo. Te amenazó, yo lo escuché. Además, también lo golpeaste mucho, y no creo que opte por perdonarte.

Papá reiteró su decisión.

—Mañana iré a la escuela para hablar con el director.

Aunque José Carlos reconoció que quizá en el fondo era lo mejor, no estaba dispuesto a permitir que eso se repitiera en su vida.

—Cuando era niño —habló indeciso, como dudando si debía o no decirlo—, mis compañeros me pegaban cada día, robaban mis cosas y me intimidaban en todo momento —su voz adquirió seguridad—. Entonces tú ibas a la escuela y los reprendías, les infundías temor o les dabas algo, dinero, cualquier cosa, para que no me molestaran más, y yo nunca supe defenderme, nunca aprendí a hacerlo porque siempre había alguien a mis espaldas... siempre estabas tú.

—Esos chicos eran mucho más grandes; recuérdalo.

—Es cierto, pero si hubieras dicho algún día que no querías volver a ver que me golpearan, tal vez yo hubiera reconocido la necesidad de valerme por mí mismo y luchar por adaptarme al medio. Me hice tímido, dependiente e inútil.

En la mesa todos estaban en silencio. José Carlos se sintió satisfecho. Por fin lo había dicho, y fue mucho más fácil de lo que pensó.

—A veces me pongo en tu lugar, papá, y te comprendo, pero pienso que debemos ser fuertes y dejar a los hijos caminar solos. Porque yo sufrí después. Me costó mucho trabajo desenvolverme cuando ya no estaba en edad de que me defendieras. Siempre he sido el marginado, el apocado. Ahora estoy cambiando. Se ha convertido en mi valor de reto.

Una mosca voló desde el techo hasta posarse en la charola de pan dulce. Todos la vieron, pero nadie se movió para espantarla.

—Lo de hoy fue sólo una pequeña pelea —continuó—. Todo ocurrió muy rápido... y quizá tenga que enfrentarme a problemas peores. Trataré de esquivarlos pero si no lo consigo, tal vez se arme un verdadero lío. Al menos habré enfrentado a los malvados que me amenazan, habré perdido el miedo a vivir, a ser hombre y a defender lo que amo... Será mi valor de dignidad. No sé si pienses que vale la pena... —mamá tenía los ojos llorosos y se limpió una lágrima que corría por su mejilla—. Confíen en mí porque yo estoy empezando a hacerlo.

Pilar también trató en vano de reprimir las lágrimas. Papá, lleno de preocupación, pero con seriedad, asintió y murmuró después que confiaba en él.

Terminaron de cenar y entre todos recogieron la cocina, silenciosamente.

En su interior, José Carlos también tenía miedo. Sabía que le esperaba algo muy complejo, pero estaba decidido a vivirlo.

25

7:00 A.M.
Entró a la escuela y sintió un calor bochornoso ante la mirada indiscreta de algunos compañeros que observaban el morete de su labio y el parche triangular de tela adhesiva que tenía sobre la ceja.

Iba caminando rumbo a su aula cuando escuchó ruidos, gritos, su nombre, ¿su nombre? Sí. Lo había dicho un tipejo con peinado descabellado que se acercaba a él.

Era amigo de Adolfo.

—Soy amigo de Adolfo —era un zopenco, además.

—No quiero saber nada de ese gallina.

—Pues si ese gallina no te mata hoy, a la hora de la salida, lo haré yo.

—Magnífico.

—Y si no lo hago yo, lo hará otro... Desde ayer por la tarde nos organizamos para darte una leccioncita —dio un paso atrás—. Con que nos veremos.

—Nos veremos —y alzó la voz—: Pero no temo enfrentarme a todo un gallinero.

El sujeto de copete voladizo se detuvo furioso, porque la nueva alusión avícola lo incluía a él.

—Ya te dije. Somos quince y pronto seremos más los que estamos dispuestos a patearte como pelota.

—Eso está por verse, yo también soy buen futbolista —dijo y se arrepintió de inmediato. Fue responder al reto. Estar dispuesto a reñir para hallar una pelota que se pudiera patear, y los candidatos no eran muchos.

—Nos veremos a las dos en punto, afuera.

Asintió.

—Nos veremos.

No debió asentir, pero estuvo acorralado. Lo había hecho y ahora tenía que atenerse a las consecuencias... Atenerse o prepararse...

7:20 A.M.

El profesor de geografía no asistiría a impartir clases, así que tenían permiso de jugar en la cancha de básquetbol. Antes de salir, Carmen Beatriz se paró al frente para organizar los detalles de distribución, las reglas del juego y los límites de terreno. José Carlos no tenía deseos de salir al patio. Estaba demasiado preocupado. Se puso de pie. Fue hacia la jefa de grupo y habló con ella al oído. Había llegado el momento de compartir el problema con sus compañeros. Algunos comenzaron a distraerse y a hacer bromas. Carmen retomó el control con su imponente voz.

—Guarden silencio por favor. Creo que debemos olvidarnos del juego por unos minutos —de inmediato hubo protestas—. Ayer les dije que un miembro muy activo de nuestro grupo estaba en apuros —se hizo un mutismo exacto—. Él quiere decir unas palabras, y merece ser escuchado.

—Yo propongo —exclamó Salvador desde su rincón—, que juguemos a escuchar a José Carlos.

Se propagaron rumores y risas que aprobaban el juego. Carmen Beatriz tomó asiento y José Carlos se quedó al frente. Tosió.

—Pues sí... —comenzó—, he tenido problemas y es difícil explicarlo... pero, bueno —se encogió de hombros—, no he encontrado mejor medio que éste para tratar de solucionarlos —las ideas le vinieron una y otra por fin—, porque son ustedes los que están más cerca de mí y además, porque... pues... no podría confiar en nadie más.

Aplausos. Silencio.

—La mayoría sabe de qué se trata.

—De Sheccid. Prosigue —exclamó Lucero, a quien no le gustaban los preámbulos largos.

—Se trata de ella, pero también de alguien más...

—De Ariadne —supuso otra voz.

—De Camelia —se oyó.

—Te has enamorado de las dos.

—O de las tres.

Carmen se puso de pie y los adivinadores se acurrucaron en su asiento con una sonrisa desganada.

—Pues se equivocan. He decidido olvidarme de todo ese romanticismo inútil. Ya no quiero seguir rogándole a nadie.

Se escucharon aplausos, risas, gritos de aprobación, como si el grupo conviniera en que había tomado la mejor decisión.

—Si ya no quieres a esa muchacha —habló Marina—, se acabaron tus problemas.

—Entonces *casi* se han acabado —enfatizó el adverbio sin evitar una mueca de preocupación, y preguntó—: ¿alguno de ustedes se quedó en la cafetería hasta las tres de la tarde ayer?

¿Ayer? Las miradas de sus compañeros se volvieron incrédulas e inexpresivas.

—Yo estuve allí —exclamó Cunillé, que sólo decía algo cuando era muy necesario.

—¿Viste lo que ocurrió?

—Sí. Sí. Y sé lo que ocurrirá hoy, —hablaba lento y con torpeza—. Ese tipo que golpeaste es un cretino. Lo conozco. No sé...

Se oyeron murmullos y voces de sorpresa como si todos se imaginaran lo peor. Al menos sería más fácil hablar ahora de lo que todos se imaginaban.

—Yo... —empezó sin saber por dónde—, hubiera querido que nada ocurriera. No es la forma como acostumbro arreglar las cosas

—se detuvo asombrado de su repentina poca facilidad de palabra—, él la jaloneaba, la insultaba.

—No entiendo —dijo Laura.

—Peleamos.

Silencio expectante. Pelearon ¿y?

—Tuve todas las ventajas... quizá hoy no las tenga.

—¿Qué pasó exactamente? —preguntó Carmen Beatriz.

Entonces comenzó a hablar muy despacio con la vista fija, describiendo cada detalle. Cuando terminó de contar los hechos, se hizo un ambiente estático y tenso.

—No sé por qué les platico todo esto —prosiguió—; tal vez resulta que no soy tan valiente. Esta mañana uno de los amigos de Adolfo me dijo que se han organizado y cuando las clases terminen me van a matar a golpes entre todos.

Los muchachos se quedaron petrificados. Tardaron unos segundos en reaccionar.

—Quizá sólo quiso asustarte —susurró alguien.

—No lo creo.

—Ni yo... —Marcela se puso de pie—, Adolfo vive en mi colonia. Conozco a sus amigos. Siempre andan juntos por la calle hasta muy altas horas de la noche... Mi hermano es uno de ellos... Varios de la pandilla pertenecen a esta escuela, pero la mayoría ni siquiera estudia. Una vez los vi a todos juntos. Hicieron una especie de reunión. Son muchos. Si Adolfo les ha llamado, te aseguro que no es el primer pleito callejero en que tomarán parte.

El gesto de Carmen era muy especial, dejaba translucir todas sus ideas: conservadoras, defensivas. Avisar a las autoridades de la escuela, en primer lugar. Lo propuso. José Carlos discutió con ella. No sabían si la amenaza era real. Él sólo quería sentirse apoyado por sus amigos.

La sesión terminó. Se preguntó si haber hecho eso serviría de algo a las dos de la tarde. Quizá no. Pero al menos ya no era el único preocupado.

11:00 A.M.

El profesor de Biología le pidió que fuera a las oficinas por dos gises. En el trayecto, una chica de segundo año se le acercó. No la conocía. Lo saludó, y se paró frente a él para charlar. José Carlos no puso atención porque recordó a Héctor, el Cubano. ¡Él estuvo presente en el salón de clases, sin decir una palabra! Sospechaba que Héctor podía estar tramando tomar sus precauciones. Era un gran amigo y José Carlos sabía que, en un pleito, nadie estaría más dispuesto a ayudarlo. Le temía a las precauciones que Héctor pudiera tomar. Tenía que hablar con él cuanto antes. ¿Pero qué pasaba con los gises que le encargó el profesor? Hasta entonces puso atención en las palabras de la niña desconocida parada frente a él. Pertenecía al grupo de Deghemteri. Le decía que Adolfo había mandado llamar a sus amigos de la calle para que vinieran a ayudarlos a arreglar un asunto pendiente... Cuando la chica se despidió, lo dejó temblando y boquiabierto. Las amenazas eran reales.

12:15 P.M.

—La noticia se ha corrido por toda la escuela. Parece que es algo serio; tienes que estar preparado

—Tenemos, Salvador.

—¿Yo?

—Sí, y lo mismo tú, Rafael.

—Pero yo no sé pelear.

—No se trata de eso.

—¿Entonces?

—De lo contrario, de no pelear; para ello necesitamos hacer un plan más elaborado. Si yo desapareciera, todo se calmaría, pero volvería a surgir mañana, así que debemos aplacarlo para siempre.

—No va a ser fácil.

—¿Quién ha dicho que lo sería?

Varios amigos se acercaron. Siete u ocho; formaron un círculo alrededor de la mesa de la biblioteca en que se hallaban.

—Supimos que va a haber una golpiza —dijo uno.

—Supieron bien.

—Y supimos —dijo otro— que ellos son muchos.

—Y nosotros también —aclaró un tercero.

—No te preocupes José Carlos, la pelea será justa. Sólo entre tú y él, nadie más se meterá. Por eso iremos contigo, ¿te parece?

Asintió. Le parecía... que ésa sería la única salida. Ya no iba a ser posible aplacar el huracán tan crecido, y tal vez la ayuda que podría recibir sería la que estaba escuchando.

—Saldremos todos contigo, para protegerte de que nadie te provoque y luego queremos verte golpearlo muy duro, como ayer. Confiamos en ti.

Tal vez no eran verdaderos amigos. Querían ver sangre. Le ofrecían protección a los lados, un cuadrilátero amplio y nada más. No debía hacerles caso.

—Eso haremos —se puso de pie y salió de la biblioteca con sus dos amigos.

—¿Eso haremos?

—Espero que no.

12:20 P.M.

Entraron a clase. Era hora de ver qué pensaba Héctor, quien hasta ese momento se había mantenido al margen de la tempestad. José Carlos sólo deseaba saber si tenía algún plan o prefería seguir al margen. Lo dejaría elegir. Sería un mal amigo si lo obligaba a meterse en problemas y él no lo era. El Cubano tampoco, así que preguntó:

—¿Qué piensas de todo esto?

El gigantón argumentó con seriedad:

—Pienso que estás en dificultades.

—¿Por qué? —se sentó junto a él.

—Porque esta mañana he investigado algunas cosas con los chavos del segundo A

—¿Ah sí?, ¿qué cosas?

—Marcela tenía razón. Ese Adolfo es muy amigo de un tipo que dirige la pandilla de los "lomeros" de la Loma Tlalnemex.

—¿Los conoces?

Asintió.

—Son lo peor. Tienen contactos con porros y bandas de alborotadores de las escuelas superiores.

—¿Estás seguro?

—Yo me crié en la calle, tú lo sabes. Aunque me esfuerzo mucho por estudiar en esta escuela, sé que desentono. Mis amigos son pandilleros —José Carlos asintió. Héctor le había hablado de su mundo—. Los únicos problemas serios que nosotros hemos tenido han sido con los *lomeros*.

—¿Y?

—¿Y?

—¿Y qué piensas hacer, Héctor?

—Soy tu amigo.

—Sí, sí, ¿y qué vas a hacer?

—Te debo muchos favores. Hoy es mi oportunidad de pagártelos. El pleito será en serio.

Esta vez el problema se le presentó más real y cercano que nunca.

—Si sólo se trata de un disgusto entre tú y Adolfo no habrá dificultades —y dio la noticia con lentitud—, pero si ellos han mandado traer a vagos de la calle, entonces yo haré lo mismo.

—No tiene caso. ¿Para qué...?

—Hace rato hice una llamada —señaló con el índice las oficinas—. Hay una secretaria que me dejará volver a usar el teléfono, para dar la confirmación.

—¿Y si mejor buscamos detener esto de otra forma?

—Bueno, podemos hablar con el director de la escuela, como sugirió Carmen. Eso evitará que el problema ocurra cerca de aquí, pero en cuanto te alejes unas cuadras, te caerán encima.

José Carlos se quedó callado.

—¿Cuándo llamarás por teléfono?

—Esperaré un rato. No te preocupes. Déjalo en mis manos.

1:00 P.M.

No pudo poner atención a las clases. Leyó y releyó una nota que le dio su madre la noche anterior, después de que hablaron todos a la hora de la cena. Eran unas máximas de Emerson:

EL HOMBRE SUPERIOR

1. *Suceda lo que suceda siempre se mantiene inquebrantable.*

2. *No desprecia nada en el mundo excepto la falsedad y la bajeza.*

3. *No siente por los poderosos ni envidia ni admiración ni miedo.*

4. *No ofende ni hace mal a nadie voluntariamente.*

5. *No desea lo de otros ni presume lo que tiene.*

6. *Es humilde en la grandeza y fuerte en la adversidad.*

7. *Es rápido y firme en sus decisiones y exacto en sus compromisos.*

8. *No cree en nadie precipitadamente. Considera primero cuál es el propósito de quien habla.*

9. *Hace bien sin fijarse ni acordarse a quién lo hace.*

10. *No le guarda rencor a nadie.*

1:10 P.M.

Doscientos cincuenta alumnos cruzaron la reja haciendo alboroto, subieron la larga calle empinada, invadieron la cafetería, la papelería, el estacionamiento y se detuvieron todos dejando en el suelo sus útiles escolares. ¡Se detuvieron! ¿Qué esperaban? ¡Era hora de irse a casa! José Carlos los vio desde la ventana. Una enorme aglomeración de alumnos aguardando, ignorantes de que cuanto se avecinaba quizá pondría en peligro también a los mirones.

¡Momento!

Acercó su cara al cristal de la ventana.

Dos camionetas pick up cargadas de jóvenes con pelo largo colgajos vulgares acababan de detenerse frente a la escuela.

La profesora de inglés comenzó su clase.

José Carlos fue a cerrar la puerta del aula. Antes de hacerlo se detuvo. La sangre se le heló. Regresó a su lugar. Agachó la cabeza. La clase de inglés iba a ser una eterna tortura para él, ahora que había visto al Cubano entrando a las oficinas para hablar por teléfono.

1:45 P.M.

La clase fue una interminable agonía para todos los muchachos. Nadie logró poner atención ni por un instante. La profesora trató de enseñar inglés a un grupo de zombis. Al final se enfureció, los regañó y se fue dando un portazo.

José Carlos salió del aula con una cuadrilla de amigos alrededor. Se disculpó para ir a los sanitarios. Caminó despacio. Volteó hacia atrás y vio el solar invadido de compañeros que lo miraban y aguardaban. En el camino a los lavabos se apoderó de él un pánico terrible. No podía imaginar cómo terminaría todo eso.

De pronto se topó con una linda chica pecosa que venía caminando hacia él. Ariadne parecía muy preocupada y asustada. Lo miró con un profundo cariño sin decir nada. José Carlos sintió un bálsamo de paz al encontrarla. Sonrió. Ella no lo hizo. Primero condujo sus manos al torso de su amigo, las deslizó cariñosamente haciéndolas llegar hasta el cuello de su camisa. Lo arregló, agachó la cabeza muy cerca de él y susurró apenas tres palabras:

—No pelearás ¿verdad?

—Yo quisiera no hacerlo, Ariadne...

—¡Pues no lo hagas! —levantó la cabeza y lo vio—, si te niegas, nada en el mundo podrá hacerte pelear.

—Ojalá fuera así.

—¡Lo es! Él no puede golpearte si tú no te defiendes.

—¿De verdad crees eso?

Lo miró a la cara unos instantes.

—Prométeme que no harás nada para aumentar esto.

Se escucharon gritos afuera. El tropel de personas se estaba impacientando.

—¿Aumentarlo más, Ariadne? ¿Más?

—No será inteligente responder a los insultos. Esta vez es peligroso…

—Sí…

La pecosa parpadeó y una lágrima se le escapó de los ojos. José Carlos la abrazó. Ella correspondió el abrazo. Después de un minuto se separaron.

—Sheccid sufrirá mucho si peleas…

—¡Sheccid! ¡Sheccid! ¡Ella es la culpable de todo esto! Si hubiese sido más decente nada estaría pasando. Quizá me conmovería si me dijeras que *tú* sufrirás. Pero no esa loca.

—¿Ya no la quieres?

—No. Y quiero tenerte a ti conmigo cuando pase todo hoy.

—Lo estaré, te lo prometí ¿recuerdas?

—Sí. Me dijiste que si decidía organizar una contienda no olvidara de llamarte para unirte a mi ejército. Profetizaste una guerra mundial.

—Lo ves… todo está pasando, y yo cumpliré mi promesa, pero cumple tú con la tuya también. No pelearás —sonrió—, no sabes hacerlo ¿eh?

Lo llamaron desde el patio principal. Ya se había tardado mucho. Lo sabía. Ya iba. Pero primero al baño. Ella lo detuvo para decirle algo más.

—Esto que te están obligando a hacer no es de hombres y tú me has demostrado muchas veces que lo eres.

Asintió.

1:50 P.M.

Salió del baño y caminó. Había mucha gente esperándolo en la explanada principal. Ariadne lo tomó del brazo para acompañarlo.

216

Las puertas de todas las aulas se abrían una a una. Los muchachos salían corriendo, pero al verlo de pie todavía dentro de la escuela, aminoraban la marcha y comenzaban a vigilar todos sus movimientos.

—¿Qué esperamos? —le preguntó Salvador.

—Al Cubano. Me dijo que no hiciéramos nada sin él.

—¿Pero adónde fue? El patio va a reventar.

1:53 P.M.

Adolfo pasó junto a José Carlos. Tenía la nariz parchada y el ojo izquierdo amoratado. Alrededor de él un grupo de compinches. Ninguno se molestó en mirar a su rival. Sólo pasaron a su lado. No había necesidad de hablar nada; la cita estaba hecha y él tenía que acudir.

1:54 P.M.

El Cubano llegó desde afuera. Le pidió permiso de entrar al prefecto, quien estaba exasperado porque los estudiantes del turno matutino no querían salir y los del vespertino no querían entrar.

Héctor informó:

—Ya han llegado.

—¿Quiénes?

—Nuestros amigos

Rafael, Salvador, Chuy y otros compañeros hicieron un círculo alrededor de Héctor. Ariadne seguía prendida del brazo de José Carlos. El Cubano siguió hablando.

—Se trata de ellos; los *lomeros*. También nos han visto y creo que va a haber problemas en serio. Yo no sé lo que tú pienses, José Carlos; si estás dispuesto a pelear con Adolfo, nosotros te protegemos y apoyamos, pero si puedes eludirlo, hazlo. No es la primera vez que he estado en un pleito con éstos, y las consecuencias nunca han sido buenas. Así que piensa las cosas, porque lo que hagamos nosotros depende de lo que tú hagas.

Asintió.

—Bien, es hora de salir.

1:55 P.M.

Cruzó la reja, flemático, con todo un ejército detrás.

1:56 P.M.

Se detuvo.

Su hermana llegó hasta él. No dijo nada. Sólo quiso acompañarlo y se unió al brazo de Ariadne.

1:57 P.M.

El Cubano se acercó a las mujeres para pedirles que se protegieran en la retaguardia. Héctor ocupó unos minutos en acomodar a las personas. Los agresores esperaban en la parte alta de la calle. Había tiempo. Aún no habían dado las dos.

1:59 P.M.

Justo acababan de reanudar la marcha cuando salieron de la escuela Deghemteri y Camelia. Corrieron hacia José Carlos, interponiéndose en su camino.

—Por favor, no vayas a pelear... —dio Sheccid.

—Déjanos pasar.

—Te lo suplico —insistió deshilvanada—. No te rebajes a la altura de ese tipo. Perdóname... Ayúdame...

El ruido de las bocinas de los autos y los gritos del gentío empezaron a crecer.

El Cubano intervino.

—Vámonos ya. Luego hablas con ella.

2:00 P.M.

La calle que conectaba el estacionamiento de maestros con la explanada exterior estaba despejada. Era como un pasillo cuesta arriba al que se le hubiera puesto una alfombra roja que conducía a la cámara de la muerte. Entre el tumulto que esperaba, José Carlos distinguió tres camionetas descargando personas vestidas de civil.

—¿Y esos? —le preguntó al Cubano— ¿quiénes son?

—Más refuerzos. Ahora vamos.

Empezaron a subir la pendiente del terreno. Sheccid permanecía junto al muchacho con gesto aterrado. Las lágrimas bañaban su rostro. No podía creer que todo eso lo hubiera ocasionado ella.

—Te lo suplico —dijo en voz baja—, no te arriesgues, no vale la pena, por favor, hazlo por mí. Si es que me quieres todavía... no dejes que cambie el concepto que tengo de ti.

José Carlos tragó saliva. La ignoró y siguió caminando. Camelia tomó de la mano a Sheccid y se la llevó con las demás chicas a la parte trasera de la caravana.

De pronto, Adolfo y sus *lomeros* decidieron caminar calle abajo. Los curiosos ocupaban cada metro libre a los costados de ambos frentes, mientras el espacio que dividía las líneas de choque se hacía cada vez más pequeño.

José Carlos se detuvo. "Esto debe ser un sueño", pensó "no puede estar sucediendo". La cabeza le daba vueltas.

—¿Qué pasa? ¿Por qué te detienes?

—No sé, Héctor.

—Haz un esfuerzo. Camina.

Las piernas le temblaban.

Adolfo llegó con su escolta frente a él. De inmediato lo agredió.

—¿Estás listo, imbécil?

No respondió. Cambió de mano el portafolios y reanudó su marcha pasando por un lado. Don magnético lanzó una maldición y saltó para bloquearle el camino.

—¿A dónde vas con tanta prisa? —lo encaró irguiendo el pecho—, ¡hoy no saldrás vivo de aquí!

—Quítate —dijo Rafael—. Él no va a pelear.

—¿Pero qué tal ayer, eh? Tu amigo estuvo muy valentón luciéndose con la ramera, estúpida.

—¡Apártate! —gritó el Cubano desde atrás.

Alrededor se había formado una densa aglomeración de gente. El único espacio libre era un metro entre los dos frentes.

—¡Quítate de mi camino!

—Quítame si puedes.

—¿Qué te pasa?¿Quieres que nos matemos? ¡Mira alrededor!

—¿Por qué no? ¡Vamos a matarnos! Tú eres un cerdo que no merece vivir y a mí no me importa morirme con tal de verte en el infierno. Vamos, podrido —lo empujó—. Éntrale, si eres hombre.

José Carlos se percató de cuan diferentes eran él y su contrincante.

—¡Déjanos pasar! —gritó Rafael saliendo detrás y enfrentándose a Adolfo.

—¡A este mariquita no le hace falta tu protección, imbécil! Así que no te metas —y le dio un fuerte codazo en la cara.

Se hizo el silencio. La mecha del polvorín había sido encendida y todos esperaban que se consumiera para presenciar la explosión, pero el cebo no prendió.

José Carlos echó a caminar calle arriba. Sólo avanzó unos veinte metros cuando los *lomeros* le cerraron el paso. Entonces Adolfo lo jaló del suéter con tal fuerza que lo hizo perder el equilibrio y caer de sentón.

—¿Lo ven? —gritó alzando las manos—, ¿lo ven?

José Carlos se puso de pie, sacudió su ropa y exigió:

—Hazte a un lado. No voy a pelear.

Comenzaron los gritos de mirones que deseaban ver acción.

—¡Defiéndete!

—¡Dale duro!

—¿Qué te pasa?

—¡No seas miedoso!

Alguien empujó a Adolfo para hacerlo chocar con José Carlos.

Ambos se miraron destilando aversión. Adolfo aprovechó la cercanía, hizo un movimiento sorpresivo con la cabeza y dio un tope en la ceja a su rival. No fue un golpe fuerte, pero como lo asestó en la misma herida del día anterior, una de las puntadas se reventó y comenzó a sangrar. José Carlos agachó la cara. Adolfo le metió una pierna por detrás y lo empujó para hacerlo caer de nuevo, entonces lo agarró del cabello, alzó el puño y, cuando iba a estamparlo en el rostro de su oponente, Héctor lo empujó. De inmediato, uno de los *lomeros* arremetió contra el Cubano. José Carlos trató de incorporarse y alguien le dio una patada en el estómago.

Comenzaron a volar golpes e insultos.

En pocos segundos se armó una batalla campal sin orden ni definiciones. Los mirones trataron de huir, pero algunos se vieron encerrados entre los porrazos y tuvieron que meter las manos para defenderse.

Como ocurre en un estadio de fútbol cuando los partidarios de los dos equipos pierden los estribos y arremeten unos contra otros, los desprevenidos recibieron golpes inesperados y lanzaron puñetazos al aire sin saber a quién iban dirigidos.

La gente comenzó a correr para ponerse a salvo, pero la calle era estrecha y resultaba imposible escapar sin cruzar por entre los camorristas. Adolfo chilló.

—¿Qué esperan? ¡Saquen las navajas!

Se escucharon lamentos, gritos, golpes secos; era imposible saber quién sacudía a quién. En el centro del huracán José Carlos tenía la cara llena de sangre pero seguía casi ileso. Quiso levantarse cuando recibió una lluvia de patadas desordenadas. Si continuaba en el piso tarde o temprano acabarían con él. Levantó la cabeza y su mente trabajó a tal velocidad que observó en cámara lenta lo que ocurría a su alrededor: Zapatos sucios de varios *lomeros* se incrustaban una y otra vez sobre su cuerpo. Palos y cuchillos surcaban los aires tratando de herir de muerte a los antagonistas de cada bando. Sangre en el pavimento.

El ambiente se había tornado extremadamente peligroso. En cualquier momento podía haber algún herido grave. Al instante en el que sus furiosos atacantes le dieron un respiro, se incorporó, tomó sus útiles y buscó un hueco para caminar. Héctor lo vio alejarse, así que propinó un golpe de gracia al sujeto que peleaba con él y se apresuró a caminar junto a su protegido. Avanzaron varios metros. El zafarrancho se alargó y desordenó. Varios pandilleros continuaron peleando, algunos fisgones osados se aventuraron a quedarse cerca para disfrutar del morboso espectáculo y otros se abrieron paso caminando calle arriba con José Carlos. Ninguna de las muchachas se veía alrededor. Al parecer habían regresado a la escuela para refugiarse detrás de las rejas. Había pocos uniformes escolares. La gente que continuaba en batalla campal iba, casi toda, vestida de civil.

Cruzó el estacionamiento de padres y se encaró hacia el terreno baldío que servía de escape. Los mirones malsanos se quedaron en la lucha colectiva de los pandilleros. Sólo algunos estudiantes caminaron hacia la salida.

—¡Deténganlo! ¡Que no escape!

De entre la gresca, Adolfo surgió bamboleándose como un ebrio hasta llegar a José Carlos, y deteniéndolo del brazo lo obligó a enfrentársele otra vez. Tenía los ojos inyectados de sangre y respiraba con violencia.

—¡Vas a escucharme! ¡Si no quieres pelear vas a escucharme! Esa... —se sofocó, hizo una pausa—, esa a quien defendiste ayer es una puerca prostituta. ¡Sí señor! Yo la maltraté porque se negaba a besarme la maldita —parecía a punto de soltarse a llorar—, ¿¡es eso lo que quieres!? ¿Una prostituta a la que le pagas y luego se cruza de piernas? Es una... —y siguió insultándola, gritando, chillando y hablando, con una terminología más deprimente que agresiva. José Carlos pocas veces había escuchado un lenguaje precisamente tan soez. El miedo se había esfumado. No podía seguir oyendo esa retahíla de calificativos zafios dirigidos a Sheccid. Era inadmisible que un sujeto desequilibrado la insultara con tal saña sin que él le pusiera un alto. La sangre corrió por sus venas. Era la misma provocación que el día anterior. Adolfo terminó de insultar a Sheccid y continuó calificándolo a él con todos los sinónimos sucios que pudo hallar.

La pelea entre vagabundos parecía haber menguado porque la gente comenzó a disiparse. Adolfo estaba lívido al no ver ninguna reacción en José Carlos. Así que alzó las manos y aulló:

—¡Además tu hermana y tu madre son otro par de putas calienta camas!

Entonces se dio cuenta que estaba tan furioso que no podía moverse. Adolfo, como último recurso de provocación, sorbió y se esforzó ruidosamente por exprimir sus glándulas sublinguales, submaxilares y parótidas; se enjuagó la boca con su baba, dispuesto a escupir a la cara de José Carlos. Hizo un gesto antes de expectorar su asquerosa mezcla de secreciones, pero tardó mucho en dar concisión al escupitajo, y zumbando en ese momento la sangre en los oídos de José Carlos perdió la capacidad de razonar. Dio un puñetazo a la boca que escupía ya el gargajo anunciado. Don magnético se fue hacia atrás con todo y lo que escupía. La gente lo ayudó levantarse. Sangraba por la nariz. Se abrió el círculo. Todo listo para iniciar la pelea final. José Carlos pudo ver más allá de la masa humana: Un congestionamiento de automóviles y varias patrullas de policía que llegaban por un costado de la escuela.

Los pandilleros corrían hacia todos lados tratando de escapar de la justicia. Algunos heridos se revolcaban en el piso. Recuperó la cordura. Adolfo emitió un grito animal y trató de embestirlo; pero lo hizo de modo tan espectacular que tuvo tiempo de esquivarlo. Cogió su portafolios y echó a caminar hacia el baldío rodeando la frontera de enemigos.

El Cubano se acercó a él y le dijo:

—Vete. No te detengas.

—Sí. Esto se acabó.

Cuando Adolfo trató de seguirlo fue detenido por una barrera de defensas.

Siguió andando sin volver la cabeza. Escuchó gritos, majaderías, el ruido de algunas piedras que caían lejos. No sabía qué estaba ocurriendo.

Caminó con la vista bien fija al frente alejándose, haciendo que la caravana de amigos se alargara y se deshiciera poco a poco.

Unos minutos después había dejado atrás a casi toda la gente.

Era hora de echar un vistazo y saber quién lo acompañaba aún. No eran ya muchos. Tres personas Salvador, Ricardo, Héctor, y una cuarta… Sola. Varios metros atrás.

Sheccid Deghemteri.

La única mujer que no corrió a refugiarse en la seguridad del colegio.

¿Qué hacía ahí?

Se detuvo y la observó.

Los acompañantes se hicieron a un lado.

Ella caminó hasta él y se paró a un par de metros de distancia. Se limpió la cara y lo contempló con sus ojos azules que delataban fielmente su origen irlandés. Parecía frágil y desprotegida, como una niña abandonada que desea con desesperación ser abrazada.

—Gracias —dijo con temblor—. Te admiro.

—Yo no puedo decir lo mismo de ti.

La chica agachó la cabeza para controlar el pesar que la aplastaba.

—Estoy muy mal, José Carlos. No sé cuánto tiempo voy a aguantar.

—¿Qué te pasa?

—Mi vida se está despedazando.

La miró con un nudo en la garganta.

No podía darle la espalda. Necesitaba ayuda y él aún la quería con todo el corazón.

—Ven acá.

Dio un par de pasos y abrió los brazos, pero al contacto, la chica reaccionó como si hubiera recibido un choque eléctrico. De inmediato empujó al muchacho para obligarlo a separarse.

—Déjame. No puedo.

—¿Por qué?

—Vas a dañarme y yo voy a dañarte a ti. Lo veo muy claro.

—Estás en un error. Soy la única persona que no te traicionará jamás.

—Eso dices. Pero no me conoces.

—¿A qué te refieres?

—Mañana hablamos.

Dio la vuelta y echó a correr sin poner ningún cuidado en sus pasos. Al cruzar la calle un automóvil estuvo a punto de atropellarla.

José Carlos y sus tres fieles compañeros vieron a la chica alejarse.

Giró despacio con un sabor metálico en el paladar y reanudó el eterno viaje hacia su casa.

26

CCS, jueves 25 de enero de 1979

Estoy en la biblioteca de la escuela. Hoy tuvimos libre la primera hora y de inmediato vine aquí para escribir. Me siento un poco temeroso de andar por el patio. En parte porque tal vez el problema con los tipos de segundo no se haya terminado por completo y en parte porque me incomoda ser famoso. La pelea de ayer me ha popularizado más que una canción ranchera.

Físicamente estoy bien. Con algunas magulladuras y dolores superficiales, pero ileso en realidad. De lo que aún no me recupero es de la paliza emocional.

Anoche, a la hora de la cena, Pilar y yo les platicamos a todos lo que pasó. Mi familia escuchó con atención. Al final, papá me dio un fuerte abrazo y acarició mi cabeza durante varios minutos. Después mi mamá me dio un librito de psicología que tenía párrafos resaltados por ella. Lo traje a la escuela. Me impactó en realidad. A continuación copio algunos de ellos:

Hace poco en Nueva York, cuarenta personas pudieron evitar un crimen. Dos adolescentes se peleaban. Uno golpeaba al otro y terminó azotando su cabeza contra el pavimento. Ninguno de los mirones hizo nada por detener la golpiza. Este fenómeno es común. Se llama "dilución de responsabilidad": Mientras mayor sea el número de personas que presencia una urgencia, menor será la ayuda que recibirá la víctima.

Dentro de un grupo, el individuo dice y hace cosas que no se atreve-
ría a hacer solo. La colectividad toma vida propia. En los mítines y
sesiones públicas se mueven emociones sumadas que inhiben las
voluntades individuales.

Los pandilleros intimidan a alguien que se muestra tímido, inseguro
o débil. Lo obligan a participar en actos degradantes y a realizar co-
sas que no desea hacer.

La madurez de un joven se demuestra en qué tanto puede mantener
sus principios rodeado de gente que difiere de ellos.

Las masas enardecidas y las pandillas de gente insatisfecha, trans-
miten su frustración y odio a quienes están cerca de ellas.

Sonó la chicharra. La hora libre había terminado.

Guardó sus cosas y salió de la biblioteca.

Un grupo de desconocidos pasó junto a él. Lo saludaron. Sonrió preguntándose en secreto quiénes eran. Avanzó por el ancho corredor. De pronto vio algo que lo hizo detenerse.

Adolfo rodeado de amigos estaba ahí, en su camino. También se había vuelto popular.

Pensó en rodear el edificio para no tener que pasar en medio de ellos.

En ese instante Adolfo lo miró; José Carlos tuvo que reanudar la marcha. Tomar otra ruta era tanto como decir sin palabras que tenía miedo, y si lo pensaba bien, no había porqué temer.

Se acercó a ellos. Junto a Adolfo estaba Gabino y un grupo de compinches organizadores de la gresca callejera.

—¡Hey, Adolfo, ahí viene tu verdugo! —dijo uno de ellos.

José Carlos siguió avanzando. Pasaría cerca. No había nada que temer.

—¡Listos, muchachos! —gritó Adolfo—, hagamos una valla —habló más alto con la voz alterada—, ¡atrás de mí!

Los partidarios de Adolfo se separaron y obligaron a José Carlos a pasar entre ellos. Sintió que la tensión del día anterior lo invadía de nuevo. No creía que se atrevieran a hacerle algo… Siguió caminando. Sospechaba que aunque Adolfo era un cobarde, trataba de aparentar valentía. Justo cuando iba a llegar a él, se hizo a un lado agachando la mirada. Los amigos sonrieron en son de burla. No lo apoyarían más. Adolfo era un cobarde abiertamente.

El momento se presentaba para devolverle los insultos y hacerlo quedar en ridículo, pero lo pensó mejor. Eso no iba con él. Quizá había otra opción más inteligente: Le tendería una mano de amigo. Hablaría con decencia, le diría que no le guardaba rencor y que hubiese preferido conocerlo en otras circunstancias…

—Adolfo… —comenzó a decir.

—¡Si te acercas más te va a ir peor!

—¿Peor?

Quiso entablar el diálogo, pero de inmediato recibió una sarta de ofensas. Adolfo dio dos pasos hacia atrás y volvió a maldecir. Luego giró el cuerpo y se alejó.

—Vaya —murmuró José Carlos.

La pandilla de enemigos observaron la escena con mordacidad.

Al menos ya no habría más problemas con esos tipos.

Se alejó del lugar sintiéndose orgulloso y feliz.

Llegó a su clase con la maestra Jennifer, quien impartió sólo veinte minutos de cátedra y dejó el tiempo restante libre.

Los estudiantes rodearon a José Carlos para charlar con él. La misma profesora entró al círculo informal y comentó sus impresiones. Dijo algunas frases asombrosas:

—Los maestros y directivos de la escuela estuvimos enterados de la pelea callejera desde el principio y fuimos testigos de todas las complicaciones.

—¿Y cómo supieron? —preguntó él.

—Alguien nos informó a cada momento.

Se quedó pensando. La profesora siguió relatando que el director llamó a varias patrullas de policía para que protegieran a los muchachos de la escuela.

—Carmen Beatriz... —se oyó decir—. ¡Te dije que no avisaras! Yo quería hacerme responsable del problema.

—Por eso pedí ayuda —contestó la líder del grupo—. Podías sufrir daños graves o al final, efectivamente resultar responsable de algún herido.

La maestra terminó de contar cómo los profesores presenciaron todo desde los ventanales del salón de dibujo.

—No lo puedo creer.

Después felicitó al muchacho por la forma en que manejó el problema.

Se sintió algo melancólico. No se había dado cuenta de tantas cosas.

De pronto, miss Jennifer alzó la voz e hizo una petición. Todos la aprobaron. Por supuesto que él también. Declamaría. Hacía mucho que no lo hacía, y estaba en la mejor disposición. Se paró frente al grupo e interpretó sus mejores poemas.

Pasaron un rato agradable.

Terminó la clase y salió del salón caminando con la maestra.

—¿Es verdad que el origen del pleito fue la chica de segundo?

—Sí —respondió—. Aún no supero el "Síndrome de Estocolmo". Estoy trabajando en eso.

—Cuando lo logres se acabarán tus problemas.

—Eso mismo dijo el otro día una de mis compañeras. Comentó que si yo había dejado de querer a Sheccid, mis dificultades terminarían por entero. Coincidí con ella y ahora con usted, pero existe un contratiempo que no me deja libre para actuar.

—¿Cuál?

—Que todavía la quiero.

La profesora sonrió y movió la cabeza.

Esa tarde su madre tocó a la puerta de la recámara.

—Te hablan por teléfono. Es una compañera de tu escuela. Adriana o algo así. ¿Quieres contestar?

José Carlos saltó de su silla y salió corriendo.

—¿Ariadne?

—Sí.

—Qué raro. Ella nunca me llama. Gracias.

Fue al teléfono.

—¿Hola?

—¿José Carlos?

—Sí. ¿Cómo estás?

—Muy bien, ¿y tú? No te vi hoy en la escuela.

—Yo tampoco te vi… Ni a Sheccid…

—Ella no fue a clases, pero yo sí. ¿Cómo te sientes?

—Bien, amiga.

—Me quedé un poco intranquila, desde ayer.

—No hay por qué preocuparse ya. El asunto con Adolfo se terminó.

—Sí…quiero felicitarte por la forma en que llevaste las cosas.

—Yo no hice nada. Sin la ayuda de Héctor y mis compañeros del grupo, en este momento estaría en la morgue.

Hubo un corto silencio.

—Oye, Carlos. Necesito verte.

—¿Qué ocurre?

—Se trata de Deghemteri. ¿Cómo la notaste ayer?

—Bueno… fue la única mujer que me acompañó hasta el final. Estaba muy nerviosa. Temblaba. Se acercó a mí, me pidió ayuda. Quise consolarla, pero de inmediato me empujó y echó a correr.

—Está como enloqueciendo.

—Me di cuenta. ¿Qué le pasa?

—Investigué algunas cosas y… bueno… no quisiera decir lo que no he comprobado. Carlos… ella tiene una reunión en su casa hoy. Voy a ir, ¿quieres acompañarme?

—¿Qué tipo de reunión?

—Una junta…

—¿Te invitaron?

—No.

—¿Entonces? ¡Si nos presentamos sin avisar, sería una descortesía!

—¡Eso qué importa! Dime, ¿tú amas a mi abuelita?

—¿Cómo?

—Contesta, ¿la amas?

—N... no. Ni siquiera sé quién es.

—Exacto. ¡Nadie puede amar a quien no conoce! ¡Acércate a Deghemteri y conócela realmente, entra a su casa, platica con su hermano y con sus padres, convive con ella. Sólo así podrás amarla o rechazarla con justicia, pero nunca antes.

Se quedó frío al escuchar tan enérgica verdad.

—¿A qué hora hay que estar ahí?

—Ya. ¿Vienes por mí?

El nerviosismo regresó al joven con mucha intensidad. Sintió que las manos comenzaban a sudarle.

—Este… Bueno. Dame la dirección.

Tomó una hoja y anotó los datos.

—Ella vive a un par de cuadras de aquí. Podemos caminar hasta su casa.

José Carlos echó un vistazo al reloj.

—No hará falta que caminemos. Son las ocho de la noche. Voy a pedirle el carro a mi mamá. Si lo consigo, paso por ti en media hora.

—Y si no, ven en taxi. Aquí te espero.

—Sí.

Depositó el teléfono en su sitio con mucha lentitud. Su madre lo observaba a lo lejos. Caminó hacia ella.

—¿Estás bien, hijo? Te veo preocupado.

—Se trata de Sheccid. Tiene problemas graves y va a haber una reunión en su casa... no sé bien para qué... ¿Me prestarías tu carro? Quisiera ir a verla.

Ella le dio las llaves sin hacer más preguntas.

José Carlos manejó muy despacio, envuelto en un presentimiento indefinible que lo inquietaba.

Llegó al domicilio de la pecosa y se bajó para tocar. De inmediato su amiga salió. Iba arreglada con sencillez. Aunque no tenía la belleza abrumadora de Sheccid, se veía dulce y atractiva. Él le abrió la puerta del auto; luego condujo en silencio.

—Es ahí.

Se estacionaron. Había muchos carros.

—Tengo miedo —comentó José Carlos.

—¿De qué?

—No lo sé.

Bajaron del auto. José Carlos avanzó vigilando alrededor, obsesionado por el pleito colectivo en el que estuvo involucrado. Se preguntó si algún día lograría volver a caminar en la calle sin el temor de ser emboscado por una pandilla.

Ariadne tocó el timbre. Una persona conocida les abrió.

—¿Ustedes aquí?

—¿Podemos pasar?

—Bueno. No los esperábamos, pero sí. Adelante.

Entraron con cautela. Joaquín, el hermano mayor de Sheccid salió a su encuentro como si estuviese esperándolos.

—Hola, qué bueno que pudieron venir. Pasen por favor.

José Carlos miró a Ariadne con ligera desconfianza. Eso le olía a gato encerrado.

Se sentaron en la sala. En la mesa del comedor había una reunión. Varias personas, de aspecto elegante hablaban con propiedad. El tema de conversación era serio. Departían sobre separación, ruptura de contratos antiguos, consolidación de nuevos compromisos, viajes y nuevas alternativas. En el ambiente flotaba un aroma de emociones confusas y de gente queriendo opinar. Sheccid estaba sentada a la mesa, agachada, con cara circunspecta... No se dio cuenta de la llegada de Ariadne y José Carlos.

—¿Se murió alguien? —preguntó él.

—Shhh —emitió la pecosa poniéndose un dedo en la boca—. Guarda silencio.

Contemplaron sin entender lo que ocurría y pudieron ver la necesidad apremiante de algunos invitados que sufrían dolores y exigían atención.

La junta alrededor de la mesa terminó. Alguien propuso que debían animarse un poco. Se escuchó música selecta. Varias parejas se pararon a bailar.

Joaquín se acercó a ellos; en inesperada camaradería, les mostró su casa y les presentó a sus padres.

José Carlos comprendió muchas cosas en ese instante.

La salud de la madre de Deghemteri era crítica y en la reunión había personas con problemas similares.

La fuerza del amor que sentía por la verdadera Sheccid a quien estaba conociendo, se incrementó al máximo, ahora con justa razón.

Volvieron a la sala. Las personas parecían animadas al fin.

Deghemteri se había puesto de pie al llamado de los presentes. Comenzó a moverse muy despacio siguiendo los compases de la música, como una melancólica princesa que recuerda a su amado a la distancia. José Carlos se acercó. La chica abrió mucho los ojos al reconocerlo y caminó hacia él para hacerle un comentario inextricable; luego se dio la vuelta. Él respiró el mágico perfume de la chica que se había quedado impregnado en su mejilla.

¡Cómo amó a Sheccid en ese instante!

Ariadne y él permanecieron una hora más en la fiesta, analizando la situación, tratando de comprender lo inverosímil y descifrando hechos que marcarían el inicio de otra etapa en sus vidas. Salieron del lugar.

Subieron al coche y él gritó:

—¡Es injusto, incorrecto, incoherente!

—Cálmate —comentó la pecosa—. Nadie te dijo que la vida tenía que ser justa, correcta, coherente.

—¿Por qué? —lloró.

Ariadne lo abrazó.

Llegando a su casa tomó su libreta para escribir:

CCS, jueves 25 de enero de 1979

Estoy en shock. Lo que vi en esa fiesta me pasmó.

Sheccid:

Hoy entendí que formas parte de mí.

Sé que tal vez nunca estarás tangiblemente a mi lado, pero también sé que nunca te irás. Eres el aire, el cielo, el agua, eres la sed de cariño que el Creador sembró en mi corazón, eres la definición del amor, aunque jamás haya podido definirse ni pueda hacerse nunca: definir es limitar y el amor no tiene límites.

La fuerza motivadora de tu esencia me ha hecho una persona distinta. Cuando vea una golondrina cobijándose de la lluvia entre el ramal de la bugamvilia te veré a ti, cuando presencie una puesta de sol te presenciaré, cuando mire las gotas de rocío deslizándose en mi ventana te estaré mirando a ti. No podrás irte nunca. No te dejaré. Eres mi novia eternamente. Eres la fuerza de mi juventud... Todo lo que brote de mi pluma, habrá tenido tu origen. Le daré gracias a Dios por eso. Pues como dice Santa Teresa de Ávila:

Si para recobrar lo recobrado, tuve que haber perdido lo perdido, si para conseguir lo conseguido, tuve que soportar lo soportado.

Si para estar ahora enamorado, fue menester haber estado herido, tengo por bien sufrido lo sufrido, tengo por bien llorado lo llorado.

Porque, después de todo, he comprendido que no se goza bien de lo gozado, sino después de haberlo padecido.

Porque, después de todo, he comprobado que lo que tiene el árbol de florido, vive de lo que tiene sepultado.

27

Durante los siguientes días, José Carlos se dedicó a pasar su libreta de apuntes en limpio. Usó una vieja máquina de escribir portátil. Cuando terminó, dedicó varios días más a redactar.

Deseaba escribir su primer libro.

Comenzó por los últimos capítulos. Estaban frescos en su mente y no podía perder la claridad.

Le había prometido a su abuelo que escribiría diariamente. Ahora tenía un motivo.

Su primera novela se llamaría… ¿*Te extrañaré..*?

No. Movió la cabeza. Faltaba algo.

Escribió una larga lista de opciones y finalmente eligió el título que encerraba en una palabra la esencia de su corazón.

Comenzó.

SHECCID

NOVELA ESCRITA POR JOSÉ CARLOS

CAPÍTULO UNO

Tras las sombras de la duda, ya plateadas, ya sombrías puede bien surgir el triunfo y no el fracaso que temías.

Y no es dable a tu ignorancia figurarse cuán cercano, puede estar el bien que anhelas y que juzgas tan lejano.

¡Lucha! ¡Pues más cuando en la brega tengas que sufrir, cuando todo esté peor, más debemos insistir!

Rudyard Kipling me da una buena pauta de acción. Mis sentimientos son firmes y no se resquebrajan con detalles.

Estoy dispuesto a perseverar. Eso es definitivo.

Aunque por lo pronto me siento confundido.

Durante varias noches he tenido pesadillas.

Despierto sudando. Luego vuelvo a dormirme y los malos sueños se repiten. No puedo soportarlo. Visualizo que en los sótanos de tu casa hay catacumbas de tortura. Veo a toda tu familia maldecida con una enfermedad progresiva que los hace sufrir cada minuto. Como los Usher de Allan Poe, no pueden ver la luz ni escuchar ruidos. Los sentidos de cada uno se han sensibilizado a tal punto que cuando los insectos pisan, ustedes oyen golpes terribles, y ante el roce de la seda más suave, lloran de dolor. El sueño es recurrente. He visto a tu madre en silla de ruedas, encerrada en la más absoluta oscuridad para no ser quemada por los rayos de luz, y a tu padre gritando con desesperación por los dolores de cabeza. También te veo a ti, Sheccid, deambulando por tu casa como una muerta andante, ojerosa y llena de amargura.

Por eso ya no duermo. Prefiero permanecer despierto y escribir. Mi madre dice que estoy acabando con mi salud, pero no me importa. Quiero alejar de mi mente todos los pensamientos que te ensucien. Tal vez otra pesadilla me asalte hoy. He decidido no pegar los ojos en toda la noche.

Por lo pronto, me he sentado en la más romántica banca de la escuela. Detrás de ella se forma un arroyuelo sobre el que los pajarillos brincan de un lado a otro a la sombra de un enorme eucalipto.

Levanto la cara y te veo a lo lejos.

Me pongo de pie dando un salto.

CAPÍTULO DOS

Corro, esperando que no encuentres a alguna amiga. Paso el recodo del edificio y disminuyo la marcha. Vas hacia mi banca preferida. No hay descanso; deberías estar en clase de educación física. Tus compañeros juegan básquetbol, bastante lejos. Tomas asiento ensimismada en tus pensamientos. Ves fijamente hacia un punto, señal de que no ves nada en especial y comes con lentitud las frituras que sostienes en la mano. Estás peinada de una forma extraña. Con el cabello recogido hacia un lado y unido arriba con un pasador, como si hubieses querido parecer diferente sin dejar de ser tú. A la hora de deportes, deberías usar tenis y pants, pero en cambio traes un vestido rosa entallado y zapatos altos. Parece que te hubieras equivocado de fiesta.

Camino hacia ti con cautela. Al verme, te pones de pie. Tu tranquilidad se esfuma como si recibieras un shock eléctrico. Guardas en el morral la bolsa de papas y te volteas de espaldas, simulando que arreglas tus útiles.

Me muevo despacio. Tomo asiento en la banca frente a ti. Estás a unos centímetros de distancia, pero no me diriges la vista. Sabes quién soy.

—Hola —susurro—, te ves muy linda con ese peinado.

—Gracias.

—¿Aceptarías platicar un rato conmigo?

—No. Estaba a punto de irme. Tengo clase de educación física.

—¿Vestida de esa forma? Además ¿no te parece que ya es un poco muy tarde? Sé sincera, Sheccid. No entrarás a tu clase o ya estarías ahí.

Te quedas callada.

—Iba a estudiar química. Al rato tengo examen.

—Hace muchos días que no te veo. ¿Dónde has andado? ¿Todavía te permiten estar en la escuela con tantas faltas?

—Sí. Tengo que ponerme al corriente. Por eso me harán exámenes extra.

—¿Te parece si estudiamos juntos?

Tragas saliva. No me miras. Pareces muy nerviosa.

—Puede ser.

—¿Por qué no te sientas?

—Quiero acabar con esto pronto.

(¿Acabar dices? Y yo quiero empezar).

—Me desesperas —te digo con suavidad—. Cuando cambias tan bruscamente de actitud. Aunque me gustas y te quiero, hay momentos en los que no sé qué pensar de ti.

Agachas la cabeza. Te ves triste. Desubicada. Tomas asiento despacio.

—La respuesta es no —dices apenas.

—Y ¿cuál es la pregunta?

—La que sea. La que quieras hacerme.

—Yo no quiero preguntarte nada.

—¿Entonces a qué viene todo esto?

—Vamos a estudiar química, ¿no?

—Mmh.

—¿Tu libro?

Haces un gesto de cansancio y te agachas para sacarlo. Ahí está. Lo tomo. Lo hojeo.

—Cómo me gustaría —susurro—, poder ayudarte en tus problemas...

—Tú eres un problema —dices apenas—. Mi único problema...

—Sheccid, lo mismo pienso de ti. Ese alboroto tan vergonzoso en que estuvimos envueltos, no tenía por qué haber ocurrido. ¡Fue tan difícil soportar que Adolfo te insultara así! Era innecesario que él te faltara al respeto. Ni tú ni yo merecemos este tipo de disgustos. Por eso estoy aquí. Sanemos de una vez nuestra relación.

Me miras con interés. Después apartas los ojos y agachas la cabeza.

—Déjame en paz, ¿sí?

—¿Por qué no entraste a tu clase de deportes?

Silencio. Un par de pajarillos brincan y conversan a nuestras espaldas.

—Me duele mucho una rodilla.

—¿Cómo?

—No debo hacer ejercicio. Tengo un pequeño quiste en la articulación. ¡Y necesito estudiar química!

—Ah, lo olvidaba.

Te alargo el libro; vas a tomarlo pero lo sujeto. Al ver que no lo suelto, me miras.

—Yo estoy contigo, Sheccid. En las buenas y en las malas.

Me arrebatas el texto y te pones de pie.

—¡No voy a jugar más a esta tontería! —gritas y los pajarillos detrás de nosotros levantan el vuelo. Echas el libro a tu mochila.

¿Dónde estuvo el error? Me pongo de pie también.

—¿Quieres que te explique cuáles son "mis malas"? ¡Que estás todo el tiempo sobre mí!, ¡que no puedo quitarte de mi camino! Que me sigues y me acosas con tus detalles divinos y yo no tengo corazón para desilusionarte; ¡pero me eres aborrecible! ¿No te das cuenta, tonto?

Te detienes como asustada de tus propias palabras.

—Sigue.

Estás petrificada, como si acabases de cometer el peor error de tu vida. Te llevas tus manos a la cabeza y te dejas caer en la banca otra vez.

—Dios mío... ¡Disculpa. No quise hablar así —pero has hablado y yo estoy muriendo por dentro—. José Carlos lo siento... Ya debes imaginarte por lo que estoy pasando. Discúlpame... No sé lo que digo ni hago —murmuras y yo no sé qué hacer ni qué decir; te tapas la cara con ambas manos.

—¿Por qué? —pregunto—. Eres encantadora un minuto y malvada otro. Dices cosas lindas y luego insultas. Siempre justificas esas variaciones hablando de problemas que son obvios. El otro día me di cuenta de algunas cosas.

Me analizas. Abres la boca para decir... No. Nada. Sigues viéndome con tus ojos expresivos y yo noto que en realidad sientes desamparo y soledad.

—Perdóname, te repito —tu voz suena suave, clara, conmovedora—. Créeme. Yo te estimo mucho aunque me contradiga. Luego, ¿sí? Luego hablaremos. Como bien dices, cuando me visitaste, te diste cuenta de algunas cosas, pero hay otras... Quiero explicarte con todo detalle lo que ha pasado en mi vida y en mi casa...

—Ya era hora.

Te muerdes el labio inferior sin dejar de verme.

—Además, me gustaría decirte sobre aquello que... ¿recuerdas? No sé si todavía está en pie... eso que me propusiste —haces una pausa; a lo lejos se escuchan los gritos de tus compañeros que juegan básquetbol—. Si deseo ser...

Te miro para ayudarte.

—Dilo.

Una indefinible tristeza baña tu rostro. Con la mano izquierda alzo tu cara con suavidad. Me observas un instante más.

—Déjame en paz —murmuras y te apartas—. Por favor.

Tomas tus cosas.

—¡Espera! —me ves por sobre tu hombro cuando comenzabas a retirarte, y alzo la voz, para que sostengas tu promesa—. ¿Platicamos a la salida de clases?

Haces una casi imperceptible mueca de martirio. Miras a tus manos que juguetean con algo pequeño. Asientes y escucho salir de tu boca el susurro de una frase corta:

—De acuerdo.

CAPÍTULO TRES

Me siento inquieto, inseguro, ansioso. Paso una mañana distraído. Cuando las clases terminan, salgo presuroso del salón, bajo corriendo las escaleras y me paro en medio de la explanada para ver tu aula. Estás ahí. Recargada en el barandal, como extasiada; tus ojos recorren el horizonte con extrema lentitud. Ven hacia arriba. El cielo despejado, azul celeste que refleja como siempre su destello en tu mirada. Te veo sonreír. ¿Sonreír al cielo? Tu vista regresa hacia la escuela. Recorres el solar con los ojos. Te encuentras conmigo... nos miramos unos segundos, sonríes y me saludas. ¿Me saludas o te despides? Desapareces alejándote del barandal y abriéndote paso entre los estudiantes. Espero. Quizá vengas a mí, quizá tengas deseos de hablar conmigo y tenerme a tu lado como cuando fuimos por el libro, o probablemente... todavía me traen juguetes los

Santos Reyes y mamá me toma de la mano para cruzar la calle.

Tratarás de evitarme. Puedo adivinarlo. Me siento un poco enfadado. Parece que jugamos a las escondidas.

Regreso al salón, echando pestes. Mis dos amigos se acercan a mí. Tienen una pelota de esponja que me muestran con orgullo y proponen jugar frontón en la canchas.

—¡Vamos, pues! —les contesto—, el último que llegue es niña.

Bajo corriendo, llego al patio de la cooperativa y te veo cruzando la explanada en medio de Ariadne y Camelia; entras con ellas a las oficinas.

Rafael y Salvador pasan volando junto a mí sin sus portafolios. Han dejado nuestras cosas en el aula. Corro con ellos en gran competencia y llego al último.

Soy una niña —se burlan sofocados—, y conste que fui yo quien lo propuse... Muy bien. Comenzamos a jugar frontón. Lo hago sin destreza, porque desde ahí puedo observar las oficinas.

Los alumnos del turno vespertino han entrado ya. El tiempo pasa y el juego se hace largo. De pronto te veo salir de las oficinas acompañada de Camelia y Ariadne. Me despido de mis amigos y voy hacia ustedes. Mientras más me aproximo, puedo escuchar con mayor claridad su charla. Dicen cosas como si se estuviesen despidiendo de la escuela, cosas como lo bonito que es el césped, la buena organización, el fabuloso ambiente de compañerismo y la lástima de tener que irse...

Ariadne es la primera que me ve, acercándome por un lado y, al instante, grita casi eufórica:

—¡Acompáñame, Camelia!

—¿A... a dónde...? —toma de la mano a Camelia.

—Tú ven, ven.

Se alejan un poco. Sólo la pecosa se ha dado cuenta de que he llegado hasta ti. Das un paso hacia ellas. Les dices:

—¿Qué pasa? ¿A dónde van?

—Espéranos aquí, Sheccid, ahora volvemos —Ariadne continúa alejándose con su rehén.

—¡No me dejen sola! —suplicas.

—No lo estarás.

Antes de que mi mano se apoyara en tu hombro, tú ya sabías que había alguien detrás de ti.

Te estremeces indefensa y te apartas suavemente, pero con celeridad. Quizá habías pensado que ya me había ido y no me verías más hoy. Pero aquí estoy. Desde mi ángulo de observación puedo ver que Ariadne y Camelia toman asiento en una banca lejana. Ari hablando con ademanes gigantes y Camelia asintiendo.

—¡Valientes amigas tengo! —susurras—, son unas traidoras.

No digo nada. Sólo te observo. Volteas hacia mí y suspiras.

—Hola otra vez, José Carlos.

—Hola. Luces muy alta con esos zapatos.

—El cuerpo estorba —respondes—, tú me lo enseñaste. Lo que importa es la estatura del espíritu y en ese aspecto, creo que no tienes problema.

—¿Es un elogio o una burla?

—¿Tú qué crees?

—¿Cómo voy a saberlo? Últimamente no puedo comunicarme contigo.

—Eso es mentira. Las personas pueden comunicarse sin palabras.

—¿Cómo?

—¿Has oído hablar del lenguaje no verbal?

—Sí.

—Hace tiempo leí que un muchacho vivía cerca del mar y era amigo de las gaviotas. Todas las mañanas jugaba con ellas. Llegaban por cientos, lo rodeaban, se posaban en sus hombros y brazos. Alguien le pidió que atrapara una a cambio de dinero. Al día siguiente las gaviotas revolotearon en el aire pero no bajaron. Detectaron el gesto, la actitud amenazadora, la mirada, el tono de voz...

—¿Qué quieres decirme?

—Tú sabes... Aunque el cuerpo se interponga, podemos percibir, adivinar, sentir... lo que alguien piensa sin utilizar palabras.

—¿Ah, sí? ¿Y, según tú, cuáles son mis pensamientos?

—Que quieres conquistarme a como dé lugar para satisfacer tu vanidad.

Sonrío con tristeza y muevo la cabeza de forma negativa.

—Si fueras gaviota te hubieran atrapado.

—¿Por qué?

—Sheccid, conozco tus defectos, sospecho tus problemas y te amo así como eres... Quiero que seas mi amiga más importante, mi compañera de vida. Eso es todo. No lo compliques.

Permaneces callada unos segundos. Después suspiras y reconoces:

—Mi cerebro está enmarañado. ¡Me cuesta tanto trabajo razonar con claridad!

—Lo estabas haciendo muy bien. Esa historia de las gaviotas es increíble, pero reconoce que deseas de todo corazón abrirte ante mí.

—¿Ahora tú estás leyendo mi mente?

—Sí. Es mi turno. Leí sobre la ley de reciprocidad: Cuando yo pienso que una persona es tonta, esa persona piensa lo mismo de mí; si de verdad creo que otro es fantástico, ese otro acaba pensando que yo también lo soy... Tú me conoces. Te amo. Te necesito, hay una fuerza poderosa que me une a ti. También debes sentirla...

Se hace un largo silencio. A nuestro alrededor se escucha sólo el rumor de los profesores que dan clase. Necesito buscar la forma de llegar al final.

—¿Crees que estoy aquí porque soy un sádico embustero que me gusta perder el tiempo fastidiando a las chicas? —contestas moviendo un poco la cabeza—. Quiero hacerte la pregunta definitiva. Será la última vez, nunca volveré a insistir. Por lo que más quieras en el mundo sé honesta, ¿de acuerdo?

Me detengo, y al momento levantas el rostro para mirarme un par de segundos; luego vuelves a desviarlo. Cuando voy a hablar, la lengua me tropieza y mis labios tartamudean. Una desazonante taquicardia me entorpece. Pero haciendo un esfuerzo doy consistencia a mi voz para cuestionar:

—¿Tú me amas?

La interrogación flota en el aire unos momentos eternos. Sabes que lo que digas marcará el final de este fastidioso preguntar. Por un instante mi corazón palpita esperanzado, casi jubiloso, pero sólo por un instante. Tu semblante se vuelve frío, insensible, antes de poder afrontar tu definitiva e irrefutable respuesta con firmeza:

—No, no te amo.

El estómago se me contrae como si todas mis fantasías y ensueños se hubiesen reventado en el interior de mi naturaleza, derramando un líquido cáustico que quema.

—Dímelo viéndome a los ojos.

—Da lo mismo.

—¡No da! —Me contengo antes de llevar mis manos a tus hombros para sacudirte y decir que estás hablando conmigo, no con el suelo, pero debo mantener la serenidad un poco más.

—Recuerda lo que te propuse antes de contestarme, recuerda la clase de amigos que seríamos...

—Sí. Sí. Pero tú me estás preguntando si te amo y en ese caso la respuesta cambia, aunque en el fondo yo desee, necesite un amigo como tú, como el que me propusiste ser, pero no te amo, y eso es definitivo ¿de acuerdo?

247

Esta vez lo dijiste viéndome a la cara y la sensación amarga de un mar de quimeras convertidas en bilis me invade el estómago. Quería sinceridad, ¿no? Pero yo nunca hubiese insistido de no haber visto en tu expresión muchas veces algo que se acercaba a un intenso cariño.

—Tú vas a dejar esta escuela en cuanto termine el año —me dices—, y yo antes. Es decir, quizá muy pronto nos dejaremos de ver aquí, así que te propongo que lo intentemos más tarde. Piénsalo, José Carlos. Quizá más tarde.

Te ves linda. Decidida a algo, consciente, como los primeros días. ¿No es así como quería verte? Segura de ti misma. Ahora no es tan agradable. Pero asiento. Sí. Ante tu serenidad he perdido la partida. Sí. Más tarde. Será como tú quieras.

—¿Entonces, podemos despedirnos?

No respondo. ¿Es que todo esto es cierto?, ¿es que podemos?

—Como amigos, José Carlos. No hagas esto más difícil de lo que ya es.

CAPÍTULO CUATRO

¿Que si me duele? Un poco; te confieso
que me heriste a traición; mas por fortuna,
tras el rapto de ira vino una dulce resignación...
En la herida que me hiciste pon el dedo.
¿Que si me duele? Sí, me duele un poco,
mas no mata el dolor... No tengas miedo.

—Recuerda —continúas—. Tal vez después, en otro sitio, en otras circunstancias nos encontremos. Ahora olvida todo. Olvídame a mí, ¿sí?

No me muevo. El poema de Luis G. Urbina me da vueltas en la cabeza.

248

Asiento sin poder ni querer aceptar aún. Pero pára mi sorpresa no te veo alejarte. Me contemplas decaído, mudo. Es tan difícil aceptar tu lejanía, teniéndote tan cerca.

No puedo casi creer que hayas puesto la mano derecha en mi brazo. En este delirio no sé si te has acercado o es sólo mi imaginación. Tu boca pequeña y dulce se entreabre y llega hasta mis labios.

Mi cuerpo es una masa hormigueante y palpitante.

Siento un beso suave, tierno, un beso húmedo y sensual que despierta en mí una química incontenible. Pronuncias la palabra "adiós" otra vez, te das la media vuelta y comienzas a alejarte.

¿Por qué hiciste eso?

Si no me quieres, ¿qué ganas en seducirme?

—¡Espera, Sheccid! —grito respondiendo a esa fuerza irreprimible de retenerte—. ¿Cuánto tiempo? —giras despacio llevándote la mano al rostro para desaparecer una lágrima que salía de tus ojos—. ¿Cuánto tiempo tengo que esperar?

Avanzo hacia ti, tratando de darme una tregua para empezar a razonar un poco. Te has detenido y me ves, no con hastío, sino con esa expresión dulce y afectuosa que me impulsó a luchar.

—Podré encontrarte, sé donde vives, pero ¿qué quieres decir con eso de "tal vez más tarde" ¿un año?, ¿dos, quizá?

—¡Tú lo has dicho, y no te acerques! —¿tienes miedo? ¿Finges enojo?—. No te acerques, porque entonces podré arrepentirme.

Ahora pareces tensa, como si al verme acercarme a ti vieses deshacerse una gran obra de teatro.

—¿Arrepentirte de qué? —pregunto—. ¿Estás jugando conmigo?

—¡No!

—Sheccid, te he amado durante casi dos años y te seguiría amando si tan sólo me dieses un motivo, pero bajo estas circunstancias creo que primero llegaré a odiarte.

—¡Magnífico! —respondes con un tono de voz que nunca te había escuchado—, ya te dije qué es lo que yo siento por ti.

Dejo pasar unos segundos antes de preguntar:

—¿Entonces por qué ese beso...?

—Quise ilusionarte un poco.

¡¿Ilusionarme?! Ahora nada me da vueltas. Sólo me consume la ira. ¿De modo que tus eventuales demostraciones de amistad y tus muchas más eventuales muestras de afecto, fueron fingidas? ¿Fueron sólo para... ilusionarme un poco...?

—¡Eres tan estúpida!

Tu cara va a la mía con rapidez.

—Sí, oíste bien. ¿Acaso piensas que puedes a humillarme a este grado? ¿Supones que estoy muriéndome por ti, cuando a mí lo que me sobran son opciones de muchachas? —me limpio hoscamente las lágrimas de rabia—. Si hubieses sido un poco más inteligente para confiar en ese amigo que hubieras —acentúo la última palabra—, podido tener, tal vez tus problemas habrían sido menores, pero te equivocaste, Sheccid. Cometiste un error al burlarte de mi diario, al despreciar el regalo y la carta que te di, al aceptar ser la novia de Adolfo, al tratar de hacerte la interesante, menospreciándome. Eres tonta. ¡Te equivocaste!

—No, José Carlos —aclaras con voz opaca—; mira... yo necesitaba un amigo, pero antes que nada me pedías amor —tus palabras son entrecortadas y pusilánimes—. Me exigías amor y yo no podía fingir eso... ni podré hacerlo —se te quiebra la voz; ¿por qué pareces estar a punto de llorar si lo que tanto aseguras es verdad?—. Ya nos habíamos despedido —continúas—, por favor déjame en paz —hablas con angustia—. Vete. No tienes derecho a perseguirme... ni a hacerme sufrir... Te lo ruego, déjame en paz.

250

En un repentino instante, lo entiendo todo.

—Eres tan tonta, que ni siquiera sabes mentir —abres mucho los ojos, asombrada de lo que vuelves a escuchar; pero yo estoy dispuesto a echarte abajo tu farsa—. Te creí más lista —prosigo—, tratas de ocultarme algo y tomas el camino más repugnante y asqueroso. ¡Y me engañaste por un momento! Lo Reconozco. Hay cosas terribles que estás ocultando. Lo sé. Si no quieres confesar tus problemas ¡pues quédate con ellos!, sea cual sea tu futuro y el de tu familia te has aferrado a que la gente te odie a cambio de hablar de él, pero dime —te cojo del brazo y te aprieto—, ¿quién crees que te recordará después? Ni siquiera yo.

No puedo seguir porque mis palabras te han lastimado. Lo veo en tus ojos. Lo veo en esa sombra de lágrimas que están bordeando tus párpados inferiores...

—¡Y no llores —prosigo—, porque si hace unos minutos te comportaste de esa manera y ahora te contradices con lágrimas, entonces eres más torpe de lo que pensé! Nunca imaginé que llegaría a darme cuenta de tu verdadera personalidad así. ¡Y no tienes idea de lo que me duele, porque puse demasiadas esperanzas en ti! —me detengo un momento; mis propias palabras me hacen daño, pero no reparo, a pesar de tu abierto llanto, en el daño que puedan estar haciéndote a ti—. Y resulta que me equivoqué... resulta que yo tampoco soy muy listo ¿no? Al haberme dejado engañar por tu cara angelical suponiendo que eras igualmente linda en pensamiento, pero me equivoqué rotundamente, ¿no? —y te grito al ver que no reaccionas—. ¿No es así? —pero sólo logro aumentar más tu llanto y aflojar más mis energías—. Mira, Sheccid —prosigo—, tal vez en un futuro volvamos a encontrarnos, pero las condiciones cambian: Si para entonces ya has madurado, verás qué diferente será nuestra amistad.

La voz se me apaga por completo, no podré decir nada más, porque siento un nudo en la garganta.

Trago saliva.

Te has llevado ambas manos a la cara y lloras con verdadero dolor.

El solar está desierto, y tú y yo no tenemos nada más qué decirnos.

Mi portafolios se encuentra arriba. Debo recuperarlo e irme.

Cierro los ojos y doy media vuelta.

CAPÍTULO CINCO

Desde el segundo piso del edificio se ve claramente la explanada en la que estás tú, parada todavía donde te dejé. Me digo:

—Entra al salón por tus cosas y vete ya. Vete.

Toco la puerta del aula. El profesor abre.

—¿Puedo pasar por mi portafolios? Lo olvidé aquí.

Mira el reloj. Es del todo inusual que un estudiante del turno matutino se encuentre en la escuela a esa hora.

Me deja pasar. Saco mis cosas y regreso al corredor; llego al final de la balaustrada para verte desde arriba. No te has movido un centímetro y esta vez el nudo sí que me ahoga. Te observo. Mueves la cabeza como tratando de deshacerte de un martirio insoportable, y sigues llorando. Ariadne y Camelia aparecen en la explanada y se acercan a ti. Primero despacio, después corriendo. No escucho sus palabras, pero veo sus ademanes.

¿Por qué lloras? ¿Qué te han hecho? ¿Fue José Carlos?

Comienzan a caminar despacio hacia la banca apartada. Desde el balcón puedo definirlo todo. Camelia se ha puesto en cuclillas, dando manotazos a los cuatro vientos (¡ya se las pagará quien te ha hecho esto!), tú sentada con la cara hundida en lágrimas detrás de las manos y Ariadne de pie. La veo suspirar y mirar a su alrededor. Me localiza. De inmediato clava su vista en mí. Echa a caminar hacia el edificio en que me encuentro. Voy a la escalera. Quiero escapar de este lugar.

He descendido apenas el primer escalón cuando Ariadne aparece doblando el recodo del pasamanos y se encuentra frente a frente conmigo. Nos detenemos dejando media escalera entre nosotros. No hablamos. Con la mirada se habla a veces mucho más, y ella me dice, asestándome con unos ojos inhabilitados para la comprensión, que jamás creyó que yo fuera capaz de hacer eso.

—No lo esperé nunca de ti —balbucea después.

Pero si tan solo supiera. Supiera que me ahogo... que yo tampoco lo esperé de ti, Sheccid.

—¿Así acostumbras tratar a quien quieres?

¿Es que así acostumbro?

Si Ariadne no se quita de allí voy a pasar sobre ella.

—Contéstame Carlos, dime algo o realmente supondré que...

Desciendo los peldaños que nos separan con intenciones de bajar de una vez, y ella se interpone en mi camino. La tensión de este tiempo empieza a reventar en mi interior. Tengo un deseo enorme de ir hasta un lugar solitario y desahogarme de todo, porque mis sentimientos están siendo sometidos a una tortura que no sé hasta cuándo podré soportar. Hay que acabar con esto, saliendo de la escuela ya. ¡Ariadne por favor...!

—¿A dónde vas, José Carlos?

—Déjame pasar.

—¿A dónde vas?

No podré soportar esto mucho tiempo.

253

—Siempre supe que eras un gran muchacho, inteligente ante todo, pero creo que... —¿piensa que está siendo muy dura? ¿Entonces por qué se detiene? Su talante se suaviza—. No has de decepcionarme ahora, ¿eh? ¿Dime qué ocurrió?

La veo a escasos centímetros, la veo entre nubes, borrosamente. ¿Estoy mareándome? ¿Dejándome vencer? ¿Por qué mi visión no es clara?

—Voy a hablar con ella —me oigo decir—, a pedirle disculpas tal vez, aunque la culpa no fue mía —apresuro las palabras—, no fue sólo mía. Me hizo enfadar con su actitud, Ariadne por favor... —la voz se me quiebra; esta vez sólo distingo una silueta frente a mí—, déjame pasar...

Algo helado y húmedo cae de mis ojos y de inmediato mi visión se aclara un poco. Me encuentro frente a una chica muy linda cuyos ojos miran triste. El cuadro empieza a verse otra vez nublado.

—Pues quiero decirte —escucho su voz—, antes de que vayas, que no he dejado de confiar en ti ni dejaría de hacerlo —entre sombras pienso que es una amiga en quien yo también he confiado siempre y seguiría confiando—. Sólo te dije eso para hacerte reaccionar. ¡Pero por Dios... no llores tú, ahora!

¿Es que quieren volverme loca?

Me limpio la cara.

—Ve a hablar con ella —dice luego—, pero debes tomar en cuenta algo importante... Sheccid te ama. Quizá más que tú a ella.

El cuerpo me hormiguea.

—¿Qué dices?

—Ella debe decirte las causas de su actitud si sabes preguntárselas. No creo que pueda seguir negando lo que siente por ti en este momento. Y por favor. Cálmate. No soporto verte así.

Ahora todas las sombras vividas se han vuelto al franco fulgor. Estoy consciente de cada segundo, y hago un esfuerzo, pero la presión ha sido mucha para soportarla más. Ariadne me observa, lastimosa, a punto de llorar también. En un impulso incomprensible, nos abrazamos.

Te amo Sheccid, con vida y alma, pero si te pierdo, si nunca te gano, me queda una gran amiga que me quiere y que no soporta verme así.

La estrecho con más fuerza como si con ello pudiese olvidarme de mi pena. A Ariadne no le importa que la abrace, porque tal vez también ella lo necesita. Me controlo lentamente y por fin nos separamos. Es un desahogo que me ayudará a sostenerme en pie si tengo que enfrentarme otra vez contigo. Me toma de la mano.

—Gracias Ariadne... De veras gracias...

Se queda temblando cuando la suelto. Me limpio el rostro. Respiro y me paso una mano por el cabello. Camino. Llego al patio. El sol del atardecer me da directo en la cara. Pronto terminará la primera clase del turno vespertino y corremos el riesgo de que nos descubran y nos echen de la escuela. Me apresuro a tomar el camino al rincón fantástico donde no sé si aún te encuentras.

CAPÍTULO SEIS

¿Ocurre algo malo?

¿Por qué estás tendida en la banca y Camelia te abanica?

Llego corriendo.

—¿Qué pasa?

—Hace unos minutos Sheccid se desmayó... Parece que ya está mejor.

—¿De verdad? ¿No quieres que llame a la enfermera?

—No —susurras incorporándote para sentarte—. Sólo necesito un poco de aire.

—¿Camelia, puedes dejarme un minuto a solas con ella?

—¡Eso nunca! ¿me oyes? Tú le causaste esta crisis. ¡No permitiré que la sigas lastimando!

Dudo. Estoy muy maltrecho para mostrarme enérgico.

—Por favor, Camelia —insisto.

—¡Mírala! —te señala—, ¿no estás conforme ya?

En ese momento llega Ariadne, otra vez a mi rescate.

—Vamos a dejarlos hablar.

—Jamás. ¡Este tipo es otro Adolfo!

—No digas tonterías.

—Sheccid, ¿tú quieres quedarte a solas con él?

No haces ninguna seña afirmativa o negativa.

—Está bien, pero ten cuidado con lo que dices, José...

—Cállate, Camelia y vámonos.

Tus amigas se alejan enfrascadas en otra discusión. Estamos tú y yo solos de nuevo.

La chicharra taladra el ambiente y el rumor de gente que habla aparece poco a poco. No hay descanso y, si tenemos suerte, nadie bajará al patio. Veo que el prefecto se reúne con tus amigas y las conduce a la puerta de salida, pero no nos ve a nosotros.

Estupendo. Las clases vespertinas se reiniciarán con quietud. Estás sentada sin emitir sonido alguno.

Tomo asiento junto a ti, tan cerca que mi pierna puede rozar la tuya. Cierro los ojos y descanso. Miras hacia abajo con aspecto aniquilado. Como lo hice en aquel autobús de pasajeros, llevo mi mano hasta la tuya. Cuando la tomo no opones ninguna resistencia. Eres tú de nuevo.

—Me asustaste —logro decir—; pensé que enviudaría antes de casarme.

Sonríes un poco.

Agrego:

—Jamás hubiese insistido en que hablásemos de saber que ocurriría esto.

256

Levantas la cara irradiando un aire de desamparo.
Tu arreglo ha desaparecido. Ya no quedan más que
cabellos desordenados en su lugar.

—Me gustas, más así. Despeinada y con la cara tiz-
nada.

Asientes. Mi comentario no te incomoda.

—Tu ley de reciprocidad... —dices titubeando—, es
cierta.

—¿Cómo?

—Yo —tu voz es apacible y lánguida—. Te mentí respecto a lo que sentía... Adivinaste muy bien mis pensamientos.

—¿A qué te refieres?

Giras la cabeza y me miras con ternura. Llevas los
brazos alrededor de mi cuello.

—¿Qué haces? ¿Vas a "ilusionarme otro poco"?

—No, José Carlos. Perdóname —agachas la cara y te
apoyas en mi hombro—. Todo lo que dije hace rato...
fue una sarta de tonterías —haces una larga pausa,
después vuelves a levantar la vista para decirme
con absoluta franqueza—. Estoy enamorada de ti. Te
quiero con toda el alma. Te he amado desde siempre
pero nunca me había atrevido a confesárselo a nadie
porque tenía miedo —me observas a escasos centímetros de distancia—, miedo de cultivar este amor
para después cortarlo...

—¿Cortarlo?

—Sí.

—¿Por qué? La vida es nuestra, Sheccid.

—No... no lo es —te apartas quitando las manos de
mi cuello—. Tú has estado averiguando cosas. Has
hecho suposiciones. Algunas acertadas. La verdad es
ésta: Mi madre tiene una enfermedad degenerativa
poco común. Pertenecemos a la única asociación para
ayuda de este tipo de enfermos en el mundo. Papá es
un hombre bueno, pero demasiado sensible. No pudo
sobrellevar la carga y cayó en alcoholismo. Ahora,

por bien de todos, vamos a mudarnos para siempre a otro país. Hay una clínica especializada...

—Tu madre mejorará. Ya lo verás.

—Sí... Seguro, pero trata de entenderme. En cuanto se confirmó el viaje definitivo luché para no decírtelo. Luché contra mis propios sentimientos. Cada vez me enamoraba más de ti y no quería sufrir ni hacerte sufrir. Ahora entiendo que fue un error. ¡Lo hice todo tan mal! Traté de alejarte inventando que Adolfo me gustaba. Ojalá algún día puedas perdonarme... —empiezas nuevamente a llorar—. Te quiero, te quiero mucho. Quizá más de lo que tú a mí porque... yo siempre lo he callado y lo he soportado en secreto.

—Procura calmarte. Eres muy fuerte, Sheccid...

—Estaba ciega ¡y ahora te confieso todo! Ahora —las lágrimas bullen pero no dejas de hablar—, que me tengo que ir y que no podremos vivir ni un día ese noviazgo que hubiese llegado a ser una experiencia maravillosa. Debí decírtelo antes; aceptar mi cariño hacia ti, tal vez contándote una mentira o lo que fuera; después de todo al final he tenido que hacer eso ni más ni menos.

Tu voz se apaga y gimes.

—Me confundes. ¿Esto del viaje es mentira?

—¿Dé qué me sirve amarte tanto, Carlos?, ¿de qué? Si mintiéndote o no sólo voy a significar problemas para ti... ¿Por qué si yo quisiera significarte toda la alegría, tengo que representar esto...?, ¿de qué me sirve amarte entonces?

Renuncio a averiguar más. Por la razón que sea, resulta tan difícil aceptar que el amor de mi vida haya llegado para esfumarse así.

—¿Cuándo te vas?

—Este domingo. Hoy es el último día que asisto a la escuela. Mañana me harán una pequeña operación en la rodilla y nos iremos de inmediato. ¿Sabes? —sonríes coqueta y echas una mirada a tu alrededor—, me vestí y peiné especialmente para despedirme de todo lo mío. Para despedirme de ti aunque no lo supieras. ¡Soy una tonta! ¿Por qué quise hacerlo todo en secreto?

—No hables así. Nada importa. Piensa que estamos juntos. El pasado ya pasó y el futuro no existe. Sólo el presente... Mírame a la cara. Olvídate de los problemas y mírame como hace un momento —llevo una mano a tu rostro sucio y lo alzo con delicadeza—, vamos...

—A ver —balbuces muy despacio y parpadeas al subir la vista—, ya está.

—No llores más —recorro tu húmedo semblante con el dedo. Llego hasta el surco de tus labios.

En un movimiento afectuoso, mi mano te limpia las lágrimas que empiezan a desaparecer. Tu mirada tierna me está despedazando el corazón. Debí prevenir eso antes.

—Todo está bien.

Me acerco a ti hasta que la distancia desaparece. Mis labios rozan los tuyos, sólo unos instantes. Te separas un poco para hablarme.

—Tengo que irme ¿te das cuenta? Y el amor de mi vida se queda aquí...

—Trata de no pensar —te interrumpo—, sólo vive el presente.

—Tú también. Mañana no te aferres a mi recuerdo. Debes olvidarme porque no se puede estar ligado a una persona que...

—Calla. Siente mi presencia como yo la tuya, porque esto es real con todo lo irreal que parezca.

—No volveremos a vernos jamás.

—Quien sabe, el mundo es muy pequeño y...

Los ojos más fantásticos que me han mirado están afligidos.

—Además te visitaré en el hospital cuando te operen la rodilla.

—Olvida eso... Olvida todo y mírame a la cara.

Ahora yo te lo pido; recuérdame así; mira, ya no lloro más, lo hago por ti... —tu rostro refleja un infantilismo capaz de derretirle el alma al más insensible—. No quiero que me recuerdes llorosa y descompuesta, por eso sonrío, para que tengas una buena imagen de mí cuando estemos lejos.

Llevas tus manos a rodear mi cuello como antes. Me hablas cara a cara con una hermosa intimidad.

—Haría cualquier cosa por verte feliz.

—Te extrañaré, Sheccid.

Ahora es definitivo. Al oír esa frase... el adiós irremediable se hace presente. La frase que podría encerrar en sus dos palabras toda nuestra historia.

—Yo también te extrañaré —susurras apenas—, porque eres el muchacho que he querido... y del único que me he tenido que despedir.

Sonrío.

—Que noviazgo más intenso y corto, ¿no crees?

—Sí... Debo irme —dices de pronto poniéndote de pie; hago lo mismo—, mis papás estarán preocupados por que no he llegado a la casa.

¿Éste es el final? ¿Tan vacío? ¿Porque es tarde y no encontramos otra forma de terminar con la cuestión?

Recuerdo una despedida similar en el autobús en la que me quedé parado indeciso y te vi alejarte. Esta vez no lo permitiré.

Cuando te das la vuelta para disponerte a caminar, te sujeto por la muñeca.

Giras y te encuentras conmigo.

Nos abrazamos como queriendo fundir nuestros cuerpos en uno solo.

Percibo ese abrazo tan diferente al de Ariadne. Con la pecosa sentí la paz de una compañera dulce, pero contigo siento el cuerpo de una mujer, de la mujer que amo, que despierta en mí escondidas vibraciones jamás experimentadas.

Froto mi cara en tu rostro sin aflojar la firmeza con que te abrazo. Nos separamos despacio. Algunos de tus cabellos que habían quedado presos entre mis labios se mecen en el viento.

Nos miramos como deseando grabarnos cada rasgo uno del otro, para llevarnos siempre con nosotros, para nunca olvidarnos. Es algo para el mañana, aunque en ese mañana ya no estemos juntos.

Llevo mis manos hasta tu cintura; tus ojos me miran con esa belleza tan especial. Tu boca pequeña se entreabre un poco dejando ver la silueta de unos dientes magníficos. Nos acercamos despacio. No hay ninguna prisa. Si pudiéramos detener este instante y eternizarlo, lo haríamos. Mis brazos te atraen con firmeza y en un instante me hallo tan cerca de ti que puedo sentir tu respiración en mi barbilla, tu aliento en mi aliento, tu boca en mi boca. Percibo el roce de tus labios suaves, otra vez sólo el roce. Llevo mis manos a tu espalda para sujetarte con fuerza. El morral de útiles que sostenías cae al suelo con estrépito, pero no importa. Que se caiga todo el mundo en este momento.

Cierras los ojos, y disfrutas primero superficialmente mi lengua, mis dientes... una de tus manos se hunde en mi cabello y me acaricia. El beso se torna entonces más sustancial. Respiras con rapidez. Somos uno. En tu aliento hay ecos de frescura y sensualidad. Tus labios empiezan a mecerse en una apasionada fluctuación de movimientos, aceptando con profundidad, luego rehusando un poco y después equilibrando la presión de los míos.

Dentro de la brumosa oscuridad que se matiza en perfumes y emociones de fantasía, disfrutamos la entrega total. Ciño con furia todo tu cuerpo y al hacerlo parece que fuera tu alma la que tengo enlazada a la mía. Ahora ya nada podrá separarnos, ni la misma distancia. Pero es tarde y tus padres estarán preocupados... Apreso tu labio inferior entre los míos. Nuestros ojos se abren. Estoy mareado y tiemblo.

Nos separamos sin dejar de mirarnos pero con algo nuevo, el gusto de un amor infinito que tal vez tardaremos mucho tiempo en dejar de saborear.

—Adiós, mi cielo.

—Cuídate mucho —¿qué otra cosa puedo decir?—. Que Dios te bendiga siempre.

Dices que sí. Pareces no poder agregar a esto nada más.

Te agachas con rapidez, recuperas el morral del piso y giras el cuerpo para echarte a correr.

Desapareces de mi vista.

Vuelvo a sentarme en la banca tratando de recuperar el aliento y el equilibrio.

Ahora, sin ti, debo aprender a vivir desde el principio.

CAPÍTULO SIETE

Después de un rato, levanto mi portafolios que había caído en el arroyuelo. Sacudo el agua que le escurre y lo abrazo. Siento que me falta el aíre.

De pronto me embiste el pánico. Mañana no podré volver a vivir lo que viví. La rabia, el horror y la desesperación taladran de improviso mi mente.

Salto y echo a correr.

La reja del colegio está entreabierta y salgo como relámpago sin mirar a los lados. Tengo que encontrarte. Acompañarte a tu casa. Ayudarte a empacar. Estar a tu lado hasta el último momento. Eso haría mi padre si mamá tuviera que partir para siempre a otro país.

Llego a la calle estrecha y veo la pendiente en toda su extensión. Corro hacia arriba. No estás. Me desmorono en un mar de confusión. Camino volteando para todos lados. Es inútil.

Me dirijo a casa.

Al llegar, encuentro un ambiente lúgubre.

Mamá está tan llena de pena que no se da cuenta de mi consternación. Acudió al entierro de una vecina que falleció la noche anterior. Nos platica, en la mesa de la cocina, que el funeral fue todo un drama. Nos describe cómo la gente destrozada lloró con terror junto a la fosa, cómo los gritos de desesperación se escucharon en todo el panteón. La señora viuda de García tuvo una larga agonía; el cáncer la destruyó poco a poco. Mi madre la cuidó en los últimos días. Eran buenas amigas y el drama terminó esa tarde en un sepelio macabro.

En casa hay un ambiente luctuoso.

Comemos tarde, poco y en silencio.

En cuanto terminamos, doy las gracias y voy a encerrarme a mi cuarto.

Camino de un lado a otro.

Tomo algunos libros y trato de leer. No puedo concentrarme. Encuentro un poema de Jaime Torres Bodet que me viene como anillo al dedo.

Tomo una hoja y escribo:

La mañana está de fiesta porque me has besado tú y al contacto de tu boca todo el cielo se hace azul.

El arroyo está cantando porque me has mirado tú y en el sol de tu mirada toda el agua se hace azul.

El pinar está de luto porque me has dejado tú y la noche está llorando noche pálida y azul, noche azul de fin de otoño y de adiós de juventud, noche en que murió la luna, noche en que te fuiste tú.

Van a dar las seis de la tarde. Cierro el libro de poemas, echó la cabeza hacia atrás y observo el techo de mi cuarto. Esta vez la tribulación es mucho más severa. No creo poder superarla solo. Recuerdo

momentos vividos y me invade la tristeza, la euforia,
la ira...

Pienso: Es curioso que hayas ocultado tanto tiempo
lo que sentías. Te admiro y desdeño por eso. Te amo
y te odio... ¿Por qué no me lo dijiste antes? En
vez de gastar energía y tiempo precioso en peleas
tontas con Adolfo, podíamos haber disfrutado juntos
nuestra mutua compañía. ¿Cómo podías ser una mujer
tan inteligente e ingenua a la vez?

Hay algo discordante que vibra en mi cerebro.

Voy a acomodar el pequeño libro de poesías y miro
algunos otros volúmenes.

Me llama la atención un título especial: Comprenda
y perdone a tiempo.

Lo abro y leo algunos fragmentos. Me parecen tan
oportunos que regreso a la mesa y tomo un lápiz
para subrayar.

Hay ejemplos impactantes. Entiendo al marcarlos
cómo, cualquier acto disparatado puede comprenderse
y perdonarse.

En el periódico principal de Monterrey se publicó
hace algunos meses esta historia: Un automovilista
conducía con exceso de velocidad, tocando el
claxon, encendiendo las luces y vociferando. En
una estrecha avenida tuvo que maniobrar
cerrándosele a un auto compacto, que estuvo a punto
de chocar. El conductor del auto compacto aceleró y
alcanzó al agresor. Le obstruyó el paso y se bajó
furioso. "¿Tienes mucha prisa?", le preguntó, "pues
será la última vez que corras tanto..." Entonces
le dio un balazo y lo mató. Lo trágico y terrible
de este caso real, fue que el hombre con prisa lle-
vaba a su hijo enfermo al hospital.

El momento presente es único, pero las emociones y
circunstancias son diferentes para cada individuo.

A las siete de la mañana, en el mismo vagón del
metro, una persona piensa en el examen que

264

presentará, otra se dirige a la delegación de policía, otra va a su oficina, otra de compras, otra acaba de sufrir una tragedia...

En el mismo tiempo, cada uno vive historias diferentes. Es injusto enfadarse porque el vecino actúe de forma distinta. Los momentos son iguales, pero los mundos no. Lo que hay en la cabeza y en el corazón de dos seres que comparten un espacio puede estar distanciado por miles de kilómetros.

No tienes derecho a condenar.

La conducta inexplicable de otros siempre es explicable. El intolerante termina convirtiéndose en fanático destructivo.

Criticar y destruir es fácil. Sólo quien ama de verdad es capaz de construir.

Un monje a punto de ser asesinado solicitó a su verdugo una última voluntad. "¿Ves la rama de aquel árbol?", le dijo. "Córtala con tu machete." El asesino obedeció y la rama cargada de flores cayó al suelo. El monje le pidió entonces: "Ahora pégala para que vuelva a vivir y dé frutos." El criminal se quedó confundido sin poder cumplir la última voluntad del monje. Entonces éste se incorporó y le habló muy fuerte a la cara. "¡Piensas que eres poderoso porque destruyes y matas, pero eso puede hacerlo cualquier necio; escúchame bien, si quieres de verdad ser grande, construye y salva...!

Las relaciones humanas, son bendecidas cuando hay cerca alguien que comprende, ama, ayuda y participa en los problemas de otro.

Las personas tenemos profunda necesidad de amor, pero escatimamos el que podemos dar. Somos entes sociales pero intolerantes. Queremos ser comprendidos pero no comprendemos. Deseamos que otros construyan y destruimos. Vemos la paja en el ojo del vecino e ignoramos la viga que tenemos en el nuestro.

Sólo lograremos hacer de este mundo algo distinto cuando acabemos con el egoísmo y empecemos a servir, *edificar, perdonar... Cuando respondamos al llamado intrínseco, que Dios sembró en lo más profundo de nuestro ser, de amar.*

CAPÍTULO OCHO

Termino de leer y me quedo pensativo por un largo rato.

Te amo, Sheccid, y no quiero juzgarte. Yo no estoy en tus zapatos. No he vivido tus problemas.

Entonces me invade de nuevo la extraña combinación de ira, depresión y miedo... Necesito verte una vez más. Es viernes. Si viajas el domingo, tenemos todo el sábado para estar juntos.

Salgo a la calle sin avisar ni pedir permiso.

Cuento con las monedas justas para subirme a un microbús e ir a tu domicilio.

Cuando llego, toco el timbre sin dudarlo.

Sobo mis manos, emocionado, nervioso, tenso.

Nadie abre. Vuelvo a tocar y el resultado es el mismo. Lo intento por tercera vez, golpeando ahora la puerta metálica con los nudillos. No obtengo respuesta.

La casa está vacía.

Me siento en la acera imaginando que llegarás en cualquier momento, como lo hiciste, cuando menos lo esperaba, la tarde en que fuimos por el libro.

Miro el reloj.

Después de una hora me pongo de pie. Tengo que regresar a casa o me las veré muy duras por haberme salido sin avisar.

En ese momento, un Renault 5 color violeta se detiene frente a mí.

Una joven bien arreglada se baja para tocar la puerta.

Me acerco a ella.

266

—Parece que no hay nadie —le digo.

Voltea a verme

—¿Nos conocemos?

—Quizá. A mí también me parece.

Observo a la muchacha. Es alta y muy maquillada. Aunque debe tener unos diecisiete años, con su atuendo parece de veinte.

—¿José Carlos?

—Sí.

—Tú no me recuerdas ¿verdad?

Contesto que no.

—¡Eso me pasa por confiada! ¡Yo creí que te acordabas de mí a cada momento... —se ríe sin querer, y empiezo a rememorar esa voz y esas palabras—. Tú eras mi marido y luego te fuiste con ella. Por eso también tuve que dejarte.

Ideas explosivas. Un desfile de nombres. Mi mente hace esfuerzos ciclópeos por enfocarse. ¿Esta chica es quien yo creo? ¿Ha cambiado tanto en un año?

—¿Todavía no me reconoces, chambón?

—Cla... cla...

Frida.

—El año pasado éramos amantes platónicos ¿recuerdas?

Veo a la enorme joven. Cuando declamaba, ella y sus amigas me avergonzaban abrazándome como si fuera su mascota.

Ve mi expresión alegre, sonríe y me extiende la mano. De inmediato me atrae para darme un beso en cada mejilla. Los recibo con reciprocidad. Para ella las cosas no han cambiado mucho. Yo sigo siendo el niño inocente con quien se puede jugar a los amantes sin arriesgar la virginidad.

—Y qué. ¿Sheccid es tu novia por fin?

—Es mi novia desde hoy, así que llegas al momento de la inauguración de títulos.

—¡Oye, qué bien! Aunque no eres muy rápido, ¿verdad?

—arquea las cejas—. ¡Desde que te conozco era ella con quien tratabas de traicionarme!

—Sí. Soy un poco lento.

—¿Y todavía declamas? En la escuela a la que voy ahora no hay personas talentosas como tú.

—Todavía lo hago, Frida —la observo con suspicacia—, ¿y tú?, ¿no me digas que sales con un tipo alto, rubio, de nariz aguileña, rapado como militar?

—Sí… ¿Cómo lo sabes?

—Vive en esta casa. Vaya. ¿Qué te parece? Apenas nos dejamos de ver unos meses, ambos caemos en infidelidad y venimos a encontrarnos en la misma dirección, buscando a nuestros respectivos amantes que, para colmo, resultan ser hermanos?

—Qué tino, ¿verdad? —ríe un poco azarada. Se da cuenta que ya no soy el chico de hace unos meses.

—¿Vienes a buscar a Joaquín Deghemteri?

—Sí.

Su rostro emite un destello de preocupación y temor. Deja a un lado su juego y se asoma por el marco de la puerta con inquietud.

—¿Dices que no hay nadie?

—Ya me cansé de tocar.

—¿Sabes dónde pueden estar?

—Quizá en un hospital. No sé en cual. Sheccid me dijo que la van a operar de un pequeño quiste en la rodilla. También supe que el domingo se van mudar a otro país. Tal vez estén haciendo preparativos.

—¿Todo eso te dijo?

—Sí. ¿No lo sabías?

Mueve la cabeza diciendo que no.

—Además —agrego—, la mamá de Joaquín está enferma y la llevarán como interna a una institución donde estudiarán su caso. Entre otras razones, por eso se mudarán.

—José Carlos, ya me hiciste dudar. Dame tu teléfono. Yo no sabía nada de eso. O mejor dicho lo que sabía era algo diferente. Voy a investigar y te llamo.

Intercambiamos teléfonos y nos despedimos. Ella se olvida de bromear respecto a sú amor por mí. Yo no se lo recuerdo.

CAPÍTULO NUEVE

Al regresar a casa recibo un fuerte regaño por haber salido a la calle sin avisar. Me lo esperaba. Aunque la reprimenda es muy severa, a todo digo que sí, con la cabeza baja, sin protestar ni escuchar.

Marco el teléfono de Ariadne. Nadie contesta.

Entro a mi habitación y me pongo de rodillas junto a la cama. No estoy muy acostumbrado a rezar pero esta vez una oración espontánea brota de lo más profundo de mi corazón:

—Señor. Yo no sé muchas cosas, pero tú sí. Dame la paz de entender que tienes el control de todo y que al final ella estará bien... La pongo en tus manos para que la cuides donde quiera que vaya... Tú, Dios mío, nos diste este amor. Algo tan grande, tan sublime, no puede provenir de nosotros. Tienes que ser tú el autor, así que perdóname si a partir de hoy todas las noches de mi vida me escuchas pedir por ella.

A la mañana siguiente, me levantó temprano y lavo los coches sin que nadie me lo pida. Quiero reconciliarme con mis papás.

A medio día, papá nos invita a comprar plantas para la nueva jardinera. Mis tres hermanos saltan de alegría. Todos quieren adornar ese rincón de la casa.

Yo participo de la convivencia, pero no hablo demasiado. Necesito verte.

Estoy distraído mientras compran las plantas. Percibo apenas el entusiasmo de mis hermanos mientras escogen las que suponen lucirán mejor.

Me aparto del bullicio. Voy al sitio más solitario

del invernadero. Te necesito a ti en este momento, estornudando y restregando mi piel en un mar de hojas ásperas. Te necesito más que nunca, porque más que nunca me siento vacío, desamparado.

Mi mente no para de buscar pistas. Recuerdo la breve conversación que tuvimos después de la pelea colectiva.

—Gracias —dijiste—. Te admiro.

—Yo no puedo decir lo mismo de ti.

—Estoy muy mal, José Carlos. No sé cuánto tiempo voy a aguantar.

—¿Qué te pasa?

—Mi vida se está despedazando.

—Ven acá.

—Déjame. No puedo.

—¿Por qué?

—Vas a dañarme y yo voy a dañarte a ti. Lo veo muy claro.

—Estás en un error. Soy la única persona que no te traicionará jamás.

—Eso dices. Pero no me conoces.

Repaso las frases con verdadero temor. ¿Qué quisiste decir?

—¿Te puedo ayudar en algo?

Una empleada, coqueta, se acerca. Es más o menos de mi edad.

—No, gracias.

—En este rincón sólo encontrarás follaje selvático —insiste—, nada interesante. Si quieres te puedo mostrar flores bellas.

—Necesito estar en medio de la espesura —contesto y agrego en un susurro—. Huyo de la policía.

La joven no sabe si bromeo, pero se retira de inmediato comprendiendo que no es bienvenida.

A lo lejos escucho que papá ha elegido una flor

que le encanta a Pilar y que a Liliana le parecía una flor con cara de flor estúpida.

Comienzan a llamarme. Salgo del encierro y camino detrás de mi familia. Llegamos al coche. Papá abre la cajuela. El mocoso que ayuda arroja los vegetales al interior y se sacude las manos. Bien, ¿y su propina?

En el auto eludo todas las insinuaciones de por qué no los ayudé a elegir las plantas, me limito a responder con frases cortas. Papá da por terminadas las indagaciones y enciende la radio.

Empieza una canción de Camilo Sesto. Mamá sube el volumen y Liliana se estira desde el asiento trasero para subirlo más, hasta casi reventar las bocinas. Papá apaga el aparato y se inicia una terrible discusión sobre si el cantante es o no amanerado.

Voy hundido en mis pensamientos.

—A Carlos le toca regar las plantas antes de sembrarlas.

Un coro de gritos apoya la propuesta. Está bien. Bajo del auto, ayudo a cargar los retoños y comienzo a hacer lo que me exigen. Me siento decaído, sin fuerzas... intranquilo por lo que pudiera llegar a saber; a ocurrir. Veo a través de la ventana que mis padres se abrazan y se besan. Cruza por mi mente la idea de hablar con ellos, pero la descarto. ¿Que les diría? ¿Que estoy preocupado sin saber por qué y deseo visitar a una chica que no sé dónde está?

Comparto la apoteosis de dar vida a la nueva jardinera. Ayudo en silencio a sembrar las plantas. Papá pone música alegre; la convivencia sería extraordinaria si yo no tuviera esa actitud seria e introvertida.

Más tarde comemos pollo rostizado sin que nadie se atreva a preguntarme qué me pasa.

Comienza a oscurecer cuando escucho el timbre del teléfono. Alguien contesta en la sala.

Derramo el vaso con agua. Me levanto para buscar un trapo y aguzo el oído.

¿Mamá me está llamando?

Voy de inmediato.

—¿Quién es?

—No sé. Una chica.

El corazón se me contrae.

—¿Hola? ¿José Carlos?

—¿Sí?

—Soy Frida.

—He estado esperando tu llamada todo el día.

Frida se escucha muy lejos. Me confiesa haber llegado al fondo del asunto. En efecto operaron a Sheccid de un quiste. Ella fue al hospital a verla.

Me tapo el oído libre esforzándome por escuchar. Me parece que Frida no es Frida. Por un momento creo estar hablando con una persona desconocida. Siento temor.

—Casi no te oigo, ¿puedes hablar más alto?

Se escuchan murmullos.

—Sí —explica con fuerza al fin—. Te decía que había algunos errores en tu información. En efecto una persona de la familia estaba grave de salud y planeaban internarla para estudiar su caso.

—La mamá.

No la oigo contestar.

—¿Frida?

—Sí —responde con una voz muy débil—. Aquí estoy.

¿Qué está pasando?

Quien quiera que se encuentre del otro lado de la línea no desea hablar conmigo, así que pregunto otra vez:

—¿Eres tú Frida? ¿Te ocurre algo?

Ella me contesta con una voz muy débil.

Sí, detrás de esa extraña fonación se halla la voz de la novia de Joaquín. Pero algo le pasa. Es evidente, porque casi no quiere hablar. Le tengo que sacar las palabras a base de preguntas desesperadas, y le

272

exijo, le exijo casi a gritos que me diga todo lo que sabe, que me diga todo lo que ocurrió y averiguó, ¡que me lo diga porque tengo derecho a saberlo!

Se resiste durante unos momentos más, pero al fin claudica y habla, habla mucho... en mi cabeza se repiten algunas imágenes de Sheccid.

¿De qué me sirve amarte tanto, Carlos?, ¿de qué? Si mintiéndote o no sólo voy a significar problemas para ti. ¿Por qué si yo quisiera significarte toda la alegría tengo que representar esto...?, ¿de qué me sirve amarte entonces?

—La operación que le hicieron a tu novia era de un quiste, pero no en la rodilla, sino en la cabeza.

Mi mano se aferra al auricular. Un mar de pensamientos terribles cae sobre mí. De pronto las piezas del rompecabezas encajan y lo veo todo monstruosamente enlazado.

Frida me lo dice y el impacto me hace balbucear cosas sin sentido. Al fin, exijo.

—Repite eso último, por favor.

—Operaron a Sheccid a medio día. Todo ha sido muy rápido. Trasladaron el cuerpo a la capilla hace rato y el velorio funeral acaba de empezar.

CAPÍTULO DIEZ

—¡¿Murió?! —le grito a Frida sintiendo el estallido tremendo de mis entrañas, la conmoción absoluta en mi mente y una horrible daga helada de marfil insertándose en mi espina dorsal.

—¿Qué dices? Por favor, Frida, ¡no puede ser!

—Yo hubiera preferido no decírtelo.

Veo mi mano colgando el teléfono con violencia.

Escondo la cara entre mis brazos soportando apenas

la terrible presión en la cabeza. La respiración me falta. Siento que me caigo. Papá corre a ayudarme, pero no; él no sabe que para mi mal ya no hay ninguna ayuda posible.

CAPÍTULO ONCE

En el vestíbulo del velatorio impera la sombra de un dolor colectivo fuera de lo normal. Arreglos florales, personas caminando de un lado a otro con desesperación inaudita.

Frida me ve llegar y se acerca para recibirme. Comienza a hablar, a darme explicaciones, pero yo no la escucho, porque descubro sola, de pie, al fondo del pasillo, a mi entrañable amiga Ariadne.

Una gigantesca losa me cae encima.

¿Quién le avisó? ¿Sabía la verdad y no me la dijo? Abandono a Frida y camino hacia la pecosa.

—Hola, Ariadne.

Da un respingo y me mira con susto.

—¡José Carlos! ¿Qué haces aquí?

—Lo mismo te pregunto.

—Se suponía que no deberías...

—¿No debería, qué?

Suspira y me observa con abatimiento.

—Ella me llamó ayer por la tarde. Su única preocupación era que la recordaras como estaba en aquel momento... En ese último beso.

—¿Te contó?

Asiente limpiándose la cara con el puño de su blusa.

—Y tú —pregunta ella—, ¿cómo supiste?

—Me habló Frida.

—¿La novia de Joaquín?

—Sí.

—¡No debió decírtelo la tonta! Sheccid sufrió tanto por ocultártelo.

—Pero no entiendo, Ariadne. ¿Por qué si a ti también te había escondido la verdad, al final se arrepintió y te llamó?

—Escribió una carta.

—¿Cómo?

—Parece que lo hizo a última hora. Antes de venir al hospital.

—¿Y?

—Es para ti. Me pidió que te la diera sólo si tú te enterabas y ella no salía con vida de la operación.

—¿La traes contigo?

La saca de su bolsa. Casi se la arrebato. Una angustia insoportable me comprime el alma al tocar el sobre.

No puedo creerlo. Nunca imaginé que me encontraría con algo así.

Quizá las lágrimas no me permitirán leer. Comienzo a abrirla con cuidado, como si se tratara de una ilusión de cristal que pudiera romperse a la primera caricia de mis manos. Extiendo las hojas. Camino al lugar más apartado posible y tomo asiento.

Ariadne me deja solo.

CAPÍTULO DOCE

Dicen que las mujeres sólo lloran
cuando quieren fingir hondos pesares;
los que tan falsa máxima atesoran,
muy torpes deben ser, o muy vulgares.

Si llegara mi llanto hasta la hoja
donde temblando está la mano mía,
para poder decirte mis congojas,
con lágrimas la carta escribiría.

Mas si el llanto es tan claro que no pinta
y hay que usar otra tinta más obscura,
la negra escogeré porque es la tinta
donde más se refleja mi amargura.

Aunque yo soy para soñar esquiva,
sé que para soñar nací despierta.
Me he sentido morir y aún estoy viva;
tengo ansias de vivir y ya estoy muerta.

Juan de Dios Peza hizo una obra maestra al escribir
lo que siento sin conocerme.

El tumor en mi tallo cerebral ha crecido y amenaza
con cortarme la respiración de un momento a otro.
Por eso, a pesar de haber sido diagnosticado como
inoperable, van a hacer un intento de inhibirlo.

Al rato estaré interna en el hospital.

Hoy me levanté muy temprano para ver el amanecer.
Desde que supe la gravedad de mi problema, he recibido con ansia cada mañana y he disfrutado con
más deseo que nadie los ocasos.

Desde hace varias semanas me paso las tardes en el
jardín. Me gusta sentir el césped blando bajo mis
pies descalzos y gozar de esta sensación de libertad.

Sé que mis padres me observan a veces, llorando,
desde la ventana, pero no me interrumpen.

¿Sabes? También me gusta estar aquí para pensar en
ti.

Sin querer, recuerdo cómo es que muy poco a poco
me conquistaste.

Al principio te creía un muchacho tonto y
desubicado; me reía de ti. Nunca imaginé que iba a
llegar a quererte tanto. Cautivaste mi corazón con
cada detalle, con cada sonrisa. Te confieso que
bromeaba mucho con lo que Ariadne contaba al principio: ¡Un maniático sexual andaba tras de mis huesos!
Cómo me divertí con eso, pero aún así me inclinaba

a no creer nada de lo malo que decían de ti, porque tu estilo me atrajo desde siempre, tu personalidad, José Carlos, me gustaba aunque me negara a aceptarlo.

Te cuento esto porque en el pasado nunca tuve oportunidad de contarte nada y en el futuro tal parece que tampoco la tendré.

Cuando los desmayos y dolores de cabeza comenzaron, me hicieron muchos análisis. Fue un tiempo de tensión. Mis padres discutían por todo. No se ponían de acuerdo en si debían o no darme la noticia.

Mamá tomó la decisión de forma unilateral y me dijo que, como yo era una persona juiciosa e inteligente, tenía derecho a saberlo todo para que afrontara el futuro. Aprecio su confianza hacia mí, pero ¿sabes cuándo me lo dijo? ¡Yo hubiese reaccionado con más serenidad si me hubiera dado la noticia unos días antes! ¡Me reveló todo la noche del día en que fuimos a comprar aquel libro!, cuando me sentía más locamente enamorada de ti; cuando el amor hacía despertar en mi mente un sin fin de esperanzas y de alegrías. Lloré mucho esa noche y no porque fuera inmadura o incapaz de razonar, sino porque me enfrentaba a la posible pérdida de toda una vida llena de anhelos y de esa nueva alegría por vivir; ¡todo se perdía!, y no era fácil resignarse a perderlo todo, a perderte a ti, ahora que te había encontrado.

Mi reacción a la noticia fue muy negativa. Me deprimí. Lloré mucho. Grité y reclamé. Eso empeoró mi problema. Comencé a sufrir desmayos más largos y frecuentes.

Mi mamá tiene una enfermedad reumática poco común en las mujeres, llamada espondilitis anquilosante. Cuando está bajo tensión, sus dolores de espalda y cadera se intensifican al grado de que no puede caminar. Durante días estuvo en silla de ruedas.

Papá se enfadó con ella. Después se enojó consigo mismo y comenzó a tomar. Mis padres riñeron mucho. Por mi causa. Todo se complicó. Los vi discutir a gritos. Me asusté tanto que tuve miedo de que se separaran cuando yo me hubiera ido.

Así que además de mi futuro sin futuro tenía que enfrentarme al sentimiento de culpa por lo que pasaba en casa. ¿Cómo querías que me comportara en la escuela? ¿Verdad que me entiendes? Me aislé de mis amigas y te rechacé a ti, aun amándote, me hundí en el silencio de mis pensamientos, tenía que hallar la forma de demostrarte mi amor sin ocasionarte sufrimientos después.

Te necesitaba, por eso cuando me hablabas de tu cariño, cuando me describías la amistad que podríamos mantener, la relación de amor en sí, que yo tanto tiempo aguardé verla real, procuraba no mirarte a la cara, odiaba tener que bajar la vista, pero tenía miedo de que con los ojos te delatara lo que sentía con tanta intensidad y que las circunstancias me obligaban a negar.

Los desacuerdos no terminaron en mi casa y cada vez, aunque mis padres se preocupaban por ocultarlo, se hacía más tirante la relación entre ellos. Estoy segura que tuvo mucho que ver el dolor y el desequilibrio emocional de saber que tal vez perderían a su hija.

Todo siguió así hasta que un día, se te ocurrió un detalle especial: Me regalaste una caja de chocolates, un poema y una carta sobre el asunto de que Dios nos da a todos "paquetes". Traté de aparentar frente a ti que no era importante lo que me dabas, pero ¡vaya que lo era! No lo oculté a nadie en casa cuando llegué. Mis padres lo vieron y lo leyeron todo, y esa misma noche cuando mamá tejía en su mecedora y papá leía el periódico, me eché a sus pies y rompí a llorar lastimosamente, abrazando la caja que tú me habías obsequiado, entonces mis padres comprendieron el porqué de mi tristeza. Necesitaba amor, y cuando les hablé más cosas de ti, y me ayudaron a decidir que no debía decirte la verdad, me dieron el amor que me hacía falta.

Tanto influiste en el pensamiento de mis padres que quieren gastar todo su capital en un viaje por el mundo para mí.

Tuve que mentirte en algunas cosas, pero en muchas no. Lo del viaje a Europa es verdad, lo realizaremos pronto, sólo necesitamos que la operación de hoy en la noche salga bien, y en cuanto me den de alta me iré, aunque tal vez no regrese; de igual modo, lo más seguro es que mis padres se mudarán de país y no volverán aquí.

Si la operación sale bien me iré contigo a visitar muchos países; contigo porque no dejaré de recordarte nunca; quiero vivir para ti mis últimos días, vivir contigo aunque estemos lejos. Por eso he comido tus chocolates poco a poco, y lo hago especialmente cuando quiero sentirme cerca de ti. Serán los tuyos los últimos chocolates que coma, incluyendo uno de ellos que guardo con celo para los momentos terminales en que me gustaría sentir que me acompañas.

Cuando mi cuerpo se haya borrado de la historia, quedarás tú, con tu cuerpo y tu vida, y quiero que hagas de tu vida un monumento, porque tendrás que realizar tus propios proyectos y los proyectos míos, que ya no podré realizar yo. Para eso te pido que nunca dejes de ser como eres, que hagas que la gente te conozca para que te ame, sólo necesitan conocerte para amarte y yo quiero que tengas siempre amor, que mi recuerdo no te cause dolor, sino alegría, y sea la alegría que te mueva a conquistar muchas chicas, pues en alguna de ellas me encontrarás a mí otra vez. No lo olvides.

José Carlos, no quiero llorar, pero tal parece que otra vez empiezo a ser derrotada por la tristeza.

Te fui siempre fiel, créeme, te amé sólo a ti; nunca hubiese sido capaz de cruzar palabra siquiera con alguien como Adolfo en otras condiciones, pero tenía que hallar la forma en que tú no insistieras en eso. Perdóname por favor si te provoqué algún disgusto, a mí me atormentaba mucho el hacerlo, pero tenía que ocasionar que olvidaras todo y que vivieras la vida tú, que sí tenías una vida que vivir.

Me duele tanto escribir esto, me duele tanto que estés lejos pensando que me voy a otro país y te dejo. Por eso me sentí mal cuando me dijiste que nadie me recordaría, ni siquiera tú... me hiciste dudar de lo que estaba haciendo, y me hiciste llorar mucho... pero gracias a eso pude decirte que te amaba. Ahora no puedo imaginar lo terrible que hubiera sido para mí despedirme de ti sin habértelo dicho.

Cómo me gustaría tenerte conmigo en la operación de esta tarde. Me gustaría escuchar tu voz, sentir las caricias de tu mano, y de ser posible despedirme del mundo antes de ser anestesiada, con otro beso tuyo.

Cuando nos besamos recibí tal fortaleza que ahora he decidido escribir esto y afrontar lo que venga.

Sólo lamento que no estés conmigo cuando todo termine. Lo lamento y sé que no debo llorar. Si tú me vieras en este momento tan deshecha en lágrimas, me dirías que no vale la pena sufrir tanto, que debo vivir el presente, y si lees esta carta moverás la cabeza al ver las manchas amorfas de mis lágrimas, pero te suplico que no me consideres débil, porque no lloro por debilidad, lloro por alegría; por la alegría de haberte encontrado, por la alegría que tú me has dado con tus palabras, con tu abrazo, con tu beso... Por la alegría de un gran cariño hacia ti y hacia Dios que me ha dado el regalo de tu amor.

Te amo con toda el alma. Así, espero que este pa-
pel nunca llegue a tus manos, pero si llegara, sería
expresamente para darte las gracias, porque me ense-
ñaste a apreciar el sol de cada mañana, a respirar y
a vivir con ansia cada alborada, sentir el césped
bajo mis pies descalzos y gozar de esas últimas
sensaciones de libertad.

Gracias, José Carlos. No te olvidaré dondequiera
llevarme el destino. Gracias por todas tus actitudes
para conmigo, gracias por tu amor.

Y al final, como si se tratara de mis últimas pa-
labras, quisiera escribir que Dios bendiga a mi
hermano y a mis padres. Y que Dios te bendiga a ti,
amigo mío, que no sé de qué forma lograste meterte
tan dentro de mi corazón.

Tu novia eternamente

Sheccid.

Capítulo trece

La montaña que estaba escalando se desplomó y me
dejó sepultado. Desde mi silla de trabajo miro al
cielo por el ventanal abierto, percibiendo sobre mí
las enormes rocas del derrumbe.

Observo el atardecer pensando que nunca podré volver a levantarme. Y quisiera estar muerto también;
con todo lo negativo que pueda parecer la afirmación,
porque no tengo ya ninguna fuerza que me empuje a
vivir. Quisiera estar contigo, tener la oportunidad
de verte y hablarte, y decirte que te admiro.

Mi princesa. ¿Por qué tuvo que pasar esto?

He estado tantas horas sin dormir que estoy exhausto. Y ahora, sin haber pegado los ojos, veo

otro día terminarse en la profundidad radiante y clara de un crepúsculo lluvioso.

Sin una pizca de ánimo para ponerme de pie, sin aliento, sin deseo de existir un momento más, pienso en ti, y tu imagen me asalta de nuevo y al momento me invade la congoja. Si te has ido, ¿con qué clase de esperanza voy a vivir yo?, ¿con qué clase de vida?

Unas palabras de Juan Ramón Jiménez salen de mi boca de forma automática, sin que tengan relación exacta con lo que me pasa

Y yo me iré...y se quedarán los pájaros cantando. Y se quedará mi huerto con su verde árbol y con su pozo blanco.

Todas las tardes el cielo será azul y pálido, y tocarán como esta tarde están tocando las campanas del campanario.

Se morirán aquéllos que me amaron y el pueblo se hará nuevo cada año; y en el rincón de mi huerto florido y encalado mi espíritu errará nostálgico...

Y yo me iré...Y estaré solo. Sin hogar, sin árbol verde, sin pozo blanco, sin cielo azul y plácido, y se quedarán los pájaros cantando.

Miro el sobre con tu carta frente a mí. Lo contemplo. Está abultado.

Saco las hojas y admiro de nuevo tu caligrafía preciosa y perfecta, igual a la escrita en aquella nota que me diste en el autobús, titulada "Cuando se siente el auténtico amor".

No puedo leerla de nuevo. La he leído tantas veces que casi me la he aprendido de memoria.

Se me cierra la garganta y la aflicción se apodera de mi cuerpo.

Dentro del sobre hay un objeto que hincha el paquete. Es un chocolate con envoltura dorada.

Lo observo con detenimiento recordando... Después le quito la cubierta y me lo echo a la boca. Paladeo un sabor dulce y delicioso; a la vez me invade la sensación de que estás muy cerca de mí. Aunque no pudiste comer esa última pieza, la guardaste con la misma finalidad. En mi paladar se disuelve poco a poco el concluyente sabor de tu presencia.

Sheccid.

Te he tenido junto a mí y te tendré por siempre.

Vivirás conmigo cada instante; cuando llueva como esta noche y charle con la lluvia; cuando un pájaro se pose en mi ventana y lo observe moverse.

Quiero recordarte siempre aun en la lejanía, cuando mire una estrella, cuando piense en alguna princesa, pensaré en ti, y cuando vuelva a amar de verdad a una mujer te amaré a ti, porque quizá en esa mujer te encontraré de nuevo. ¿No es así?

En la escuela nada ha cambiado mucho. No se ha notado tu ausencia, quizá porque apenas han pasado unos días de tu eterna ausencia; cuando pase más tiempo lo notarán, pero nadie te llorará. Hiciste muy bien las cosas. Todos creen lo de tu viaje y envidian tu suerte, incluso mis amigos más cercanos lo creen. Salvador y Rafael se han propuesto brindarme su apoyo para que me recupere de tu adiós, pero no necesito que me apoyen, yo me recuperaré. Te lo prometo.

¿Sabes, mi amor? Mi grupo tiene la ceremonia el próximo lunes y yo le he dicho a Carmen que quiero declamar. Lo haré por ti, por evocarte frente a todos. Me encargaré de hacer que el próximo lunes la ceremonia a la bandera sea la ceremonia de tu despedida. A nadie diré la verdad, pero todos lamentarán tu lejanía cuando yo declame "Qué lástima" de León Felipe, tu poema favorito. Siempre me lo he sabido, y lo recitaré por primera y última vez, pero no sé si esté preparado para hacerlo, porque

cuando lo haga vendrás a mi mente... Quizá mis lágrimas
no sean fingidas cuando diga:

Y esa niña, un día se puso mala, muy mala, y otro
día, doblaron por ella a muerto las campanas. Y en
una calle muy clara, por esta calle tan ancha, vi
cómo se la llevaban en una caja muy blanca... Todo el
ritmo de la vida pasa por este cristal de mi venta-
na, y la muerte, también pasa.

Suspiro muy hondo en este instante como si con eso
quisiera cerciorarme de que estoy vivo tanto como
lo estaba antes.

Giro el sillón para mirar el jardín. Me impresiona
y me emociona ver a una pareja de pajaritos cobijándose del agua entre el ramal de la bugamvilia.
Hay nubes muy negras que se hablan entre sí con
centellantes palabras, pero no es eso lo que ven
mis ojos; es lo que ya no podré ver más, lo que mi
alma desalentada por la triste y confusa sucesión
de sentimientos no volverá a buscar más... Todo
eso. El mundo que conocí en los primeros albores de
mi vida.

Es muy noche; hoy ha sido mi cumpleaños dieciséis.

En casa todo ha vuelto a la normalidad. Le he hablado a mi familia de tu viaje y todos comprendieron
el porqué me comporté como lo hice los últimos
días. Quise decirle a mamá la verdad, pero al verla
tan interesada, no creí justo provocarle ese sufrimiento.

Sheccid. Tarde o temprano provocaré que la gente
te quiera. Es una determinación muy seria. Hacer de
mi vida un monumento, ¿lo recuerdas? y al mismo
tiempo hacer de tu vida otro.

La lluvia crece vertiginosamente. Un trepidante
relámpago ilumina la faz de mi hermanito y hace
temblar la habitación. Me pongo de pie.

284

Antes de cerrar la ventana contemplo el exterior un poco más. Estoy contento, amiga, porque he logrado, y lograré siempre, vivir para quien amo sencillamente. Tú sabes de las noches que me he desvelado recordándote, anhelándote, y pensando solamente con volver a verte.

Me hago daño, lo sé, no me lo digas. Aunque sufra, princesa mía, mientras sufra por amor seré feliz.

Una ráfaga de viento azota el aguacero en mi rostro. Otro relámpago. Cierro la ventana, la cortina y me echo sobre mi cama descubierta.

Sin querer recuerdo tus ojos que me miraron fijamente, despidiéndose con expresiva ternura después de habernos unido con un beso para siempre.

Me cubro con las cobijas y aprieto los ojos como queriendo olvidar, como queriendo dormir.

Pero no hay caso.

Sé bien que no podré hacerlo.

FIN

DE LA NOVELA "SHECCID"

28

José Carlos puso el libro sobre sus piernas. Era un trabajo extenso. Casi quinientas cuartillas. Dedicó tres años ininterrumpidos a escribirlo. Lo hizo de forma extraña. Primero redactó el final y luego el principio.

A su alrededor, periodistas, invitados y jóvenes nominados esperaban a Miguel de la Madrid.

Varios guardias y acompañantes salieron a escena. Hubo un evidente despliegue de seguridad extra antes de que apareciera el presidente. Era un hombre canoso, de estatura mediana y mirada inestable. Aunque todos lo consideraban un líder tibio y sin carácter, poseía la investidura monárquica del poder absoluto.

La entrega de galardones inició con un suntuoso protocolo. El maestro de ceremonias anunció las categorías. Cuando llegó la hora esperada, citó unas palabras de Luis Alberto Machado:

—El redactor comprende las leyes de la gramática, el escritor las de la vida. El redactor es un ejecutor, el escritor es un soñador. El escritor no está en la pluma sino en la cabeza. Lo importante es concebir la historia, no escribirla... Con la pluma cualquiera escribe, con la cabeza sólo los genios... Me es muy grato llamar al frente al ganador del Premio nacional de la juventud en literatura, autor de la novela *Sheccid*.

José Carlos se puso de pie y caminó despacio.

El presidente le colocó al cuello una medalla de oro, después le otorgó un certificado de premiación y estrechó su mano con firmeza.

José Carlos saludó a toda la hilera de personalidades en la mesa de presidio. Los flashazos de cámaras fotográficas iluminaron la escena con resplandores fugaces.

Tenía diecinueve años de edad. Era un joven atlético de aspecto serio. Estudiaba ingeniería en el tecnológico de Tlalnepantla, formaba parte del equipo mexicano olímpico de ciclismo y había representado a su país en los campeonatos mundiales de Leipzig, Alemania Democrática y en los Panamericanos de Bogotá.

Aunque había logrado todas sus metas, se lamentó de que el abuelo estuviera enfermo y no hubiera podido acompañarlo a recibir su primer reconocimiento como escritor.

Regresó a la silla y leyó el certificado que acababan de darle. En él se mencionaba el otorgamiento de una beca y la promesa de edición para la novela *Sheccid* en el Fondo de Cultura Económica.

Movió la cabeza.

No estaba seguro de querer publicarla. Había puesto demasiado de él en esas páginas.

Cuando la ceremonia terminó, salió a la sala de recepción. La familia se acercó a felicitarlo. Abrazó a sus padres, hermanos, primos y tíos. No había ningún amigo. No tenía. De hecho era bastante ermitaño. Sin embargo, al final de la fila apareció una persona que no pertenecía a su familia. Una amiga del pasado.

Abrió la boca en señal de asombro. ¿Era ella? ¡Cómo había cambiado! Lucía hermosa, pero distinta. Más delgada, más alta. Sus pecas habían desaparecido casi por completo.

—Hola.

—¡Felicidades por el premio!

Se abrazaron con un cariño especial.

—¿Cómo supiste, Ariadne?

—Leí la noticia en el periódico.

—Gracias por venir.

—José Carlos ¿Dónde has estado bribón? ¡Desapareciste del mapa! ¡Nunca me contestaste el teléfono!

—Estuve encerrado durante meses. Luego me dediqué al ciclismo y a viajar.

—¿Enfermaste?

—Sí, de alguna forma. Podrás comprenderlo cuando leas el libro.

—¡Quiero hacerlo!

José Carlos llamó a Pilar. Su hermana acudió de inmediato. Se había convertido en una atractiva joven rubia de personalidad atrayente.

—¿Tienes la copia de mi libro que te di a guardar?

—Es la única.

—Préstamela.

Pilar se retiró y regresó a los dos minutos con el paquete de hojas. José Carlos se lo dio a su amiga.

—Léelo, Ariadne. Me interesa mucho tu opinión.

—¿Se trata de Sheccid?

—Si... y de ti, de Camelia, de Adolfo y de todas nuestras aventuras en la ETI.

—No lo puedo creer.

—Amiga, ¿aceptarías tomar un café conmigo?

—Claro.

—¿Nos vemos el próximo fin de semana? Quizá para entonces ya lo habrás leído y podremos comentarlo.

La pecosa echó un vistazo al texto. Era muy voluminoso.

—Haré lo posible.

—¿Sigues viviendo en la misma casa?

—Sí.

—Paso por ti el sábado a las siete de la noche.

—Te espero.

Llegó puntual a la cita, conduciendo un Fairmont deportivo color verde que su papá le había obsequiado a Pilar cuando cumplió quince años, pero que, a fin de cuentas, él manejaba.

Echó un vistazo a la calle.

Había demasiados recuerdos en esa zona.

Cuando fue un adolescente, el conductor del Datsun rojo se detuvo justo a unos metros de aquel sitio para invitar a la pecosa a subir al coche.

Estiró el cuello tratando de ver más allá. La casa de Deghemteri estaba doblando la esquina.

Años atrás estacionó el auto de su madre en el mismo lugar en el que ahora estaba para recoger a la pecosa de quince años que lo llevaría a una fiesta en la que nadie los esperaba. En aquella ocasión iba nervioso, preocupado por la posibilidad de volver a encontrarse a los pandilleros de Adolfo, y asustado por que iban a visitar a Deghemteri.

Tocó la puerta.

Ariadne salió de inmediato. Iba muy arreglada. Llevaba la copia del libro bajo el brazo.

Se apresuró a rodear el auto para abrirle la portezuela.

Fueron a un restaurante cercano. En el trayecto casi no hablaron.

Al fin, se sentaron frente a frente.

Ella depositó el texto sobre la mesa y dijo con seriedad.

—Ya lo leí.

—¿Te gustó?

—La primera parte sí. Es tan descriptiva y exacta a lo que pasó… pero el final...

—¿Qué?

—¡Me tiene desconcertada!

—Ariadne, tuve que hacerlo.

—¿Por qué, José Carlos? ¿Por qué no simplemente aceptaste la verdad, como todos nosotros y seguiste viviendo?

—¡No pude! Cuando tú y yo fuimos a la casa de los Deghemteri, sufrí un verdadero shock. Ese día mi vida cambió para siempre.

—¡A mí me pasó algo similar, pero lo superé!

—Yo también. Ariadne. Sólo que pagué un precio más alto. Ahora soy escritor...

Llegó el mesero y les dio los menús. Ambos se quedaron callados mientras leían.

—¿Has vuelto a ver a los Deghemteri? —preguntó él por lo bajo. Ella asintió.

—Sí... Andan por allí.

Un río de sensaciones aciagas invadió su ánimo.

¡Él lo había superado! ¿Por qué de repente se sentía tan mal?

—Voy a lavarme las manos.

Se puso de pie. Caminó hasta los sanitarios. Se lavó no sólo las manos, sino también la cara, los brazos y el cuello. Necesitaba refrescarse. Alejar esa sensación de ahogo que le estaba oprimiendo el pecho.

Salió del sanitario y vio a su amiga, Ariadne, de espaldas sentada a la mesa.

Necesitaba oxígeno.

Decidió dar un paseo por el estacionamiento del restaurante. Sin querer recordó con todo detalle los pormenores de aquella tarde funesta.

29

El día anterior había ocurrido la pelea colectiva en su escuela.

Se sentía pleno y confiado, cuando Ariadne le habló por teléfono. Era algo extraño. Ella nunca lo llamaba.

—Oye, Carlos. Necesito verte.

—¿Qué ocurre?

—Se trata de Deghemteri. Está como enloqueciendo. Investigué algunas cosas y… bueno…. Tiene una reunión en su casa hoy. ¿Quieres acompañarme?

Cuando colgó el teléfono se dio cuenta que su madre lo observaba.

—¿Estás bien, hijo? Te veo preocupado.

—Se trata de Sheccid. Tiene problemas graves y quiero visitarla. ¿Me prestarías tu carro?

—Claro.

Manejó al domicilio de Ariadne. Después fueron juntos a la casa de Deghemteri.

Se estacionaron. Había muchos carros.

—Es ahí —dijo la pecosa.

José Carlos observó algo que lo puso muy nervioso. El Datsun rojo se encontraba estacionado cerca.

—Tengo miedo.

—¿De qué?

—No lo sé.

Bajaron del coche. Caminó vigilando alrededor, preguntándose si algún día lograría volver a caminar por la calle sin temor.

Ariadne tocó el timbre.

Una persona conocida salió a abrir la puerta.

José Carlos sintió parálisis momentánea.

—¡Mario!

—Hola, chaparro. ¿Vienes a pagar la revista que rompiste? Ya me platicaron.

—Vi tu carro afuera, pero no pensé…

—¿Qué hacen ustedes aquí?

—Nos invitaron --dijo Ariadne—. ¿Podemos pasar?

—Bueno. Si es así, adelante.

Avanzaron con cautela. La última vez que José Carlos vio a Mario estaba delirando y pidiendo a gritos una cajetilla de cigarros. Ahora parecía más templado.

—Enano, yo sabía que tarde o temprano te interesarías en nuestra organización.

Joaquín salió a su encuentro. Estaba borracho.

—Hola, ¿quiénes son ustedes?

—Amigos de tu hermana.

—¡Ah! Qué bueno que pudieron venir. Pasen por favor.

El sujeto puso una mano sobre la espalda de José Carlos y estuvo a punto de caerse, arrastrándolo consigo.

—Vengan --continuó hipando—. Hay una junta de trabajo en el comedor; al rato será la fiesta, pero algunos ya nos adelantamos. ¿Gustan algo de tomar?

—No, gracias.

Se sentaron en la sala.

Efectivamente, varias personas decían una especie de rezo alrededor de la mesa del comedor. Después se callaron. El dirigente habló con voz fuerte.

—Es tiempo de romper con contratos antiguos. Bautizos, comuniones, oraciones de fe. Debemos liberarnos de toda religión y consolidar un nuevo compromiso con nuestro yo interior. Para ello necesitamos un mantra. Sólo así lograremos viajes astrales y nuevas alternativas de poder.

Entonces los presentes reiniciaron el rezo gutural.

Se sacudió la cabeza.

¿Qué era todo eso?

Miró a Ariadne con desconfianza. Eso le olía a gato encerrado.

Recordó las palabras de Mario:

Hacemos ceremonias de control mental. Vivimos sin inhibiciones. Es un instituto contra los prejuicios. Aunque, claro, seguimos los consejos de un libro oriental.

En el ambiente flotaba el aroma producido por cientos de pajillas de incienso, combinado con el humo de los cigarrillos. Deghemteri se encontraba sentada a la mesa. Todos usaban unas batas cortas de color negro.

—¿Están de luto?

—Shhh. Guarda silencio.

De pronto, una mujer comenzó a gritar como enloquecida. La cargaron entre varios para llevarla a los sillones. Parecía tener dolores. Algunos se movieron con rapidez. Le dieron de beber un líquido amarillento y poco a poco se fue tranquilizando.

La junta de la mesa terminó. Los participantes se quitaron sus camisolas negras y las depositaron en una caja de madera.

—¡Es hora de animarnos! —gritó alguien.

—¡Hagamos la fiesta! —coreó otro.

De inmediato se escuchó música rock de corte muy extraño, en la que los vocalistas sólo emitían gruñidos y gemidos de tipo sexual.

Varias parejas se pararon a bailar.

Joaquín volvió a acercarse a Ariadne y José Carlos.

—¿Ahora sí van a acompañarnos con un trago?

—Sí. Este. Bueno.

—¿Por qué están tensos?

—Es que no conocemos a nadie.

—Tienen razón. Vengan. Los voy a presentar.

Caminaron por un pasillo oscuro que conducía al patio trasero.

—En ese cuarto está mi mamá —explicó Joaquín—. Casi nunca sale. Tiene un problema —se tocó la sien con el dedo índice—, ustedes saben.

La puerta estaba entreabierta, al pasar pudieron ver a una mujer de pelo canoso oscilando su cuerpo en una mecedora. Los miró, pero su vista pareció traspasarlos.

Siguieron hasta llegar al patio trasero.

—¡Ah!, miren —dijo Joaquín acercándose a la barra de bebidas—. Les presento a mi papá y a su novia.

La singular pareja no hizo caso a la presentación. El hombre era un tipo alto, blanco, de barba cerrada y profundos ojos azules. La mujer era morena y joven. Estaban ebrios también, y charlaban abrazados en gran jolgorio.

Una despampanante mujer se acercó a Joaquín. Él se disculpó para irse con ella.

José Carlos no podía entender lo que pasaba.

Algunas frases sueltas se le vinieron a la mente.

Sheccid es hija ilegítima, igual que su hermano Joaquín. La familia Deghemteri es un modelo de corrupción y suciedad...

Su madre ha enfermado de los nervios...

Es casi esquizofrénica...

Su padre tiene una amante. Las discusiones que Deghemteri ha presenciado son terribles. ¡Llenas de ofensas!

Es difícil vivir la etapa que estoy viviendo.

Nunca creí pasar por algo así.

Ella parece "ida" y se desmaya con frecuencia. Por eso no ha venido a la escuela.

El padre de Joaquín abrazó a su joven "novia" morena y se dirigió con ella al pasillo de las habitaciones. El hijo imitó el ejemplo de su padre. Tomó de la mano a la mujer que había ido a buscarlo y caminaron juntes para encerrarse.

—Regresemos a la sala —dijo José Carlos—. Quiero hablar con Sheccid.

Avanzaron temerosos. Ariadne estaba a punto de soltarse a llorar. José Carlos tenía el rostro desencajado.

Al llegar a la estancia vieron a la hermana de Joaquín. Se veía feliz. Rodeada de hombres. Hablaba casi a gritos. En la mano izquierda detenía un vaso de licor y en la derecha un cigarrillo. Mario se acercó a ella y la abrazó por la cintura. Comenzó a besarle el cuello. Ella no se apartó.

Salvo Mario, había sólo desconocidos. Mayores de edad.

Ella tomó asiento junto a otro hombre, quien la recibió contento y comenzó a acariciarle las piernas. Se veía muy hermosa, como siempre, pero esta vez, el maquillaje que nunca antes había usado en la escuela, le daba un aspecto excesivamente llamativo.

¿Cómo empezó su degradación?

—*Yo no tengo amigos. ¡Todos son unos traidores! Sobre todo los hombres. ¡Piden una cosa para tratar de obtener otra!*

—*Sheccid ¿alguien quiso hacerte daño? ¿Quién ha sido?*

—*Olvídalo. Eres demasiado bueno para sufrir una decepción. Quiero que me sigas viendo como a tu Sheccid.*

—¡Que baile Justiniana! —gritó una voz.

—Sí —corearon otros—, ¡que baile!

Deghemteri se puso de pie para dirigirse al centro de la sala. Comenzó a moverse muy despacio siguiendo los compases de la música, como una melancólica princesa que recuerda a su amado a la distancia. Bailando se sobaba los muslos, cadera y pechos en una parodia absurda de danza sensual. Los borrachos aplaudían y la animaban a seguir.

Me encanta bailar. Es muy divertido. Yo podría enseñarte. Por lo menos tienes ritmo, ¿no?

—¡Bravo, Justiniana! —le aplaudió la concurrencia—. ¡Pero quítate algo de ropa!

¿Justiniana?

—*Por un lado te ríes de mí, y por otro aceptas que todos te digan Sheccid.*

—*Me gusta ese nombre. ¿Tiene derechos reservados?*

—*Todos en el salón le decimos Sheccid, y a ella le fascina. Se apellida Deghemteri. Su nombre de pila no lo usa nunca. Le disgusta.*

—¡Justiniana! ¡Justiniana!

José Carlos sintió nauseas. Él no amaba a ninguna *Justiniana*. Amaba a *Sheccid*. A la princesa que había inspirado a un prisionero a salir del calabozo, a la princesa que había despertado en él los más altos ideales.

La fuerza del amor que sentía por la verdadera Sheccid se incrementó. ¡La amaba más que nunca! Ahora con justa razón. ¡La chiflada que estaba al frente quitándose la ropa poco a poco no era Sheccid! ¡No lo era!

—Vámonos de aquí —sugirió Ariadne.

—No. Espera. Quiero que me vea.

—¿Para qué? Está drogada. ¿No te das cuenta?

—¡Drogada!

José Carlos caminó hacia el centro de la improvisada pista. Se acercó a Justiniana Deghetmeri que seguía bailando. La chica abrió mucho los ojos como intentando reconocerlo. Se aproximó a él muy despacio, tambaleándose, y le dio un lengüetazo en la mejilla.

José Carlos respiró el aroma a saliva que se había quedó impregnado en su cara.

Se limpió, furioso.

Ariadne lo tomó de la mano y salió con él a la calle.

—¡Es injusto, incorrecto, incoherente!

—Cálmate —comentó la pecosa—. Nadie te dijo que la vida tenía que ser justa, correcta, coherente.

—¿Por qué? —lloró.

Ariadne lo abrazó.

Llegando a su casa tomó su libreta para escribir.

30

Entró al restaurante y se dirigió a la mesa donde había dejado a Ariadne.

Su amiga estaba entre molesta y preocupada.

—¿Adónde fuiste?

—A tomar un poco de oxígeno.

—¿Te sientes bien?

—Sí. Es sólo que... Me incomodó demasiado recordar la realidad. He estado tan sumergido en mi novela...

—¿Cómo llegaste a enamorarte tanto de esa chava?

—No lo sé. Dijiste que la has vuelto a ver...

—Sí. Ya no estudia. Se fue de su casa. Ahora viste como hippie.

—¿Y la secta de Mario?

—No sé. Creo que se deshizo.

—Yo nunca pertenecí a ella, ¡pero cómo me causó daño! Cuando regresé a casa de esa reunión, estuve llorando toda la noche. Después me encerré en mí mismo. Dejé de hablar con las personas. Perdí a mis amigos. Todos creyeron que algo me había afectado la mente. Incluso mis padres me llevaron a un psiquiatra. Nunca confesé mi tormento interior. Me dediqué a escribir. Comencé por el final de la historia. ¡Necesitaba reconstruir los hechos! Visualizar otras posibilidades. Era la única forma de justificar tanto amor hacia ella.

—Así que por eso la mataste.

—Sí.

—Pero Deghemteri todavía anda por ahí, haciendo de las suyas.

—Claro, a quien maté fue a Sheccid y con ello la inmortalicé para siempre y la amé para siempre… y me sentí libre de quererla y recordarla…

Ariadne bajó la vista contristada.

—José Carlos, lo siento mucho. Yo no me di cuenta de lo que estaba pasando. Era una niña. Alimenté tu cariño hacia ella. Forcé aquella cita en la que salieron a comprar el libro. ¡Yo no sabía nada! Te lo hubiera advertido. Perdóname.

—No te preocupes. Los dos éramos unos niños, pero yo crecí abruptamente. Cuando llegué a casa después de la reunión, me di cuenta de que mi amor por Sheccid era eterno, infinito... Tan grande que tal vez sólo podía existir en un plano espiritual. Me sentí triste por ello y volví a gritar: "¡Es injusto, incorrecto, incoherente!", después tomé mi diario y, motivado por la fuerza transformadora de esa primera musa, comencé a redactar.

Hojeó el voluminoso libro que estaba sobre la mesa y localizó la página que había escrito esa noche. Se la leyó muy despacio en voz alta a su amiga.

Sheccid:

A veces, por las noches veo tu rostro y contemplo los ojos más increíbles.

Los ojos de mi princesa...

He comprendido que formas parte de mí.

Sé que tal vez nunca estarás tangiblemente a mi lado, pero también sé que nunca te irás.

Eres el aire, el cielo, el agua, eres la sed de cariño que el Creador sembró en mi corazón.

Eres la definición del amor, aunque jamás haya podido definirse ni pueda hacerse nunca: definir es limitar y el amor no tiene límites.

El poder de tu esencia me ha transformado en una persona distinta.

Cuando vea una golondrina cobijándose de la lluvia entre el ramal de la bugamvilia te veré a ti.

Cuando presencie una puesta de sol te recordaré...

Cuando mire las gotas de rocío deslizándose en mi ventana te estaré mirando a ti.

No podrás irte nunca. No te dejaré.

Eres mi novia eternamente.

Todo lo que brote de mi pluma habrá tenido tu origen.

Y daré gracias a Dios.

Pues si para recobrar lo recobrado,
tuve que haber perdido lo perdido,
si para conseguir lo conseguido,
tuve que soportar lo soportado.
Si para estar ahora enamorado,
fue menester haber estado herido,
tengo por bien sufrido lo sufrido,
tengo por bien llorado lo llorado.

Porque después de todo he comprendido,
que no se goza bien de lo gozado,
sino después de haberlo padecido.

Porque después de todo he comprobado,
que lo que tiene el árbol de florido,
vive de lo que tiene sepultado.

Cuando vea una golondrina cobijándose de la lluvia entre el ramal
Cuando presencie una puesta de sol te recordaré.
Cuando mire las gotas de rocío deslizándose en mi ventana te esta-
ré mirando a ti.

Pues si para recobrar lo recobrado,
tuve que haber perdido lo perdido;
si para conseguir lo conseguido,
tuve que soportar lo soportado,
Si para estar ahora enamorado,
fue menester haber estado herido,
tengo por bien sufrido lo sufrido,
tengo por bien llorado lo llorado.

Porque después de todo he comprobado

Porque después de todo he comprobado
vive de lo que tiene sepultado.